アナスタシア
「――魔法薬に対する体組織の防御反応は『アナスタシア・サ・ウン反応』という名称で登録されました」
「……とっても恥ずかしいです」
3
ゴブリン令嬢と転生貴族が幸せになるまで
婚約者の彼女のための前世知識の上手な使い方

2人は豊かでない辺境領地の
立て直しに奔走することに――
ジーノリウス

アナがついに
魔法を発動
できるように……？

「いきますわ！」

新天新地

[イラスト] とき間

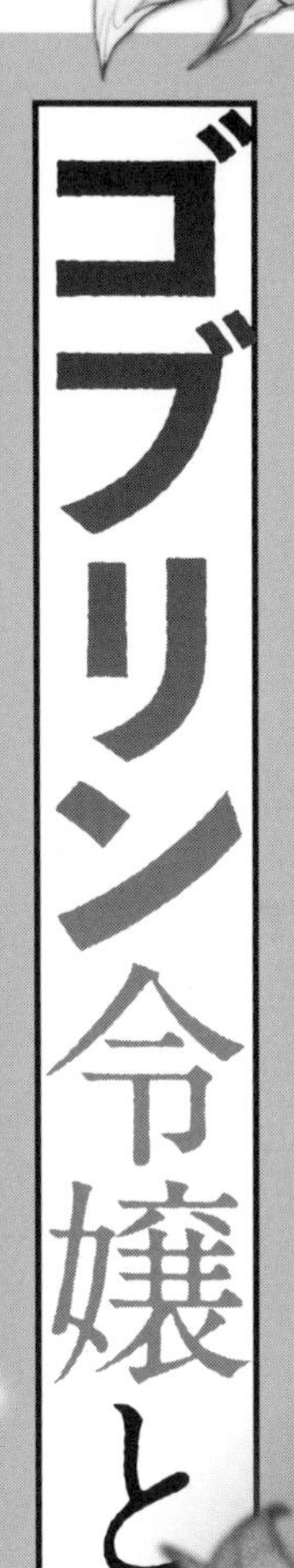

ゴブリン令嬢と転生貴族が幸せになるまで

3

婚約者の彼女のための前世知識の上手な使い方

Shinten-Shinchi PRESENTS

口絵・本文イラスト
とき間

装丁
AFTERGLOW

CONTENTS

第一章　輝けるアナスタシア

◆◆◆アナスタシア視点◆◆◆

「若奥様‼　お綺麗(きれい)です‼　最高です‼」

公的な場に出席するためのドレスを整えたわたくしを、ブリジットが絶賛します。ジーノ様と結婚してからブリジットもお嬢様ではなく若奥様と呼ぶようになりました。

これから、ジーノ様とご一緒に王宮へ上がります。結婚してから初めての夫婦臨席です。

うふふ。ジーノ様はもう、わたくしの旦那(だんな)様なんですの～。

無事、結婚出来て良かったですわ。思い出しますわね。これまでのことを。

生まれつきの呪(のろ)いのために『ゴブリン令嬢』と揶揄(やゆ)されるわたくしが、ジーノ様とお見合いをすることになったのは十六歳の頃です。

十歳のときに立ち上げられた商会を六年で国内準大手まで急成長させた英才の方で、また『黒氷花(こくひょうか)の君』と持(も)て囃(はや)されるお美しい方でした。そんな才貌両全の方がわたくしのような女をお望みにはならないだろうと思っていたら、なんとわたくしにプロポーズされたのです！

『結婚してほしい。君を必ず幸せにすると約束する。だから、自分の幸せを諦(あきら)めないでくれ』

ジーノ様のお言葉に従って幸せを諦めなかったから、ジーノ様がいつも可愛(かわい)いとお褒め下さるから、わたくしは変わることが出来ました。

いじめられることを恐れて目立たないような刺繍ばかり創っていましたが、創りたい刺繍を創れるようになりました。その結果、刺繍コンテストでは一位になり、在学研究生にもなれました。全てジーノ様のお陰です。

それだけではありません。エカテリーナ様というお友達が出来たのも、クラスの皆様とお話しすることが増えたのも、全てジーノ様のお陰です。

幸せを諦めない――ジーノ様から頂いたお言葉は、今ではわたくしの人生の指針です。

ジーノ様は、本当に素敵な方です。成績は常に首席を維持され、剣術大会では『王国五剣』にさえ勝ってしまわれました。

うう。想い出してしまいました……『王国五剣』に勝利されたとき、ジーノ様はわたくしに勝利をお捧げ下さいました。嬉しかったです……でも、会場中の視線がわたくしに集中して、皆様は拍手されたり口笛を吹かれたりで、とってもとっても恥ずかしかったです……。

能力だけではなく、お人柄も本当に素敵です。誠実で、お優しくて、いつもわたくしをお守り下さいます。ララア様から薬品を掛けられそうになったときも、ジーノ様は身を挺してお守り下さいました。

『アナ。私の言葉を、他の者ではなく私の言葉を信じてくれないか？　私は君が可愛いと思う。その言葉を信じて、自分を可愛いと思ってくれないか？　君が自信を取り戻せるまで、私は何度でも言おう。何千回でも、何万回でも、何百万回でも言おう。アナ、君を可愛いと』

そのとき、ジーノ様から頂いたお言葉です。ジーノ様にご迷惑をお掛けしてばかりで落ち込むわたくしを、このお言葉で元気付けて下さいました。あまりにもお優しいお言葉で、泣いてしまいました。

それからわたくしは、自分を醜いと思うことを止めました。周囲の視線に気付いてもお顔を下に向けず、胸を張ってお顔を上げるようになりました。ジーノ様のお陰で、わたくしはまた変われたのです。

この幸せは、ずっと続くものだと思っていました。でもジーノ様は、学園の卒業パーティで婚約破棄を宣言してしまわれました。そして、わたくしの呪いを解くお薬を残して消えてしまわれました。ショックでした。

ケイト様との浮気が理由で婚約を破棄されるんだって、ジーノ様は仰っていました。でもケイト様はその後、真実をお教え下さいました。本当は、わたくしを王妃にするために、わたくしのことをお考え下さって自ら身を引かれたのです。

幸せを諦めない——その決意を胸に深く刻み、もう一度ジーノ様と婚約するために、わたくしは頑張りました。第一王子殿下の怪しげなアプローチを躱し、貧民街にいらっしゃったジーノ様にプロポーズをして、ようやく結婚へと辿り着けたのです。

色々と大変でしたが、無事に結婚出来ました。本当に良かったです。

さて、そろそろお時間ですわね。ジーノ様のところへと伺いますわ。

◆◆◆ジーノリウス視点◆◆◆

アナと結婚し、私はセブンズワース家に婿入りした。今はアナ、それから義父上と義母上と一緒にこの屋敷で暮らしている。

今日は夫婦揃って出席する初の公式行事だ。玄関ホールのソファでお茶を飲みながらアナを待つ。

妻と一緒に外出……なんと甘美な響きだろう。ふふふ。思わず顔が綻んでしまう。遂に！　遂に私は結婚出来た！　前世では独居老人として孤独に塗れて死んだ私の今世での夢、それが結婚だ！　その念願が、遂に叶ったのだ！　なんと幸せなのだろう！

孤独だった前世の老後の後悔から、今世では何が何でも結婚するつもりだった。そんな私に舞い込んで来たのがアナスタシア・セブンズワース嬢、つまりアナとのお見合いだった。

家族はあまり良い縁談ではないと思っていた。だが私からしてみれば最高の良縁だった。心優しく、聡明で、清らかで、そしてなんと言っても凄絶な可愛らしさの女性だったのだ。前世の自分と重ね合わせてしまい勢いでプロポーズしてしまったが、それが功を奏して縁談はまとまった。

身分の釣り合いのため、アドルニー子爵家の四男だった私は養子縁組でバルバリエ侯爵家の二男となり、住まいもアドルニー領から王都へと移った。そしてアナと共に学園に通い始めることになる。

身分社会のこの国だが、学園だけは実力主義だった。王位継承権争いの影響だ。

実力主義と言っても、成績だけで序列が決まる訳ではない。外見の良し悪し、話の面白さ、積極性……成績を基礎としつつこれらの要素も加味され、生徒間で自然に序列が決められていた。

実力主義定着のため、学園は各家からの干渉を最小限に抑えている。幼い頃から実力主義を教え込まれ、外部からの干渉が最小限だった教室は、身分社会である外界から隔絶した子供たちだけの世界だった。

控えめな性格のアナの地位は、決して高くはなかった。悔しくて堪らなかった。だからアナの地位向上を図った。その結果、アナの成績は学年二位にまで上昇し、天才の証明とも言える在学研究生にも抜擢された。

アナの地位が上がると周囲も変わり、アナの周りにも人が増えた。アナもまた変わっていった。授業では滅多に発言をしなかったアナが次第に発言するようになり、班分けされる授業では重要な役割も積極的に担当するようになった。

アナを軽んじる者がいなくなっても、フロロー嬢のグループだけは相変わらずアナを虐め続けた。しかしアナは成長し、虐め問題も一人で解決してしまった。元より素晴らしい女性だったアナが日々大きく成長し、ますます素晴らしい女性へと変わっていった。

アナの呪いには心当たりがあった。極度魔力過剰症という『魔導王』と同等程度の魔力を持つ者が罹患する魔力性疾患だ。その治療法を探す過程で、ここが前世の未来だと分かった。それなら治療法に当てはある。前世で医療関係施設だった旧世界の遺跡を探せば良い。私は旧世界の遺跡に挑み、そこで得た情報を元に治療薬作製に取り組んだ。

あと一歩で治療薬完成というところで、第一王子殿下、王太子殿下ともにアナとの婚約を望んでいることを知った。私たちの婚約は政略によるものだ。政略結婚という土俵では、王子たちに勝てる訳が無い。

治療薬が出来たなら、アナの呪いは解かれる。呪われた容姿故に王妃にはなれなかったアナだが、呪いが解けたなら障害は何一つ無い。未来の王妃という輝かしい道を歩むアナにとって、私の存在は障害でしかなかった。だから私は、アナとの婚約を破棄し、治療薬をアナに送り付けて失踪した。全ては、アナのためだった。

半年ほど貧民街で暮らしていると、掃き溜めの街には合わない豪奢なドレスを着た女性が訪ねて来た。アナだった。呪いが解けて容姿は変わっているが、見間違えるはずも無い。

『結婚して下さいませ。ジーノ様を必ずお幸せにすると約束します。だから、ご自分の幸せを諦めないで下さいませ』

跪いて私の手の甲にキスをしたアナは、そう言った。女性からのプロポーズが認められていないこの国で、アナは女性からのプロポーズをしてくれたのだ！

涙が溢れた。どれほどの勇気と、どれほどの覚悟が必要だったのだろうか。それ以上気持ちを偽ることが出来なかった。アナのプロポーズを、私は受け入れた。

私の心の歪みを知ったアナはカウンセリング技術を学び、今は私にカウンセリングをしてくれている。本当に心優しい素敵な人だ。

「ジーノ様」

初の夫婦同席行事という記念すべき日だ。それでつい過去を想い出して感慨に耽っていると、アナが現れる。私の瞳の色の紫と、私の髪色の黒が基調の、美しいドレスだった。

「アナ……その……可愛いし……とても綺麗だ」

頬が熱くなるのを感じる。おそらく赤面しているだろう。

アナのカウンセリングのお陰で少しずつ自分が変わっていることを実感している。女性に対する恐怖は劇的に改善している。

これまで女性を見ても、綺麗だと心で感じることはなかった。頭で論理的に考えて美人に分類される人だと判断出来るだけだった。アナのカウンセリングによりそれも変わり、それまではドット絵のようだった女性が、今では生きた人間として感じられることも増えた。

だからだ。だから、アナが可愛くて、とても綺麗で、感動で心が掻き乱されてしまう。

「うふふ。ありがとう存じます。ジーノ様も、とても素敵ですわ。今日の主役に相応しい装いだと思いますわ」

私が主役だとアナが言うのは、今日の行事が私の叙爵式だからだ。

「では行こう。君をエスコートする栄誉を私に与えてくれるか？」

◆◆◆アナスタシア視点◆◆◆

ジーノ様が解呪薬に同梱して下さった論文は、世界に大きな衝撃を与えました。これまで「呪い」とされていたものが実は「病気」だったことを明らかにしてしまわれたのです。そして、実際にわたくしの呪いを解呪され、論文が正しいことも立証してしまわれました。

これでお困りになったのが教会です。呪いは「神様が人に課された試練」であり人の手によっては治療不可能なものであると、これまで教会は主張されて来ました。ですが実は病気で、しかも治療可能だったのです。

「どうか、それで一つお願いしたい」

教皇猊下がジーノ様とわたくしに頭を下げられます。

この対処のために教会は「ジーノ様が神様から啓示を授かられ、それを論文にまとめられた」というストーリーをお考えになりました。人間が治療法を発見したのではなく神様の啓示により治療出来るようになったのなら、神様が人に試練を課されるのをお止めになった、ということになります。教会の面目は保てます。

魔法門貴族の方でもなく、魔法にお詳しいはずがないジーノ様が治療法を解明されたことも、神授の信憑性を高めることになります。

教皇猊下が頭を下げられているのは、その口裏合わせのお願いです。教会からお話がある場合、通常はこの国の神官様がいらっしゃいます。よほど大きな問題でも、いらっしゃるのはこの国の主座司教様です。でも今回は、わざわざウォルトディーズ聖国から教皇猊下がいらっしゃいました。教会にとって、それだけ重大な問題なのです。

「良いでしょう。ただし！　『貸し』ですよ？　それをお忘れのないようお願いします」

「もちろんじゃ。いやあ、良かった。一安心じゃ」

　ジーノ様がお願いをお聞き入れになったので、猊下はほっとされたご様子です。

　その後、教会側と具体的な口裏合わせをします。ジーノ様が承諾されることは既定路線です。わたくしがここにいるのは、この口裏合わせのためです。初の解呪例となったわたくしにも、国内外から多くのお問い合わせがあると教会は予想されています。

　海千山千のお母様たちが口を滑らせるご心配は、猊下もされていないようです。でも、まだ成人したばかりのわたくしたちについてはご不安なんだと思います。細部に至るまで練られた設定をご説明されるだけではなく、それをお話しする際の表情の作り方まで猊下はご指導下さいます。

　現在の『ゴブリン令嬢』の劇の台本では、遺物（アーティファクト）の魔道具により治療法を解明されたことになっています。もちろん、遺物（アーティファクト）の魔道具について言及するのは非礼ですから明言はされていません。ですが解呪薬の作成方法は、旧世界の遺跡（ダンジョン）で入手しています。その状況でそれが分かります。

　この台本も、神様からの啓示により治療法を授かられたという筋に変更することになりました。これから教会が正式に奇蹟（きせき）として認定されるので、変更はそれに合わせてです。

「ところでジーノリウス君。神々より啓示も授かったことだし、聖者になってみる気はないかね？」

　ええっ！！？　聖者ですの！！？　すごいですわ！　さすがジーノ様ですわ！

　思わず興奮してしまいましたが、ジーノ様はあっさりとお断りされてしまいました。

残念です。でも、絶大な名声にも頓着されない清廉さも、ジーノ様らしくてとっても素敵です。

教皇猊下とのお打ち合わせも終わりましたので、次はいよいよ叙爵式です。

玉座の間にお一人で入場されたジーノ様は、立ち会われている多くの貴族の視線を一身に浴びられながら陛下の御前で跪かれます。長身でスタイルの良いジーノ様が長い足を折り畳まれて優雅に跪かれるお姿は、透き通るように冷涼なお美しさです。まるで水晶彫刻で、つい見惚れてしまいます。

「ジーノリウス・セブンズワース。汝にシモン伯爵位を授ける。忠義を尽くし王国を支えよ」

「民のため、領地のため、王国のために。私ジーノリウス・セブンズワースは、この力尽くすことを誓います」

陛下とジーノ様が叙爵の定型句を交わされると、陛下は剣の側面でジーノ様の右肩をそれから左肩を叩かれます。それから陛下は剣をお渡しになり、受け取られたジーノ様はそれを佩剣されます。

「ここに爵位の授与があったことを、立会人・教皇オルマケリウス四世が宣言する」

教皇猊下がそう仰ると、文官の方が貴族名鑑にジーノ様のお名前を記録されます。

普通の叙爵式では王都の大聖堂から立会人がいらっしゃいますが、今日は教皇猊下が立会人をされています。滅多にお会い出来ない貴人が立会人を務められるということで、玉座の間は列席者であふれかえっています。その方々が拍手でジーノ様の叙爵を称賛されます。

多大な功績を収められた方が叙爵される場合、普通は一代爵位です。ですが、魔法関係での功績の場合は継承可能な爵位を授与されます。優秀な魔法師の魔法を受け継がれる子孫の方を外国に流出させないためです。ジーノ様が叙爵されたのも、継承可能な爵位です。

ジーノ様の論文は医学や魔法学を一気に進展させました。今回の爵位の授与はその功績が高く評価されたもので、魔法に関わる叙爵です。叙爵されるほどの功績を立てられるのは普通ならご年配の方ですが、ジーノ様は二十歳の若さで伯爵位を叙爵されました。本当に、とてもすごい方です。わたくしでは全然釣り合いが取れません。


「ちょっとジーノ！　あなた、いつ神様とお話ししたのよ⁉　なんで私に教えないのよ⁉」

叙爵式も終わり、今はバルバリエ侯爵家とアドルニー子爵家、それから当家で集まっています。アドルニー家の他の皆様はカチカチに緊張されていますがお義姉様(ねえさま)だけはそんなことはなく、大興奮でジーノ様とお話しされています。

「私、一攫千金(いっかくせんきん)で大儲(おおもう)けしたいのよね。今度、神様とお話しすることがあったら絶対お願いしといてよね？」

お義姉様は、いつも通りの自然体です。格好良いですわ。

「さすがですわ。お義兄様(にいさま)」

「おにいさま、すごいですわ。そんけいしますわ」

お義姉様に続いてバルバリエ家の義妹(いもうと)たちも、ジーノ様にお声掛けしています。神様からの啓示という衝撃のご報告を、教会権威の象徴である教皇猊下から直々にお聞きして興奮気味です。

教会からの強いご要請で、身内に対しても真相をお話しすることは出来ません。事実をご存知なのはお父様など一部の方だけです。

お喋(しゃべ)りをしていると、宮廷魔法師の皆様がお部屋にいらっしゃいます。ここは王宮内にある魔塔の大広間です。これからここでジーノ様の一級魔法師認定式があります。皆様がお集まりなのは、

その式典のためです。

魔法をお使いになる方を魔道士と言います。ジーノ様の前世では、魔法使いと呼ばれていたそうです。魔法師とは、魔道士のうち魔法の実力を認められて貴族身分を得られた方です。一級魔法師なら、伯爵位相当の地位です。

この魔法師の資格制度も、優秀な魔道士を国に留（とど）めるためのものです。魔法門のご長男以外の方など魔道士としての実力はあっても爵位は継承出来ない方の貴族身分を保障し、貴重な人材の国外流出を阻止しているのです。実力基準なのでジーノ様も認定をお受けになります。

「それでは認定式を始めましょう」

魔法師団総長様が認定式の開催を宣言されて式典が始まります。

正式な式典なのですが、かなり和やかです。お家毎にソファに座り、ソファ前のテーブルにはお飲み物やお茶菓子まであります。宮廷魔法師の皆様もソファに座られて、式典が始まっているのにお喋りをされています。お立ちになっているのは、壇上の魔法師団総長様とジーノ様だけです。

魔法師の皆様は形式を重視されないとお聞きしていましたけど、本当ですわね。先ほどの叙爵式の厳かな雰囲気とは全然違います。

「ジーノリウス・シモン・セブンズワース伯爵を一級魔法師として認めるに至った功績について説明したいと思う。あー。メッキイ師、説明をお願いしたい」

本来なら認定された魔法師団総長様がご説明なさるのですが、魔法師団総長様はメッキイ医療魔法師長様にご説明を丸投げされてしまいます。会場のあちこちから笑い声が漏れます。

「シモン・セブンズワース伯爵は、医療魔法界において実に様々な功績を築いてくれました。伯爵の提唱した理論は学会でも正式に承認され、学術用語として登録されました」

渋々ながらもメッキイ様が説明を始められます。

「登録された学術用語を順に申し上げます。先ず、魔法薬の各体組織の相対的な濃度比率は『レム・ル・アナスタシア分布』という名称になりました。次に――」

ええ！！？

……学術語は学園でも習いますから、わたくしでもその意味は分かります。学園を卒業されたお父様たちも、もちろんお分かりになります。

レム・ル・アナスタシアの意味は……『愛するアナスタシア』です。

「――魔法薬に対する体組織の防御反応は『アナスタシア・サ・ウン反応』という名称で登録されました。次に、魔力脈のどこに異常があるのか判別する診断法は『リヨン・アナスタシア法』と命名されています。次に魔力濃度の――」

わたくしが驚いている間もメッキイ様のご説明は続きます。

アナスタシア・サ・ウンは『アナスタシアよ、健やかなれ』……リヨン・アナスタシアは『輝けるアナスタシア』です……。

「いいな。なかなかセンスのある命名だ」

そう仰るお父様は、とても満足そうなお顔です。

「随分ロマンチックな命名ね」

クスクスとお笑いになってお母様は仰います。

バルバリエ家のお席では、お笑いになるのを堪えられながらバルバリエ夫人が学術語の意味をご説明され、それを聞いた義妹たちの「さすがですわ。お義兄様」「おにいさま、すごいですわ。そんけいしますわ」という黄色いお声が聞こえます。

……とっても恥ずかしいです。

「お、お待ち下さい」

メッキイ様がご説明を終えられたとき、堪えきれずそう申し上げてしまいました。

「そ、それでは、ジーノ様のお名前が、歴史に残らないのではありませんか？」

メッキイ様が発表された学術用語には全てわたくしの名前が入っています。ですが、ジーノ様のお名前は一つも入っていません。

「私の名前は残らなくても、私の想いは永遠に残る。問題無い」

ジーノ様は笑顔でそう仰います……お顔が熱くなるのが分かります。

「大丈夫よ。一体どんな人がこんなロマンチックな命名をしたんだろうって、きっとたくさんの人が調べるわ。その過程でジーノさんのことは必ず出てくるから、みんなの記憶に確り残るわ」

お母様は笑いを堪えられながらそう仰います。

「そうですぞ。心配はいりませんぞ。魔塔の魔法師だって、この用語を伝えたら質問攻めで大変でしたからな。これから治癒魔法師の全員がこの用語を覚えますし、いくつかの用語は学園の教科書にも載ることになりますが、学んだ者のほぼ全員が命名者に興味を持つと思いますぞ」

魔法師団総長様はとっても楽しそうに仰います。

まさか学園の教科書にも載るなんて……これから学ばれる皆さんは、単語の暗記なんてされるんでしょうか……学術用語は悪くすると千年先も残ります。しかも周辺国共通ですから国境を越えて広まってしまいます……。

とっても、とっても恥ずかしいです。お屋敷に籠もって、ずっと外出は控えたい気分です……。

第二章　二人による初めての統治

◆◆◆ジーノリウス視点◆◆◆

伯爵位を叙爵された際、一緒に領地も貰った。シモン領という領地だ。私は今、その領地の領主館にいる。

「これは厳しいな」

書類に目を通し終えてから独り言を呟いてしまうくらい、シモン領は酷い状況だった。

領地は水源が少なく、耕作には適さない土地だ。農産物からの収入は僅かなものしかない。

唯一の産業であった麻袋事業は、王家がサンガー家からこの領を没収した際に職人ごと別のサンガー領へと移動してしまっている。この時代の産業は職人がいないことには機能しない。麻糸や袋を作る職人がいないのでは、この産業は成り立たない。

そもそも、その産業では赤字だったのだ。苦労して新たな職人を育てても元の赤字領地に復帰するだけだ。

元王太子殿下が婚約破棄したとき、殿下の側近もまた、諫めるべき立場なのに騒動に加担した。その罰として、側近の家は一部領地を王家に没収された。私に下賜されたのはその没収地だ。

所有しているだけで赤字を垂れ流す貧困地域だ。こんな領地が「懲罰」のために没収されたのだから驚きだ。派閥維持のために王妃殿下は相当頑張ったのだろう。

ただでさえ誰かに譲り渡したい赤字領地だ。その上、王家直轄領としては飛び地で管理が大変でもあった。かなり広い領地だというのに、王家は気前よく下賜してくれた。

「そうですのう。まんまとやられましたのう」

白髭を生やした白髪の老人が言う。王都セブンズワース邸の執事長をしているマシューだ。

「生きていれば、そういうこともありますよ」

そう言うのはメアリだ。ふっくらした体型で白くなった髪を後ろで一つにまとめる彼女は、王都セブンズワース邸のメイド長だ。

彼らも一緒にこの領地に来ている。私がセブンズワース家の一員となったことで、彼らと仕事をする機会も飛躍的に増えている。

執事長やメイド長が王都の屋敷を離れて大丈夫なのかと思ったが、問題は無いとのことだ。義母上が確り管理している上に他に優秀な人材も多く、王都ではあまりやることが無いそうだ。実際、二人は義父上や義母上と共によく出掛けている。

マシューたちだけでない。ここシモン領の領主館では多くのセブンズワース家一門の人たちが領地管理に関わっている。

彼らがここに来た理由はもう一つある。私たちが王位継承権争いに巻き込まれてしまったからだ。第三王子殿下が廃太子となり、王太子の座が空位となった。しかし対立候補の第一王子殿下は、すんなりとは王太子になれなかった。一方、元王太子殿下を担いでいた勢力は第四王子殿下に神輿を替えた。二つの勢力は今、王太子の座を巡って激しい争いをしている。

どちらの勢力も、切望しているのはアナだ。ただでさえ、王家を凌ぐほどの権勢を誇る家の一人娘だ。味方に付けられたなら次期王位は確約されたようなものだ。

加えてアナの呪いも解け、義母上譲りの美しい女性となった。以前とは違って、王妃に据えても自分たちの勢力の弱点にはならず「国家の顔」という大役も十分に果たせる。

だから彼らは、私たちを離婚させて自分たちの推す王子とアナを結婚させようと画策している。

この国では、離婚が比較的容易だ。主神デューラーが罰したのは冥界神ヤーマの重婚のみだ。離婚は咎めていないので、神々は気軽に結婚と離婚を繰り返している。そういった宗教の影響のため、重婚は禁忌だが離婚はハードルが低い。

実際、どちらかの家が没落したり、家同士の提携関係が破綻したりした場合、夫婦円満でも離婚となるケースが多い。特に子供がいないと簡単に離婚になる。結婚も離婚も、貴族は政略優先だ。

今回下賜されたこの赤字領地を利用する策を、どちらの勢力も企んでいるらしい。下賜された領地が大赤字なら、セブンズワース家を継ぐに相応しくない、というレッテルを貼れる。口実を与えてしまえば、両派閥共に攻勢を掛けてくるだろう。

この国の王は、前世の絶対王政時代の王とは違う。王権は弱く、国が崩壊してしまわないよう貴族間のバランスを取りつつ国家を運営している。自分の息子である王子の結婚相手さえ、陛下は自分の意思では決められない。

今は陛下も私たちの結婚に賛成だ。だが、破談の名分を与えてしまえば雲行きはかなり怪しくなる。両派閥を勢い付かせたら、おそらくは妹である義母上の心情より国家の存続を優先するはずだ。

面倒なことにならないよう、セブンズワース家も十分な人員をこの領地に派遣している。

「ジーノ様。お時間よろしいでしょうか？」

「もちろんだ」

にこにこと笑うアナはトコトコと嬉しそうに執務室に入ってくる。可愛い。子犬みたいだ。

「この領地の有力家の女性を招いてのお茶会を計画しましたの。こちらは企画書ですわ」

アナは獣皮紙を綴った冊子を差し出す。

「ありがとう。だが、君がそこまで頑張らなくても大丈夫だ」

この領地にはアナも一緒に来ている。アナが同行を申し出てくれたからだ。だが私は、アナに頼るつもりは無い。

領主になったからといって、すんなりと実効支配出来る訳ではない。その土地の有力者たちが新しい領主を歓迎するとは限らない。公然と反旗を翻す者はいないだろうが、面従腹背は普通だ。非礼にならない範囲で嫌がらせをする者だって珍しくはない。そうやって反発して、彼らはこちらの譲歩を引き出す。新領主の就任直後は駆け引きの嵐だ。

セブンズワース家の歴史は長い。先祖代々仕えてきた家門の人たちの忠誠心は筋金入りだ。忠誠心を持たない臣下に、アナは慣れていない。お茶会を開けば、きっと辛い思いをする。

「あら。どうしてですの？」

「きっと辛い思いをする。君が傷付かないよう私が頑張って、私が君を守ろう」

「わ、わたくしだって……ジーノ様をお守りしたいですわ」

そう言ってからアナは俯くと「先ずは足を引っ張らないところからですけど」などとゴニョゴニョ言い始める。

君は……そんなことを考えていたのか……私を守りたいと、そう想ってくれているのか……。

「アナ！　君は史上最高の女性だ！」

「そこまでです！　ジーノリウス様！」

衝動的にアナに抱き着こうとしてしまい、ブリジットさんに止められる。

「ほっほっほ。次代のセブンズワース家も安泰なようで、何よりですのう」

「ほほほほほ。ええ。本当に。これなら安心して引退出来ますねえ」

「執事長にメイド長！　なぜ何もせず見ているだけなのですか⁉　若奥様をお守り下さい！　ここは執務室ですよ⁉　破廉恥なことをして良い場所ではありません！」

楽しそうに語らうマシューたちにブリジットさんが噛み付く。二人は笑ってそれをいなす。

結婚してこの家の人間になった今、私は正式にブリジットさんより上位の立場となった。だが、今になっても彼女を「ブリジットさん」と敬称を付けて呼んでいる。マシューやメアリは呼び捨てに切り替えられたが、彼女だけは呼び方を変えられない。

ブリジットさんには数えきれないほどお説教されている。上下関係がすっかり染み付いているのだ。

「思い出しますのう。旦那様も奥様にはご結婚前からメロメロでしたのう」

「そうですねえ。でも旦那様の場合は奥様を女神のように想っていらっしゃいましたからねえ。ジーノリウス様とは違って指一本触れられませんでしたねえ」

あの二人なら、きっとそんな関係だろう。当時の光景が目に浮かぶようだ。

「あの頃を一番にお支え出来たのは、私の誇りですのう」

「あら。このお爺さんはもう耄碌してしまったんですか？　あの頃のお二人を一番にお支えしたのは私ですよ？」

「おや。この婆さんは耄碌してしまったようですのう。明日にでも安心して引退するべきですのう」

マシューとメアリは視線で火花を散らし合っている。

義母上が教えてくれたから知っている。この二人は昔からこうらしい。一歳差の二人は、幼い頃からずっとライバル関係だったそうだ。

「ジーノ様。わたくしにもお手伝いさせて下さいませ」

アナもそんな二人には慣れたものだ。睨み合う二人を意に介さず私に話し掛けてくる。

結局、アナの言う通りにしてしまった。こんなに可愛いアナの頼みを、断れるはずもなかった。

私に出来たのは、無理はしないようと付け加えることだけだった。


「ジーノ様」

「アナ？　どうしたのだ？　こんな遅くに」

深夜に執務室で仕事をしていると、アナが入って来た。

「お夜食をお持ちしましたの」

「こんな遅くまで起きていたのか？」

この時代の人たちは早寝早起きだ。日が昇ると活動を始め、夜九時頃にはもう寝てしまう。今は午前一時を回っている。この時間までアナが起きているのは異常だ。

「先ほどまで資料室でこの領地の資料を読んでいましたの。ジーノ様がお仕事をされているのに、わたくしだけお休みする訳にはいきませんわ」

「そんな！　何故そんな無理をするのだ⁉」

「ご無理だとお思いでしたら、ジーノ様にもお休み頂きたいですわ。ジーノ様がお休みになるなら、わたくしもお休みしますわ」

私が休む訳にはいかない。王位継承権争いをする両派閥は、どちらもアナを狙っている。シモン領を黒字化出来なかったら、彼らに恰好の餌を与えることになってしまう。そんな瀬戸際に立たされているのに、黒字化の方策はまだ見つかっていない。とてもゆっくり出来る状況ではない。

「お部屋が暗いですわね。ジーノ様。蝋燭まで節約されなくても大丈夫だと思いますの」

アナの言う通り、この執務室は暗い。部屋にはいくつも燭台があるが、使っているのは机の近くに置かれた五叉燭台の一つだけだ。その五叉燭台も灯が点いている蝋燭は一本だけだ。

「いや、節約しているのではない。単に、蝋燭の数が少ない方が好きなだけだ」

蝋燭の灯は少ない方が、私は好きだ。部屋の隅々までを明るく照らす前世の蛍光灯とは違い、蝋燭の光が届くのはその周りだけだ。使う蝋燭を少なくすれば、部屋の隅は夜闇となる。

周囲が闇だから、書類に集中出来るし本の世界にも入り込める。周囲が闇だからこそ、人との会話にも集中出来る。しんと静かな部屋の隅は、やはり夜の闇であった方が落ち着く。

もっとも、生家のアドルニー子爵家を出て以降、蝋燭の数を減らすのは一人で仕事や勉強をするときだけだ。使用人やアナがいるときは減らさない。だからアナは、そのことを知らなかった。

「うふふ。ジーノ様はロマンチックですわ。使う蝋燭の数なんて今まで使用人にお任せしていましたけれど、これからはわたくしも減らしますわ」

ソファセットのテーブルに置かれた燭台の蝋燭の一本だけに、ブリジットさんは灯を点ける。やはり蝋燭は良い。橙色の灯の下では、皿の上の食事も美味しそうに見える。少し年季の入った屋敷の彫刻の細やかなソファテーブルには、ぼんやりとした蝋燭の灯がよく合う。

アナが持って来てくれたのはピロシキだ。前世の日本では、ピロシキとは揚げパンだった。この国では窯焼きしたものだ。具材も春雨などは使わない。様々な具材があるが、今日は塩と胡椒で炒めた羊肉と茸、それにチーズだ。ちょっとした空腹にはちょうど良い。飲み物はほんのりと甘い蜂蜜湯だ。寒い季節のこれは、疲れが癒やされる。

アナも食事に付き合ってくれる。食事など無くても、アナが向かいに座り笑顔を見せてくれるだけで一気に疲れが吹き飛ぶ。

「アナ。私のことは気にせず、夜は早めに休んでほしい」

「ジーノ様がお休みになったら、わたくしもお休みしますわ」

重ねてお願いしてみたが、アナを説得することは出来なかった。それどころか、深夜残業を控えることになってしまった。

◆◆◆アナスタシア視点◆◆◆

今日はシモン領の主立った方をお招きしてのお茶会です。これから皆様が領主館にいらっしゃいます。皆様との親睦を深めなくてはなりません。今回わたくしがやるべきことはそれだけではありません。領政に役立つ様々な情報も集めて、ジーノ様のお役に立つのです。わたくし、頑張りますわ！


「まあ。これは大麻のドレスですわね」

「はい。シモン領の皆様との初めてのお茶会ですから大麻にしてみましたの」

皆様がこのドレスにご注目下さいます。今日のドレスには、この領地の特産品である大麻のものを選びました。

「今まで麻袋しか作っていませんでしたけど、こんな麻の使い方もあるのですね」

「これ、この領地にとって大きなチャンスになりますわよ⁉」

このドレスは、お近付きになりたいという意思を示すためだけのものではありません。新事業のご提案でもあります。実際に麻を使ったドレスをお見せすることで、麻の可能性を皆様にお伝えしたのです。ご好評を頂けたようで、ほっと胸を撫で下ろします。

「あら？　こちらの素材は少し風合いが違いますわね」

「あら。本当ですわ。柔らかで光沢があって、麻に似ていますけど別素材ですわね」

「こちらの素材は亜麻ですわ。この辺りではあまり栽培していませんが、イエヌ王国では一般的な素材ですの。王都では輸入品を着ることも多いですから、この素材の衣装もよくお見かけしますわ。亜麻は水の少ない寒冷地でも育つ植物ですから、こちらの領地でも育つと思いますの」

「まあ！　こちらの領地でもこの生地が作れるんですの⁉」

「どうせ一から生産体制を築かなくてはならないんですもの。麻袋ではなく、もっと収益性の高いものを選ぶのも方法の一つかと思いますの。生産工程が何も無いというのは深刻な問題ですけれど、チャンスでもありますわ。儲けの大きい製品をわたくしたちで選ぶことが出来るんですもの」

領地没収の際、麻袋職人の皆様はこの領地を去ってしまわれました。麻畑はありますが、それを加工する方々がいらっしゃいません。基幹産業を失った状況なので、新事業のご提案をします。

「そうですわね！」

「素晴らしいですわ！　新事業、ぜひご協力させて下さいませ！」

わたくしのご提案に皆様がご賛同下さり、そのまま領地の発展方針についてのお話になります。女性のお茶会とは思えない熱の籠もった議論になってしまいます。貧しい領地です。新事業は、皆様にとっても切実な問題なのです。

「お金にばかり目を向けずに、もう少し人にも目を向けて頂きたいですわ。領地を回られて領民とお話しされたことも無い方に、本当にこの領地を治められるのかしら？」

ご不快そうな口調で五十代の婦人がそう仰ると、場が静まり返ってしまいます。そう仰ったのはレスリー様です。お家は土木事業を営まれていて、麻関連の事業には関係していらっしゃいません。

「そうですわね。領民の皆様にも目を向ける必要がありますわね。ご助言嬉しく思いますわ」

「ちょっと！　レスリー様！　失礼ですわよ！　礼儀を弁えた方が宜しいのではなくて⁉」

わたくしはレスリー様に感謝を申し上げましたが、灰色のお髪の三十代のご婦人がレスリー様を窘められます。ビジー様です。お茶会の最初からずっと、わたくしには好意的に接して下さいます。

「アナスタシア様。大丈夫ですか？　お気になさいませんように」

わたくしにもお気遣い下さりながら、ビジー様はレスリー様と口論を始められてしまいます。

「そ、そういえばアナスタシア様。『ゴブリン令嬢』の劇、拝見しましたわ。あの劇は実話を元にされたそうですけど、本当のことなんですの？」

「わたくしもお聞きしたいですわ！　あの劇についてお伺いするために今日ここにお伺いしたと申し上げても過言ではありませんの！　ぜひ詳しくお教え頂きたいですわ！」

口論で重くなってしまった空気を変えられようと、お一人が劇の話題を出されると、皆様が勢い良くそのお話に乗って来られます。

劇場も無いこの街ですが、演劇『ゴブリン令嬢』は皆様もご存知です。この演目を演じるなら、路上公演でも当家から多額の援助金が出ます。この街の広場などでも毎日公演されていて、皆様にもお馴染みなのです。

どうやら皆様は話題を変えられたかっただけではなく、本当に詳しくお聞きしたかったようです。そこからしばらくは、劇についての興奮気味なご質問が続きます。ほぼ実話だと分かると、皆様は悲鳴のようなお声を上げられます。

嬉しいですわ。皆様がジーノ様を賞賛されるんですもの。でも、本物のジーノ様は劇よりずっと素敵なんですの。うふふ。

わたくしたちがお喋りをしていると四十代のご婦人がお部屋に入って来られます。

「申し訳ありません。所用で遅れましたわ」

謝罪はされましたが、お顔は謝罪される方のそれではありません。不敵な笑みを浮かべられてわたくしをご覧になっています。

爵位が自分より上の方が主催するお茶会には、早めに会場に入るのがマナーです。にもかかわらず、公爵家のわたくしが主催するお茶会に敢えて遅れていらっしゃいました。

これも駆け引きです。現段階では友好的な関係には程遠く、相当な譲歩をこちらがしなければ友好的な臣従はされない、と仰りたいのです。

「初めてご挨拶を申し上げます。シューマ家夫人のエイブリーです。お会い出来て光栄ですわ」

驚いて固まってしまいます。

以前こちらはサンガー侯爵領でした。それが王家に没収され、その後ジーノ様の領地となりました。

サンガー侯爵領だった頃、ここにいらっしゃる皆様は貴族でした。その貴族位は、王家から下賜される直臣爵ではなくサンガー侯爵家より下賜された陪臣爵です。サンガー侯爵家がこの領地を手放されたとき、引き続き貴族でいられた方はサンガー家とともにこの地を去られてしまっています。

こちらに残られているのは領地没収時にサンガー家から奪爵された方々です。

つまりこの方の今の身分は、平民です。家名をお持ちでないにもかかわらず、わたくしに家名を名乗られたのです。こちらが必ず家名、つまり爵位をお渡しすることになる、という意味の宣言です。

「ちょっと‼　エイブリー様！　いくら何でも失礼ですわよ！」

ビジー様が怒鳴り声を上げられます。この方はまた、わたくしにお味方下さいます。

「あら。ご免あそばせ。間違えてしまいましたわ」

何でもないことのようにエイブリー様が仰います。そのままお二人の口論が始まってしまいました。

「ありがとう存じます。ビジー様。ですが大丈夫ですわ」

エイブリー様と激しい口論を始められたビジー様にわたくしはそう申し上げます。

「ですが！　これは目に余りますわ！」

わたくしは落ち着いています。エイブリー様の意図が分かるからです。これも駆け引きです。

家名を名乗られたのは、この領地を円滑に治めるならエイブリー様のお家のご協力は不可欠で、必ずエイブリー様のお家は叙爵されることになると仰っているだけです。つまり、エイブリー様のお家のこの領地での重要性を強調されているのです。遅れて来られたことと併せて、相当な譲歩をこちらに要求されています。

わたくしが非礼を咎(とが)めなかったことに、エイブリー様は満足されたご様子です。

このお茶会では二種類の方がいらっしゃいます。エイブリー様のように強気に出られる方と、ビジー様のように好意的な方です。どちらのお気持ちも理解出来ます。

エイブリー様のお家は麻がよく育つ土地をお持ちで、麻農地をお持ちの皆様のまとめ役でもあります。麻事業をこの地で手掛けるなら、ぜひお力添え頂きたい方です。強気な態度に出られるだけのお力を、この方はお持ちなのです。

好意的に接して下さる方は、そういう強みをお持ちではない方です。親愛を示すことにより臣従の際の条件を有利にしようとお考えなのです。

『お茶会では、媚(こび)を売る者と強く出る者がいるだろう。強く出る者は、自分たちを排除すると領政が回らないと思っている者だ。だがな、アナ。誰を排除しても構わない。どの家を排除したとしても、領政は私が何とかしてみせよう。もし不敬な態度を取る者がいたら、遠慮なく排除してほしい』

お茶会の前、ジーノ様はそう仰って下さいました。でも、そのお言葉に甘える訳にはいきません。この領地が豊かなら、有力なお家の排除も容易でしょう。でもこの領地は、飢饉(ききん)を起こしてもおかしくない危険な状況です。今のこの状態では、領地移譲による混乱は最小限に抑えなくてはなりません。

ここはわたくしが頑張るところです。頑張って、内助の功でジーノ様をお助けするのです。

あら。うふふ。内助の功だなんて、とっても妻らしくて素敵ですわ〜。そうなのです。わたくしはもう、ジーノ様の妻なのです。気分が上向きますわ〜。

「アナスタシア様？　どうなさいましたの？　お顔を赤くされて？」

「ニコニコされてますけど、何か良いことでもあったんですの？」

「い、いいえ。何でもありませんわ」

いけません。今はお仕事の最中です。集中です。集中するのです！

その後はエイブリー様を交えてのお茶会となりました。話題は宝石についてです。エイブリー様は宝石が相当お好きのようです。今日もたくさんの宝石を着けられています。

エイブリー様を持ち上げられる方、レスリー様に近い立場を取られる方、血縁や事業での関係から親しい間柄かと思ったらそうでもない方々、関わりは薄いはずなのに親しい方々……書類では見えなかったものが色々と見えてきます。なかなか有意義なお茶会ですわね。ジーノ様にご報告することがたくさんありますわ。

「アナスタシア様でしたら、虹石（にじいし）なんてお似合いかもしれませんわね。よろしければ今度差し上げますわよ？」

「エイブリー様っ‼　あんまりですわっ‼」

楽しそうなお顔のエイブリー様に、ビジー様がお声を張り上げられます。

「初めてお聞きする宝石ですわ。どんな宝石なんですの？」

「この領地の特産物ですけど……公爵家の方がご存知ないのも当然ですわ。平民の子供が着けるような安物の石ですもの。あれを宝石とは言いませんわ」

「主に平民の子供が着ける装飾品に使われますわね。エイブリー様は『小娘』と仰りたかったんですわ。本当に失礼ですわね。ビジー様がご立腹なさるのも当然ですわ」

「まあ。そんな石があるんですの？　一度拝見したいですわ」

わたくしがそう申し上げると、皆様がお笑いになります。

「アナスタシア様は『貴族喧嘩（けんか）せず』を地で行かれてますわね」

「そうですわね〜。癒やされますわ〜」

「まるで沼に杭（くい）ですわね。エイブリー様も嫌味の申し上げ甲斐（がい）が無いでしょうね」

皆様はそう仰いますが、怒るようなことでもないと思います。四十を越えた方がご覧になれば、わたくしなんて小娘以外の何者でもありません。

「若奥様。どうか、あの者を誅するご許可を」

お茶会が終わって皆様がお帰りになった後、ブリジットがとても物騒なことを言います。

「あの、そんなに興奮しなくても大丈夫ですわよ？　わたくし、何とも思っていませんわ」

「ほほほほほ。ブリジットや。心配は要りませんよ。これも若奥様の計画の一環なんですよ」

わたくしがブリジットを宥めていると、メアリが加勢してくれます。

「計画、なんですか？」

「ええ。そうですよ。若奥様が初めて女主人としてのお仕事をされるということで、奥様がお知恵をお授けになったんですよ。『女帝陛下』の異名をお持ちで国中の貴族がその知略を恐れる奥様のお知恵ですよ？　心配することなんて、なーんにもありませんよ」

ようやくブリジットは落ち着いたようです。

お茶会で集めた情報は、これからジーノ様にご報告しなくてはなりません。ブリジットがこれだと、ジーノ様のご反応が心配です。

「なんだと!?　そのエイブリーとか言う、不快極まりない無礼者を引っ捕らえろ！　今すぐにだ！」

ジーノ様が衛兵に向かってお声を張り上げられます。やっぱりお怒りになってしまわれました。

「お、お待ち下さい。どうか、お怒りをお静め下さいませ。エイブリー様は、お家のために懸命に戦われているだけですわ。わたくしもそれは存じていますから、不快には思っていませんわ」

ジーノ様のお怒りをお静めしなくてはなりません。まだ領主になられたばかりです。赴任早々過激な制裁をされたら、民心が離れてしまいかねません。今はまだ駄目なのです。処分されるにしても、もう少し時間を置いてからです。それも領民の皆様が納得出来るような理由が必要です。

「若奥様の仰る通りですのう。先ずは落ち着かれて、それから若奥様をお褒めになるのが良いと思いますぞ？　今回の若奥様のお仕事は、私どもの仕事の大きな助けになっていますからのう」

　マシューもわたくしを援護してくれます。

「む。そうだな。アナ。今回は本当に頑張ってくれた。ありがとう。お陰でこちらも随分やりやすくなった」

「少しでもお役に立てたのでしたら……嬉しいですわ」

　恥ずかしくなって俯いてしまいます。だって、心が融けてしまうのではないかと思うほどお優しい笑みを浮かべられて、わたくしの手を握られて仰るんですもの。

「だがアナ。もう無理はしないでほしい。君がずっと笑顔でいることが私の望みだ。そのために、私が力を尽くそう」

　本当にお優しい方です。わたくしのために、いつも進んで苦労をされるのです。

「わ……わたくしだって……ジーノ様のために力を尽くしたいですわ」

　ですが、そう思うのはわたくしも同じです。全然お役に立てていないのでお恥ずかしい限りですが、勇気を出して自分の気持ちを正直にお伝えします。

　ジーノ様は目を見開かれ、身動きを止められてしまいました。

「アナ‼　なんて可愛い人なんだ‼」

「そこまでです！　ジーノリウス様！」

　しばらく動きを止められていたジーノ様ですが、歓喜のお顔で両手を広げられました。そんなジーノ様の後ろ襟を、ブリジットが引っ張ります。

「あの家が強気の態度になるのは分かる。置かれた状況を考えるなら、そうすることが自然だ。だが、度を超えているな」

「過去の記録を調べてみましたが、ここがサンガー侯爵領だった頃はサンガー家の関係者はほとんどこちらに来ておりませんからのう。王家没収地だった頃は尚のことですじゃ。王家はこの領地には関心がほとんど無く、有力者への叙爵さえしておりませんからのう。この地の有力者はずっと野放しで、ここはあの者らの天下でしたからのう。増長してしまったんでしょうなあ」

ジーノ様にマシューがそう返します。

「なるほどな。目上の者と接する機会が少なかったから、目上相手の駆け引きが稚拙だということか。アナの計画が成らなかったとしても、最初にある程度の鞭が必要だな。あの態度のままでは、アナがこれからも辛い思いをすることになる」

「わたくしは大丈夫ですわ」

「いや。君に対する不敬は私が耐えられないのだ。それはこの家の使用人たちも同じだ。是正しなくてはならない」

結果がどう転ぶにせよ、ジーノ様は一度厳しい対処をされるようです。


「わたくし、全然駄目ですわ」

資料室で資料を探しながらそんな独り言を呟いてしまいます。

将来は公爵夫人になって、お母様の役割を引き継ぐことになります。でも、お母様に比べたらわたくしなんて全然駄目です。

社交界の皆様はどなたも、お母様には一目置かれます。ですがわたくしは、皆様に軽んじられてばかりです。計略もそうです。もしお母様がお知恵をお貸し下さらなかったら、わたくしは右往左往するばかりだったと思います。

　このままでは駄目です。ジーノ様のお荷物です。もっと頑張らなくてはなりません。ジーノ様のお役に立つ女性になりたいです。

　レスリー様のご助言に従ってお忍びで街を見回ってみました。書類から分かる状況よりもずっと、本当に酷い有様でした。特に貧民街は深刻で、皆様はその日の食べ物にもお困りです。
　ついでに宝飾店を回り、帳簿をお借りします。これはお母様のご助言です。宝飾店の帳簿は、領主館の資料では把握出来ない宝飾品の流通が確認出来ます。横領などの不正があったとき宝飾品の流通という形で表れることが多く、領内宝飾店の帳簿閲覧は不正発見に有用なんだそうです。

　今日は貧民街で炊き出しをしています。先日の視察で、貧民街の切迫した状況が分かったからです。大鍋でお料理を始めるわたくしたちを、皆様は訝しげにご覧になっています。

　しばらくすると大勢の方が集まって来られます。皆様は食い入るような目で、遠巻きにわたくしたちをご覧になっています。

「皆様は、なぜもっとお近くにいらっしゃらないのかしら？」

「記録を調べてみましたが、この領地では飢饉の際に食料を配給したことはあっても、炊き出しをしたことは一度もありませんでしたからのう。貧民街で料理する貴族を見るのは初めてなんだと思いますぞ」

「あの人たちは、このお料理が自分たちに配られるものだとは思っていないんですよ。遠巻きに見ているのは、お料理が出来上がるのを待っているのではなくて、私たちが捨てた食材を狙っているんだと思いますよ」

マシューとメアリの説明に驚いてしまいます。貧民街での炊き出しは街の状況把握と領民の皆様との親睦を深めるのに有用だって、学園でも習います。教科書にも載っていることなのに、困窮したこの状況で一度も炊き出しをされなかったなんて。以前はどんな領政だったのでしょうか？

「マシューはさすがですわね。過去の炊き出しの記録まで調べているなんて」

「ほっほっほ。過去の事例を調べるよう私に命じられたのはジーノリウス様ですぞ？　若奥様の炊き出しを成功させようと、あの方も陰でお気遣いされていますのじゃ。若奥様は相当、愛されていますぞ？」

「ほほほほほ。ええ。本当に。これならお世継ぎのご誕生も、きっとすぐでしょうねえ」

二人がとんでもないことを言うので、恥ずかしくて俯いてしまいます。

「まあ。こんなところにいらっしゃって。どうされたんですの？」

思わずそう申し上げてしまいます。ビジー様とレスリー様がいらっしゃったのです。

「貴族が貧民街で変わったことしてるって、大変な噂になっているから来てみたんですわ。お手伝いしますわよ？」

「領民と向き合われたことは評価しましょう。諫言を申し上げた以上、わたくしもお手伝いしますわ」

ビジー様とレスリー様は、お手伝いをお申し出下さいます。

領内初の炊き出しなので、話題になっているようです。

「まあ！　お料理がお出来になるんですの⁉」

驚いてしまいます。ビジー様とレスリー様がご自身で用意されたエプロンをお召しになり、お料理をしている場所へと向かわれたのです。

「それはもちろん、出来ますよ」

レスリー様は「はい」と短くお答えされてお料理を始められましたが、ビジー様はお喋りにお付き合い下さいます。

「すごいですわ！　わたくし、包丁も触らせて貰えませんのに！」

「あっはっは。そりゃ、筆頭公爵家のご令嬢は触れませんよね。でもわたくしたちは立派な平民ですし、貴族だった頃も平民に毛が生えた程度のものですから」

そう仰るとビジー様は慣れた手つきでお野菜を切り始められます。

すごいですわあ！　ビジー様の包丁さばき、とってもお上手ですわあ！

……わたくしも切ってみたいです。あら？　ちょうどすぐそこに包丁がありますわね……わたくしもお料理にチャレンジですわ！

「わあっ！　あぶなーい！」

「若奥様っ⁉　いけませんっ！」

慌てて駆け寄られたビジー様とブリジットに手を押さえられてしまいます。

「アナスタシア様。野菜にも持ち方があるんですよ。包丁の刃の先に指が来るように持ったら危ないですよ」

「その通りです！　もうこんな危ないことはなさらないで下さい！　お料理は禁止です！」

すぐに包丁を取り上げられてしまい、お料理をすることは出来ませんでした。残念です。

わたくしたちがお料理をしていると貧民街に馬車が入ってきます。馬車から降りて来られたのはエイブリー様でした。

「アナスタシア様。こんなところで無駄な時間を過ごされていないで、領政の立て直しにお力を入れた方が宜しいのではなくて？」

エイブリー様が仰います。ご不快さを隠されることもないお顔です。

エイブリー様がご不快になるのは予想通りです。この貧民街はエイブリー様が管轄される地区ではありません。エイブリー様をこの地で最も重要な臣下として扱うなら、先ずはこの方の管轄される地区に伺って炊き出しをしなくてはならなかったのです。

それでも、わたくしは貧民街での炊き出しを優先しました。貧民街の皆様の方が、よっぽどお困りのご様子だったからです
「ご不快にさせてしまい、申し訳ありません。でも、遊んでいるつもりはありませんわ。貧民街の皆様へのご支援も、領政の一環ですもの」

「あら。アナスタシア様は領政について何もご存知ないのかしら？　領を運営されるなら、先ずは領民が飢えることのないような施策をするべきですわ。こんなのただのパフォーマンスですわよね？　領主館にお戻りになって、やるべきことをされた方が宜しいかと思いますわ」

「領民が飢えることのないような施策」とは、麻事業の体制構築のことでしょう。領地経営で最も重要となる麻事業を最優先するようにと、エイブリー様は仰っているのです。

「確かに、事業で領を豊かにすることは重要ですわ。でも、それで領が上向くのは少し先のお話だと思いますの。ここにいらっしゃる皆様は、今日召し上がるものにもお困りの方ですわ。事業の施

策だけではお助け出来ないと思いますの。事業体制構築と並行して困窮対策もするべきだって、わたくしは思いますわ」

今回は引くつもりはありません。わたくし個人への侮辱などでしたら、不問にすることも出来ます。ですが炊き出しを中止して被害をお受けになるのは貧民街の皆様です。有力者に阿って本当にお困りの方を蔑ろにしては、為政者失格です。

「いい加減になさいませ！　エイブリー様！」

そう仰ったのはレスリー様でした。ビジー様もこちらにいらっしゃってエイブリー様との口論に参加されます。

やることがなかったわたくしとは違い、お二人はお料理をされていました。わざわざお料理を中断されて、わたくしにお味方下さっているのです。

エイブリー様がご不満を表明されたのは、エイブリー様のお立場の問題もあると思います。エイブリー様の管轄区より先に貧民街で炊き出しをしたので、当家がエイブリー様のお家を軽んじていると周囲がお考えになる可能性があります。そうなると領地内の序列にも影響してしまいます。この領で暮らす皆様にとって、領内の序列はとても重要なことなのです。

序列が重要なのはレスリー様たちも同じです。エイブリー様のお家が領内で大きな権力をお持ちになるのを、レスリー様たちはお望みではありません。当家が麻事業にばかり関心を寄せてしまうと、麻事業との関わりが薄いレスリー様はお苦しいお立場になります。

「アナスタシア様のお考え、よく分かりました。大変有意義なお話し合いでしたわ。今日はこれで失礼させて頂きます」

そう仰ってエイブリー様は立ち去られました。

「大変有意義」と仰ったのは、この件を大きな取引材料にするということでしょう。こちらにより一層の譲歩を要請されるおつもりだということです。

「ほほほほほ。領地の皆様は、若奥様さえ攻略すればジーノリウス様を攻略出来たも同然だってお考えですからねぇ。若奥様のところでばかり大変なことが起きますねぇ」

「どうしてそのように思われたのかしら？」

メアリはそう言いますが、そんなことはないと思います。むしろ、ジーノ様を攻略された方が良いと思います。ジーノ様の仰ることなら、わたくしは何でも従います。

「ほほほほほ。お二人のご様子を五分もご覧になったら、誰だってそう思いますよ。若奥様は物凄(ものすご)く愛されていますからねぇ」

メアリがニヤニヤとわたくしを見るので恥ずかしくなってしまいます。

「ほっほっほ。先程の毅然(きぜん)とした態度はご立派でしたぞ。若奥様が転べばジーノリウス様も転んでしまいますからのう。無愛想なジーノリウス様より若奥様の方が与し易(くみやす)いと見て若奥様に狙いを定める方も多いでしょうが、ここは踏ん張りどころですぞ？」

マシューがそう言って励ましてくれます。

そうですわね。ジーノ様にご迷惑は掛けられませんわ。簡単に言質を取られないよう注意しなければなりません。

あら？　そろそろお料理が出来上がりますわね。気を取り直して、わたくしのお仕事をしますわ！

大人の方は怖がってしまうので近付くのが難しいです。先ずは遠巻きにこちらをご覧になっているお子様のところに行きます。

「お貴族様。いつ頃残飯を捨てるの？」

　お子様のお一人がそうお尋ねになります。やっぱり、残飯をお待ちでしたわね。

「残飯ではなくスープとパンを差し上げますわ」

「……ぼく、お金持ってないよ？」

「お金なんて要りませんわ。少しお話をお聞かせ頂けたら十分ですわ」

「何のお話？」

「そうですわね。この街の様子ですとか、昨日は何をして過ごされたですとか、そういうお話ですわ」

「え⁉　そんなのでいいの⁉」

「十分ですわ。お友達もお呼び下さいませ。皆様にスープとパンを差し上げますわ」

「あの……話をしたら俺らも食べ物貰えるんでしょうか？」

　お子様とのお話に聞き耳を立てられていた大人の方がお尋ねになります。

「もちろんですわ。お話をお聞かせ下さいませ」

　皆様から歓声が上がります。騎士たちが領民の皆様を並ばせて、わたくしは使用人とともにお料理をお配りします。お渡しする前にちょっとした世間話をして街の情報を集めます。

「うめえええ！　このスープ！　塩がたっぷり入ってるぞ！」

「うわあああ！　お肉だあああ！」

「なにこのパン⁉　ふっかふかだぞ⁉　うめえ！」

　我慢出来ず、手にされて直ぐに召し上がったお子様たちが大喜びしています。

うふふ。可愛いですわ。炊き出しして良かったです。

「お貴族様。これあげる」

「あら？　これは？」

「ぼくが作ったの。父ちゃんがね、何か貰ったらお礼しなさいっていつも言ってるの。スープとパン貰ったからそのお礼だよ」

食べ終えたお子様が差し出されたのは、石を繋いだ腕飾りでした。こんな小さなお子様が装飾品を作られて商売をされているんですのね。

「立派なお父様ですわね。ありがとう存じます。嬉しいですわ」

「お貴族様。これ、あたしが仕事で作ってる草縄です。草原の使えそうな草の繊維を寄せ集めたもので強さも特性も麻縄みたいに均一じゃないんですけど……こんなものしかなくてすいません！庭作業にでも使って下さい！」

今度は三十代ぐらいの女性が草縄を一束差し出されます。

「お貴族様。あたしはこれあげるね」

「これ、俺が作ったやつなんだ。あげるよ」

一体どういうことでしょうか。多くの方が何かを差し出されます。

「これがこの貧民街の文化なんですよ。貰って上げて下さい。貴族がルール違反なんてしたら、大切な文化が壊れてしまいかねませんから」

そう仰ってレスリー様がご説明下さいます。

貧民街では、何かをして貰ったら何かを返すのがルールなんだそうです。貧しい領地の中でも特に貧しい場所です。一人でも多くの方が生き残るため、代々の顔役の方は皆様に助け合いのルールを徹底されているんだそうです。貧しければ奪い合いなんてすぐに起こってしまいます。そうならないよう、ルールの徹底はかなり厳格なんだそうです。

皆様のプレゼントは有り難く頂きました。

◆◆◆ジーノリウス視点◆◆◆

「やはり厳しい」

思わずそう呟いてしまう。

麻袋ではなく麻布を使った服を事業とする計画を立てているのだが、なかなか厳しい。収益性は今よりも格段に上がるだろう。だがそれでも、黒字転換出来るほどではない。

「ジーノ様」

嬉しそうな顔でアナが執務室に入って来る。その笑顔だけで疲れが吹き飛ぶ。

「これ、炊き出しをしたときにお子様から頂いたものなんですの」

「これは⁉　七色鉱石か⁉」

アナが差し出したのは、細く割いた植物の茎を撚り合わせて作った紐で石を繋いだ腕飾りだった。鉄鉱石のようなその石は、油膜が張っているかのように虹色に輝いている。前世では七色鉱石と呼ばれたもので、ミスリルの原料だ！

「やっぱりそうですわよね？　図鑑で見たのと同じでしたもの」

私の前世についてアナに打ち明けた後、アナには魔法を教えている。当初は魔法だけを教えるつもりだったが、アナは前世の言語から学ぶことを望んだ。大学図書館を発掘したので、私は前世の

書物を大量に持っている。本が大好きなアナは、その前世の本を読みたがったのだ。

そこで、水晶球リーダーに収められた本を獣皮紙に焼き付けてプリントするゴーレムを作った。プリントされ綴られた本で、アナは前世の言語の勉強をしている。習熟度はまだまだなので、読むのは図鑑など絵が付いたものが多い。

ちょっと前に『宝石・鉱物図鑑』を読んでいた。それで七色鉱石を学んだのだろう。

「この領地では虹石と呼ばれているもので、近くの山でたくさん採れるそうですわ。ミスリルなら、領地は莫大な利益を上げることが出来ると思いますの」

「そうだな。これを素材に魔道具を作ったなら大きな利益を上げることが出来る。採掘には人手が必要だから、領民の雇用にも繫がる。あとは販路だな」

魔道具は、大変な高級品だ。露店で野菜と一緒に高価な宝石を売っても、その宝石に相応しい価格では買って貰えない。高級品を高級品の価格で売るには、豪華な店舗が必要になる。私の商会の店舗は、魔道具の販売には適さない。専門性が高い分野なので販売員の教育にも時間が掛かる。

「二日後にエカテリーナ様がこちらにいらっしゃいますわ。ご相談なさったら良いと思いますの」

「なに？　バイロン嬢が来るのか？」

バイロン家は魔道具事業を営む家だ。魔道具に関しては広い販売網を持っている。それにあの家の令嬢はアナと親しく、信用の置ける人物でもある。取引相手としては申し分ない。

「はい。お招きしましたの。ご用もありましたし、久しぶりにお会いしたいですもの」

アナは貴族らしい貴族だ。嘘は吐かないはずだ。用があるのも、久しぶりに会いたいのも本当だろう。

だが、それだけではないはずだ。ミスリル魔道具の事業を成功させるために、さり気なく気を回してくれたのだろう。こちらが気付かないような気遣いもしてくれ、その手柄を誇ることもしない。そんな素敵な女性なのだ。

今は領地の主立った者を招いての夜会の最中だ。会場のほとんどの者が気も漫ろだ。これから爵位授与者の発表があるからだ。

正式な叙爵は関係者のみ招集して行うが、叙爵者の発表はパーティなどの公の場で行われるのが通常だ。序列の変化は、叙爵者本人からの自慢ではなく上位者からの通達で知らせた方が摩擦も少ない。

平民が叙爵されるにはいくつかの方法がある。遺物の魔道具の献上もその一つだが、そんなことは滅多に無い。王家や叙爵権を持つ貴族家に多額の財産を納めるのも方法の一つだ。しかし、この領地でそれはまず無理だ。貧しいこの領地はどの分野も市場規模が小さく、成功したところで高が知れている。

この領地で唯一の方法は、領地管理上の都合で領主から授与されることだ。自力で得る訳ではないこの方法に限っては、管理上必要が無くなれば主家の一存による降爵や奪爵もあり得る。

「領主の私から発表がある。今後、この領地の運営に深く携わる家については、セブンズワース家から爵位を授与しようと思う。これからその家を発表する」

床より一段高い壇上でそう言うと、全員の視線がこちらへ向く。皆、緊張した面持ちだ。

「先ず、ピーター氏とレスリー夫人の家には男爵位を付与する。次に、マーク氏とアニー夫人の家には――」

喜ぶ人、悲しむ人。発表を聞く者たちの反応は様々だ。

「何故レスリー様の家が叙爵されるのですか？　アナスタシア様に暴言を吐いたじゃありませんか？」

発表後、名前を呼ばれなかった夫人の一人が叫ぶように言う。かなり悔しそうだ。

「それは、領地を回られて領民とお話されるように、というご助言のことですわね？　あれは何も問題ありませんわ」

私の代わりにアナが答える。

「問題ないんですか？」

「はい。当家では、諫言をして下さった方を咎めることはしませんわ。レスリー様のお家は土木事業を営んでいらっしゃいます。専門的な作業は職人の方がされますけど、単純な作業は貧民街の皆様にお任せすることも多い事業ですわ。あのご助言は、お仕事で関わりのある貧民街の皆様の困窮をご心配なさってのものだと思いますの。炊き出しでもレスリー様は貧民街の皆様と親しくされていましたし、間違いは無いと思いますわ。領民をご心配なさってわたくしに諫言をして下さるような方でしたら、ぜひ臣下として要職をお願いしたいと思いますわ」

質問に答えることを利用して、アナはセブンズワース家の臣下評価方針を皆に伝えている。さすがはアナだ。今後の領政を考えたら、今ここで伝えておく方が問題も起こりにくい。やはりアナは、やること全てが素晴らしい。

レスリー夫人は、感動した様子でアナを見詰めている。非礼な態度を取られても気に掛けず、その人の真意を読み取れる、アナはそんな素晴らしい女性だ。彼女もそれに気付いたのだろう。ふふ。そうだ。アナは凄いのだ。アナが皆から尊敬されるのは、実に気分が良い。

実際、彼女はアナに感謝すべきだ。アナに対する態度が悪かったので、私は彼女を外そうとした。それを止めたのはアナだ。

「私たちの家にも爵位を授与しないつもりですか⁉」

憎々しげな顔でそう言うのはエイブリー夫人だ。

「もちろんだ。色々と問題が見付かったからな」

発端は、麻袋事業関連での資料の食い違いを発見したことだ。税収や生産高に関する資料間で矛盾があることにアナが気付いた。

アナがバイロン嬢を呼んだ本来の目的は、バイロン領の関税資料を見せて貰うためだ。確りした管理体制のバイロン領の資料は、事務員が少なく管理も貧弱なこの領地の資料よりずっと信頼出来る。バイロン領の関税資料とこちらのバイロン領向け輸出額には大きな差があり、差異の発生原因もおよそケアレスミスとは思えないものばかりだった。これで資料のねつ造が確定した。

誰が不正に関与しているのか、これに当たりを付けてくれたのもアナだ。宝飾店の帳簿を確認したところ、収入では到底賄いきれないほどの額の宝飾品を毎年のようにエイブリー夫人は買っていた。ほぼ間違いなく、エイブリー夫人の家は不正に関わっている。そんな家に爵位は与えられない。

義母上はこうなることを読んでいた。義母上がこの領地に来たことは無い。しかし麻事業の不自然な収益性の低さや領民の生活状況などの概況だけで、不正の当たりを付けてしまっていた。

「どんな問題があったっていうんですか？」

「全貌はこれから明らかにしよう。だが一つ、既に判明していることがある。あなたの家は農民に対して不当な税を課していたな？　これからその責任を追及させて貰う」

代官による勝手な課税は違法だ。領主の知らないところで農民が重税に苦しみ、気付いたら一揆の軍勢が領主館を取り囲んでいた、ということになりかねない。

しかし、領地によっては目こぼししているところもある。この領地もそうだった。サンガー家も王家もこの領地には関心が無かった。主家の関心が無い領地では、領主代行者が不正に気付いても賄賂の見返りに黙認することがよくある。

それはこの領地の法律からも分かる。代官が勝手な課税をして金を騙し取っても、得た利益の返還以外にあるのは罰金だけだ。普通の平民が詐欺で金を騙し取ったら罰金に加え投獄までされるのに、だ。有力者に有利で、彼らが私腹を肥やすための法体系としか思えない。こういう不平等もこれから是正しなければならない。

この不正課税を見付けてくれたのもアナだ。アナは領内のあちこちで炊き出しをしてくれた。エイブリー夫人の家が管轄する地の小作農に対してもしている。炊き出しでアナが小作農から聞き出した税は、八公二民だった。酷い税率だ。本来の税率は四公六民なのに、だ。

「私たちを排除して、領地が飢えずに済むと思うんですか？」

エイブリー夫人の夫がそう言う。その憤慨ぶりから、叙爵を当然と思っていたことが分かる。

税率に関して、夫人たちは小作農と一応は口裏合わせをしていた。だが「本当の税率を言うと更に上げられるから言うな」と言って聞かせただけの杜撰なものだった。

不正を知られても構わないと思っていたのだろう。領地の重要な収入源である麻農地と麻農家を掌握する家だ。不正を知ったとしても切り捨てることは出来ない。この逼迫した状況で切り捨てたら、飢饉が起こってしまう。そう考えたのだろう。

「問題ない。これからこの領地は、木材を使った家具などの製作が主力事業になる。麻事業は副次的な事業になる予定だ。あなたたちの家を頼らなくても領地経営は十分に可能だ」

切り捨てることはない、というのは計算違いだ。麻事業に頼らず領地運営を行う算段は、もう付いている。

「覚えてなさいよ？」

「後で泣き付いて来ることになると思いますよ？」

そう捨て台詞を吐いてエイブリー夫人たちは会場から出て行く。

「私たちが叙爵されないのは何故ですか？　家は不正なんてしていませんし、事業だってそれなりの規模です。アナスタシア様とも仲良くやれてるのに……」

今度はビジー夫人だ。叙爵者を発表する場だから仕方ないが、大荒れなパーティだな。

「それはあなた自身が一番よく分かっているだろう？」

ビジー夫人はぎくりとした顔になる。

「……上手くいくといいですね。木製家具事業」

嘲笑うような笑みでそう言うと、彼女たちも会場から立ち去った。

「どういうことですの？　木製家具事業って？」

夜会終了後、バイロン嬢が私のところに来て尋ねる。領地に来ていた彼女も夜会に出席し、私とビジー夫人の会話を聞いていた。

その疑問も当然だ。ミスリル魔道具事業の打ち合わせを、これまでに何度も彼女と行っている。今日もその打ち合わせがあった。取引規模を見れば、これが主力事業だと考えるのが普通だ。

「私は『木材を使った家具などの製作』と言ったのだ。魔道具は、中核部品以外は木材の使用も多い。嘘ではないだろう？」

　貴族は嘘を吐かない。嘘にならないような言い回しを選んだ。バイロン嬢もまた、ビジー夫人と同じく「木製家具事業」だと誤解している。

「なぜそのような言い方をされたんですの？　領地の皆様の協力は必須（ひっす）ですし、協力を仰ぐなら正直にお話するべきかと思いますわ」

「ビジー夫人たちは側妃殿下と繋（つな）がっている。正直に事業内容を話せばおそらく妨害が入る」

「え？」

　今回、大量にセブンズワース家の使用人を連れて来た理由がそれだ。第一王子派閥と第四王子派閥のどちらも、この領地に予（あらかじ）め間者を仕込んでいた。その洗い出しのために、間者炙（あぶ）り出（だ）しの専門家が必要だった。セブンズワース家の使用人には、そんな人たちもいる。

　内側に敵を抱えたままでは、領地経営は彼らによって妨害されてしまう。排除しない訳にはいかなかった。

　間者の炙り出しでも、アナは大活躍だった。大量動員すると警戒されてしまうので、隠密の人員には限りがある。関係者全員を具（つぶさ）に調べることは出来ない。そこでアナは、お茶会などで有力者の情報を集め、重点監視対象をピックアップしてくれた。私相手には警戒心を解かない者も、アナが相手だとすんなりとぼろを出してくれる。あれはアナの才能だと思う。

　ビジー夫人は真っ先にマークされた人物だ。初対面から無条件にアナの味方をする者は、往々にして下心がある者だ。

　それにしてもアナは凄い。アナのお陰でエイブリー夫人たちの不正を見付けられたし、アナのお陰で七色鉱石も見付けられた。アナのお陰で魔道具の販路にも目処が付いたし、アナのお陰で間者の炙り出しも出来た。八面六臂の大活躍だ。このことは、領民に広く伝えなくてはならない。

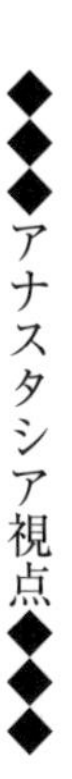

◆◆◆アナスタシア視点◆◆◆

ビジー様のご一家は、この地を去られました。留まられることも出来たと思いますが、それは選択されませんでした。残られる方、去られる方、他家と内通されていた皆様の今後は様々です。

エイブリー様のご一家は、当初この地に残られる方針でした。この領に広大な土地をお持ちなのですから当然です。ですが、まるで違う結果になってしまいました。

不法な税が徴収されていたことにお怒りの皆様は、その事実をお伝えしたその日にエイブリー様のお家に詰めかけてしまわれたのです。暴動になりそうだったので騎士を派遣し、後日改めてお話し合いの場を設けることをお約束して、お集まりの皆様には解散して頂きました。

事件はそのお話し合いの席で起こりました。笑顔でお茶を配られていた女性が、突如エイブリー様を短刀で襲われたのです。即座に立会人の騎士たちが制止に入りましたので、最悪のことにはなりませんでした。ですがエイブリー様は、腕とお顔に大怪我をされました。

凶行に及ばれた方は、小作農の女性でした。その日のお食事にもお困りになるほどの貧困でお乳が出ず、乳飲み子を亡くされた方です。騎士に取り押さえられながらも泣き喚かれ、エイブリー様ご一家を凄まじい憎悪の目でお睨みになっていたとのことです。

ジーノ様は自費で公共墓地の権利を一つ購入され、凶行に及ばれた女性にプレゼントされました。女性は困窮から、お子様を墓地に埋葬出来なかったそうです。墓地を手にされた女性は、お子様をお家のお庭からきちんとした墓地に移されました。

埋葬地を移される際、ジーノ様の費用負担で正式な葬儀が行われました。お子様が亡くなられた際の火葬は、女性が点けた火で行われました。教会から聖火を頂くにはお布施が必要ですが、女性はそのお布施をお支払い出来なかったのです。

今回の葬儀で使われたのは、教会の聖火です。聖火で焚かれることにより人は天に還る、と言われています。小さな木箱と一緒にもう一度焚かれたお子様から立ち上る煙をご覧になって、女性は声を上げて泣かれていました。参列したわたくしも、貰い泣きしてしまいました。

女性は、傷害の罪で一年の無償労役になりました。労役内容は、公共墓地の墓守です。女性のお子様が埋葬された墓地でもあります。毎日我が子の弔いが出来る労役で、女性は深くジーノ様に感謝されていました。

その女性だけではありません。口減らしでご家族を妓楼に売られたお家の方などもまた、エイブリー様ご一家を深く恨まれています。

ここが豊かな領地だったなら、皆様もここまでお恨みにはならなかったかもしれません。貧しい領地での不正課税は、その日のお食事にさえお困りになるほど皆様を追い込んでしまいました。

ジーノ様がエイブリー様のお家に重い処分を科されたのは、これが原因です。軽い処分だと皆様のお怒りは収まらず、大事件に発展しかねないと判断されたのです。

不正課税をしても、この領地では不当利得の返還と罰金だけで済んでしまいます。投獄はされません。領民の皆様の溜飲を下げるには罰金の額を大きくするしかなく、エイブリー様たちは財産の大半が没収されることになりました。

財産を失ってしまわれ、周りは深い恨みをお持ちの方ばかりです。エイブリー様のご一家は、逃げるようにこの地を去られました。

　領地で大きな既得権益をお持ちのお家を排除するというのは、お母様のご提案です。ジーノ様もわたくしも、それを実行するつもりはありませんでした。ですが結局、エイブリー様のお家を潰さざるを得なくなってしまい、お母様のご提案と同じ結果になってしまいました。

　お母様はきっと、ここまで読まれていたのでしょう。エイブリー様のお家の不正も疑われていました。領地に来ることなくここまで予測するなんて、わたくしには出来ません。やっぱりお母様に比べたら、わたくしは全然駄目です。

　本来の手順に従うなら、先ずはエイブリー様のお家から不当利得と罰金を領が回収し、その財産を被害者の皆様にお配りすることになります。ですがこの方法は、お時間が掛かってしまいます。

　時間短縮のため、ジーノ様は別の手順を取られました。先ずジーノ様のご負担で領民の皆様に損害額を賠償され、それから時間を掛けてエイブリー様から不当利得を回収され、ジーノ様のご負担を穴埋めされることにしたのです。困窮される領民の皆様に一刻も早くご返金するためです。

　領民の皆様は大喜びでした。ジーノ様が領主になるとすぐに不法徴税をされた方が厳罰に処され、お金もあっという間に戻って来たのです。悪代官が速やかに成敗される演劇『コーモン副将軍の世直し道中』のような鮮やかさです。

　ジーノ様のご評価は、これで急上昇するはずでした。でも、そうはなりませんでした。

『これは私の手柄ではない！　全ては私の妻、アナスタシア・セブンズワースの手柄だ！　君たちが感謝するべき人は私ではない！　世界最高の女性！　アナスタシア・セブンズワースだ！』

　領民の皆様の前で、ジーノ様はそう仰ってしまわれたのです。領民の皆様はわたくしに感謝するようになってしまいました。

今、領都大通りをお忍びで歩いています。吟遊詩人のお歌が聴こえます。わたくしのお歌です。

「正義の姫様の声が轟く～♪　月に代わってお仕置きよ～♪　悪を許さぬ我らが姫様～♪　ドレスのスカート翻し～♪　悪の一味をバッタバッタとなぎ倒す～♪　お姫様キーック♪」

そんなはしたないこと、しませんわ！

脚色されて事実とは全く違うお歌になってしまっています。派手なアクションも交えたお歌に、小さな女の子たちも手を叩いての大喜びです。

淑女としてはとても複雑です。お歌に合わせて女装の吟遊詩人が大きく足を蹴り上げられると、小さな女の子も大喜びで一緒に足を上げられます。はしたないから止めなさい、とその子のお母様はお叱りになっています。小さな女の子でもされないようなことを、わたくしがしたことになっています。

お歌になること自体、恥ずかしくて嫌です。お歌になるにしても、せめてスカートを翻す女性はお止め頂きたいです。もっとお淑やかにして頂きたかったです。

先日、お打ち合わせのためにエカテリーナ様がお越しになりました。吟遊詩人のお姫様キックを街でご覧になり、大笑いされていました。

◆◆◆ジーノリウス視点◆◆◆

ミスリル魔道具の第一弾はサーチライトだ。ミスリルは魔素含有量の非常に多い金属だ。そして純ミスリルには、含有魔素が消費されても空気中の魔素を吸収して元の含有量に戻る特殊な性質がある。サーチライトはこの性質を利用したものだ。魔素を消費しても時間経過により再充填され繰り返し使える。

ミスリル本来の使い方ではないが、敢えてこれを選んだ。純ミスリルに発光の魔術回路を付けただけの単純な構造だからだ。

あまりオーバーテクノロジーなものは危険だ。私やアナの周りに張り付く隠密の数も跳ね上がる。

七色鉱石の純ミスリルへの精錬、純ミスリル素材の加工と魔術回路付与は当家がやっている。専用ゴーレムを造り、生体認証機能を付けて私とアナ以外起動出来ないようにしている。これらは中核技術だ。外部に漏れないようにしなければならない。

出来上がったミスリル製中核部品は領都の工房に送られる。そこで木材の部品と合わせて組み立てが行われ、完成品となる。その後バイロン領に送られ、バイロン家の魔道具販売網を使って販売される。

七色鉱石の採掘や木製部品の製作、サーチライトの組み立てには多くの領民と多くの家が関わっている。複雑に絡み合う各家の利害調整を、アナは見事に成し遂げてくれた。

こういう調整が、アナは得意なのだと思う。優しいアナは、他人の気持ちを考える時間が長い。人の気持ちを察することに熟練しているから、相手が望む提案も出来る。ほんわかほのぼのしているが、あれでかなり意志が強い。向こうが強く出ても、折れるべきではないところでは折れない。

サーチライトは飛ぶように売れている。価格を抑え比較的裕福な平民でも買えるようにしたのが効いた。原価は安いが売価は驚くほど高いのが魔道具だ。超高収益事業のため、初年度から十分な黒字を確保出来そうだ。領地は急速に豊かになり、飢餓の不安から解放された領民の顔は明るい。

麻事業は一から再構築だ。麻農家の取りまとめ役で多少なりとも事業のノウハウを知るエイブリー夫人一家は、領地を去ってしまった。こちらの黒字化は少し時間が掛かりそうだ。

収入の主軸が魔道具事業になったので農産物の税は大幅に減免した。麻の税率は二公八民になり、更に立て直しまでの期間限定措置として二年間は無税だ。

また勝手な税を課されないよう新税率は私が直接農民に伝えた。八公二民というあり得ない重税からの劇的な負担減だ。もちろん農民は歓喜し、私に感謝した。だが私は、アナに感謝するよう彼らに言った。不正が摘発されたからこそ税率が下がることになったのだし、主力事業で十分な税収があるからこそ麻関連での減税や期間限定の無税化も可能なのだ。全てアナの功績だ。

全てはアナのお陰だということと、アナがどれほど素晴らしい女性なのかということを、私は確りと領民に説明した。今は皆が口を揃えてアナを讃えている。実に気分が良い。

だがアナはあまり喜んでいない。「またわたくしのお歌が出来てしまったら困りますの」と言ってしょんぼりしている。歌が出来るのは仕方ないと思う。これほど素晴らしい女性なのだ。吟遊詩人に讃えられない方がおかしい。

「ジーノリウス様！　工房で火事です！」
護衛が慌てて駆け込んで来た。領都にある魔道具組立工房での火災だと言う。
「大変です！　採掘場で火事です！」
火災に対応するため各方面に指示を出していると、また別の者が執務室に駆け込んで来る。今度は七色鉱石採掘場の管理小屋で火事だと言う。

私は今、採掘場に向かっている。街の工房での火災は騎士たちに任せた。私の乗る馬車は、後ろに荷台を連結させたものだ。怪我人がいた場合、街まで搬送する荷台が必要になる。人を何人も乗せたら、普通の馬車では坂道を上れなくなってしまう。だがこのセブンズワース家所有の馬車は、八頭立ての豪奢(ごうしゃ)なものだ。八頭も馬がいれば大勢の怪我人を積んでも坂道だって余裕だ。

騎馬で並走する護衛騎士はいない。工房での火災の対応とアナの護衛に騎士を回したからだ。街の魔道具組立工房と採掘場の管理小屋が同時に火災になったのだ。意図は明白だ。私かアナのどちらか、もしくは両方が狙いなのだろう。火災対応に騎士を当たらせ、私たちの護衛を手薄にしたいのだ。いずれにせよ、継承権争いでアナを利用したい者の犯行だろう。

継承権争いをしている連中は、私の領地経営を失敗させようとした。私の能力に疑義を呈し、私とアナの結婚を白紙に戻そうとした。国の柱石である筆頭公爵家の後継者だ。それが無能では国家も揺らぐ。王家による後継者問題介入も筋は通る。

だが、彼らの目論見は潰(つい)えた。アナがミスリルの原料を発見し、魔道具の生産事業が軌道に乗ったからだ。私の能力にケチを付けるつもりが、逆に能力を証明することになってしまった。

当てが外れた彼らが、いずれ直接狙って来ることは予想していた。狙うなら、警備の厚い王都の屋敷やセブンズワース領の公爵宮殿ではなく、護衛の少ないこの領地だと思っていた。予想通り仕掛けて来た。二カ所同時の火災とは、随分と分かり易い。

アナに万が一のことあってはならない。絶対に、だ。だから残りの騎士のほとんどをアナの護衛に付けた。アナを狙わせないために敢えて誘いに乗り、騎士たちより先に護衛も付けず一人採掘場に向かうことにした。

絶好のチャンスを与えたのだ。きっと私を狙って来る。しかし私は、襲撃を利用して逆に犯人共を捕らえるつもりだ。犯罪も辞さない奴の手駒は削るに限る。手駒を削れば黒幕の動きも鈍くなる。

「しかし、ジーノリウス様も豪気ですのう」

「ええ。そうですねえ。護衛も付けずに採掘場に向かわれるなんて」

馬車の向かいに座る二人がそう言う。執事長のマシューとメイド長のメアリだ。

採掘場には一人で向かうつもりだった。だがこの二人は、どうしても同行すると言って聞かなかった。火災で一刻を争う状況だ。のんびり口論している時間も無く、仕方なく同行を許してしまった。

問題は無い。二人程度なら守り切れる。馬車から出ないように言い聞かせて、障壁系魔法で馬車ごと包んでしまえば良い。

「前方約二百(フタマルマル)メルトの路上に馬防柵(ぼうさく)あり。柵の後ろ及び柵の横に男が立ち、こちらを注視しています。

数は目視出来るだけで十七(ヒトナナ)。兵装は弓四、槍(やり)三、重装六、その他不明。ご指示を」

馬車の小窓を開けて御者が言う。

まるで騎士のような報告だが、この御者の本職は騎士だ。ローブを着ているがその下は重装騎士の鎧(よろい)で、顔を隠すフードの下はフルフェイスの兜(かぶと)だ。襲撃に備えて御者も相応の人間に任せている。

「ゆっくり速度を落として手前二十(フタマル)メルトで停(と)めろ」

「はっ」

御者に指示を出して魔法の準備を始める。

「ほっほっほ。待ち伏せですのう。大変ですのう」

「ほほほほほ。ええ。そうですねえ」

取り乱すことを心配していたが、この二人は大丈夫なようだ。取り乱すどころか、落ち着き過ぎなぐらいに落ち着いている。

「さて。では行きますかのう」

「え⁉　駄目だ！　待つのだ！」

「ほほほほほ。大丈夫ですよ。ここは執事長に任せて、私たちはゆっくり見物していれば良いと思いますよ？」

マシューを止めようとした私の腕を掴んでメアリが言う。メアリに腕を掴まれたために制止が間に合わず、マシューはさっさと馬車から降りてしまった。メアリは私を強引に座らせると、彼女もまた馬車を降りてしまった。

不味い。計画が狂った。まさか二人とも馬車を降りるとは。

慌てて私も降りる。

「あれだ！　あの若い男が標的だ！　射て！」

「はっ⁉」

驚愕のあまり思わず声が出てしまう。弓兵が矢を射たからではない。それは想定内だ。だからこそ、不可視の魔法障壁を発動させてから降りたのだ。

驚いたのは、魔法障壁に当たるより先にマシューが飛んで来た矢を全部掴み取ってしまったからだ！

「ほほほほほ。せっかちですねえ。お話もしないでいきなり射つなんて。でも助かりましたよ。お陰で目的は分かりましたもの」

こちらに向かって矢が射られたというのに、メアリはコロコロと笑う。

「ふむ。この臭いとこの色合い、付子じゃのう」

掴み取った矢の鏃をしばらく観察してからマシューは矢を捨てる。

「メイド長。ジーノリウス様は任せましたぞ」

「ええ。任されましたよ」

二人がそう会話を交わした直後、マシューの姿が掻き消える。次の瞬間、マシューはかなり離れたところにいた弓兵の目の前に現れる。手を親指、人差し指、中指の先端を揃える独特の形にすると、揃えた三本の指先で弓兵をこつんと一突きする。それだけで弓兵は白目を剥いて昏倒する。瞬間移動を繰り返し次々に弓兵を倒していく。

驚愕だった！　細身で白髪の老人とは思えない、いや人間とは思えない動きだった！

「相手は素手だ！　鎧を着た者で囲め！　その隙間から槍で狙え！　おまえたちは標的の始末だ！」

襲撃犯のうち鎧を着た者たちがマシューを囲もうとした。囲めなかった。鎧の者たちもまた昏倒してしまったからだ。先程と同じく、揃えた三本の指の先端で鎧の上から一突きしただけだった。

右目に魔眼系上級魔法の『検査眼』を掛ける。これでも元エンジニアだ。検査魔法ならお手の物だ。

……なるほど。『気』か。マシューが鎧の上から指先で突く。鎧は凹んでいないし、相手が吹き飛ばされた訳でもない。こつんと指先で鎧を突くだけだ。それなのに、その一突きで相手は気絶している。その理由は、指先から放出される『気』だ。鎧越しに『気』を相手の体内に流し込んでいる。

前世では、西洋の魔術と東洋の気功が融合することにより魔法革命が起こり、現代魔法の基礎が誕生した。義務教育で習うことなので『気』についての知識は誰もが持っていた。

だが、我々が学んだのは魔法効率化のための『気』の運用だ。ベースはあくまで西洋の魔術だ。マシューが見せたものは魔力を用いない『気』のみでの運用だ。私が知る運用法とは全く異なる。

武功――そう呼ばれる技術なのだろう。

「くそっ！　全員出てこい！」

鎧を着たリーダーらしき男がそう言うと、道脇の大岩の陰や樹上からぞろぞろと人が出てくる。追加で出てきたのは四十人前後だった。表に出していたのは半分以下だったか。

「二人残して全員であのジジイを足止めしろ。倒さなくていい。足止めで十分だ。その間におまえとおまえは標的の始末だ！」

遠巻きにマシューを囲むように、男たちは陣を組み始めた。

「ふむ。当家を狙うからには、何か特別な手でもあるのかと様子見しとったんじゃが……特に変わった手は無いようですのう。それなら、さっさと片付けることにしますかのう」

出て来た男たちを繁々(しげしげ)と眺めてからマシューはそう言うと、構えた。深く腰を落とした構えだった。先程と同じ、親指から中指までの三本の指の先端を合わせた独特の手型だった。

知っている！　あの構えを！　蟷螂拳(とうろうけん)だ！　まさに、前世のゲームで見た蟷螂拳の構えだ！

そこから人が倒れるペースが一気に上がった。驚異的な速度で動き回るマシューは、十メルト以上離れているのに眼で追い切れない。チラチラとあちこちにマシューの残像が点滅する。ほんの一、二秒で十数人の襲撃犯がどさりと地面に横になる。

「この強さにその技‼　まさか『閻王(えんおう)』か⁉」

瞠目する襲撃犯の一人が叫ぶ。

「これ以上気絶させても荷台には積みきれませんのう。メイド長。あとは頼みましたぞ。私は川向こうにいる監視役を始末して来ますぞ」

「ええ。任されましたよ」

引き攣った顔で怯えるように身構える襲撃犯の声とは対照的に、マシューとメアリの口調は暢気そのものだ。

「はっ⁉」

驚愕が声になって漏れてしまった。

水の色からして結構な深さの川のはずだ。立ち入ったなら、少なくとも膝まで水に浸かるはずだ。

その川の水面を、マシューは歩いていた。

あれも武功なのか。あのようなことも出来るのか。

「ほほほほほ。あれは水上漂という技ですよ。当家使用人にも出来る人は多いですからねえ」

……知らなかった。出来る人が多いのか……水面を歩く人間を見るより、普段よく見る人たちがそんな人たちだったことの方が衝撃だ。

「さてさて。私も自分の仕事をしましょうかしらね」

そう言うとメアリは、手のひらを上にして右手を軽く持ち上げる。すると、何も無い手のひらから薄紅色の花びらが大量に溢れ出す。

吹き出した花びらが地面に落ちることはなかった。ふわふわと宙を漂いながら襲撃犯を取り囲むように旋回を始める。

「これは‼　『梅花剣陣』かっ⁉」

「では‼　あの女が『花の剣仙』⁉」

襲撃犯たちが騒つく。

桜色よりも赤味の濃い花びらは、梅花と言うのだから梅の花びらなのだろう。

彼らが剣陣と言うので首を傾げてしまう。メアリは手に剣を持っていないどころか、腰に剣を佩いてさえいない。剣陣ではないだろう。

もう一つ奇妙なことがある。右目の『検査眼』で見る限り花びらは『気』で構築されたものだ。通常『気』は肉眼では視認出来ない。だがあの花びらは、左目の肉眼でも見える。『気』と呼んで良いのか分からないほどに、あの花びらは『気』から懸け離れている。

「いかん‼　『護身剛気』だ‼　後のことは気にするな‼　内功全てを使ってこの一招式だけを凌げ‼　落ちている盾も使え‼　何としてでも生き延びろ‼」

リーダーらしき男が焦燥の声で叫ぶ。自身の身を包む膜のように、平服の男たちが『気』を展開させるのが『検査眼』で見える。

「ほほほ。華山に咲く古梅の緋花、そんなものでは防げませんよ？」

ぞくり、とする微笑みでメアリが言う。


昏倒した男たちを繋いだ荷台に積んでからまた馬車を走らせる。白目を剥いてガクガクと痙攣する男たちは、縄で拘束をしないまま荷台に積まれた。自力では回復出来ないように、彼らの気脈は巧みに乱されている。動きたくても動けない状態なので、拘束は不要だった。

「あれらの尋問はお任せ下さい。あちらの火災が一段落したらすぐにでもしますぞ」

「ええ。それが良いと思いますよ。この人は点穴術が得意ですからねえ」

走り出した馬車の中で二人が言う。

点穴術というものを知らなかったので尋ねる。

「人体には経絡秘孔というものがありましてのう。そこに『気』を流し込むことにより色んなことが出来ますのじゃ。同じ経絡秘孔でも流し込む『気』の質、量を変えることでまた違うことが出来ましてのう。やり方次第では、知っていることを喋らせることも出来ますのじゃ。点穴術なら当家使用人でも私が一番ですから、戦闘以外でも私は一番お役に立てますぞ」

「ほほほほほ。ええ。執事長は得意ですねえ。ツボを押すなんて、年寄り臭い技は」

マシューの言葉をメアリがそう補足する。「一番お役に立てます」が気に障ったらしい。この二人はお互いにライバル意識が強い。

「メイド長も花びらを使う技は得意じゃが、そろそろ控えてはどうかのう？　花びらなんて乙女チックなものは、歳を考えたら似合わないと思うんじゃがのう？」

マシューがメアリにそう返すと、二人はバチバチと視線をぶつけ合い始める。

「大分顔色がお悪いですけど、馬車を停めて少しお休みしましょうか？」

「いや。大丈夫だ」

心配してくれるメアリにそう返す。火災現場に向かっているのだ。ゆっくり休む暇は無い。

顔色が悪いのは、先程メアリの技を目撃したからだ。メアリは剣を持っていないのに、襲撃犯は『梅花剣陣』と言っていた。理由はすぐに分かった。あの花びらの一枚一枚が剣だったのだ。

花びらは、金属の盾を豆腐のように斬り裂いた。無数の花びらが四方八方から人間を斬り刻む様は、それは惨いものだった。前世を含め、ああいう場面を間近で見たのは初めてだった。

メアリは、白くなった髪を後ろで留めたふっくら体型の優しげなおばあちゃんだ。だがその戦闘力は、外見からは想像も付かないものだった。

「あんなものをお見せしてしまい申し訳ありませんねえ。でも、あれも奥様のご指示なんですよ」

「義母上の？」

「そうですぞ。奥様は今回この領地で襲撃があることを予測していらっしゃいましてのう。それで護衛として私とメイド長を付けたんですぞ」

一人で火災現場に向かうと伝えたとき、この二人はどうしても同行すると言って聞かなかった。あそこまで頑なだったのは、義母上の指示があったからか。

「せっかくの襲撃ですからねえ。これをジーノリウス様のお勉強の機会にもしようって、奥様はお考えになったんですよ。ですから血をお見せしたんです。執事長の技はあんまり血が出ませんからねえ。ジーノリウス様のお勉強のために、残りを私が引き受けたんですよ」

「……何故、私に血を見せる必要があったのだ？」

「ほっほっほ。ジーノリウス様は将来、当主となられますからのう。有事の際は当家を率いて戦うお立場ですじゃ。戦の指揮を執られる方が血を見て卒倒されては、みんな困りますからのう」

「戦場は大変なところですからねえ。遺体がすぐ横にある壕の中で携行食を食べることだってありますもの。血を見た程度で食欲を失くされては、体力だって持ちませんよ」

そうだな。ここは前世のような平和な国ではないのだ。魔物との命懸けの戦闘なら毎日のように行われているし、ときには国同士・領地同士で戦う世界だ。つい先程、私も命を狙われたばかりだ。家門を率いる立場になる以上、こういう荒事にも慣れなくてはならない。

今回、敢えて無防備になって襲撃犯を誘き寄せたのは、かなり意表を突いた手だと思っていた。

犯人たちはもちろん、周囲の人たちも意表を突かれるだろうと思っていた。

そんなことはなかった。義母上はずっと前からこの事態を予測し、予め強力な護衛を私に付けていた。それどころか、今回の事件を私の領主教育に利用する余裕さえある。

私なりに考えて手を打ったが、結局最後まで義母上の手のひらの上だった。命懸けの戦いに臨んだつもりでも、義母上の用意したチュートリアルの中で安全に遊んでいるだけだった。

もっと努力しなくてはならない。あの家門の当主になるには、まだまだ足りない。アナの隣に立つに相応しい男とは、こんな出来の悪い男ではない。

「という訳で、次のお食事はレアステーキをご用意しますね。お飲み物は鼈の生き血ジュースにしましょうか？　頑張って完食して下さいね？」

……自信は全く無い。鼈の生き血ジュースというのが特に……だが頑張る。アナの隣に立つに相応しい男とは、鼈の生き血ジュースを美味しく飲める男なのだ。

「少し違う気がしますが……前向きなのは良いことですのう」

そう言ってマシューは笑う。

つい思いが言葉になって漏れてしまっていた。独り言を呟いてしまうとは、どうやらまだ相当動揺しているようだ。

◆◆◆アナスタシア視点◆◆◆

わたくしは今『菫青』と名付けられた王都にある当家お屋敷の資料室で報告書に目を通しています。当家隠密の皆様が書かれたものです。重要なものは文書を作成しないこともありますが、隠密の皆様が各地で見聞きした情報は基本的に報告書としてここに集められます。

ここを使われるのは、主にお母様です。集められた情報を分析されて策略を練られたり、宰相職と当主職でお忙しいお父様に必要な情報を提供されたりするのがお母様のお仕事です。

わたくしも最近、ここによく来ています。お父様を支援されるお母様のように、忙しく働かれるジーノ様をお助けしたいのです。

数多くの報告書から全体の状況を把握するのは、雨粒の一つ一つを見て雨雲の形を推測するようなものです。とっても難しいです。それをお母様は、いとも簡単にされています。わたくしには、まだとても無理です。だから今は、とにかくお勉強です。早くお母様のようになりたいです。

ジーノ様は、とってもとってもすごい方です。在学中もすごかったですが、学園を卒業されてからも伯爵位を叙爵され、一級魔法師にもなられ、更に貧困領地を黒字転換してしまわれました。

わたくしでは、ジーノ様との釣り合いが取れません。このままでは、ただのお荷物です……。

「そんな！　こんなことがありましたの⁉」

目にした報告書は驚くべき内容でした。シモン領で五十九名の襲撃者から襲撃を受け、ジーノ様が暗殺され掛けたというのです。

お母様は、ご存知だったのですね……事前にご存知だったからこそ、護衛としてメアリとマシューを派遣出来たのです。数多(あまた)の情報を分析して襲撃の場所まで予測されたお母様と、たった今知ったわたくし……差があり過ぎます。やっぱりわたくし……全然駄目です。

「ジーノ様は、何もお教え下さいませんでしたわ……」

それが一番のショックです。そんな危ない目に遭われたのでしたら、お教え頂きたかったです。

それなのにジーノ様は、何もお教え下さいません。もう夫婦なのに……。

「ジーノリウス様がお話しにならなかったのは、若奥様は荒事が不得手だと思っているからですよ。荒事も得意な様子をお見せすれば、きっとお話し下さいますよ」

ブリジットが励ましてくれます。

そうかもしれません。ジーノ様は、ご自身の弱みもお話し下さるようになりました。それでも暗殺未遂についてお話し頂けなかったのは、わたくしが頼りないからだと思います。護衛をわたくしに回されたのも、きっと同じです。わたくしの対処能力が低いことを心配されたんだと思います。

やっぱり、わたくしはジーノ様のお荷物なのです……。

でも諦(あきら)めません。わたくし、頑張りますわ！

第三章　ジーノリウスの陰のある笑顔

「ブルースさん、ご苦労様。今月もありがとね」

四十代の恰幅の良い女は、そう言って金を差し出す。今月分の俺の給料だ。

夜の店の用心棒が俺の仕事だ。この仕事は楽なもんで、こんな杖を突いた爺でも出来る。しかも、ずっと店に張り付いてる必要がねえ。揉め事があったときだけ呼びだされるから、勤務時間中も家でごろごろ出来る。揉め事なんてそうあるもんじゃねえから、俺が店に来ることはあんまりねえ。

だが今日は給料日だ。この日だけは、呼ばれなくても自分から顔を出す。

「おう。また何かあったら呼んでくれや」

女にそう返す。彼女は俺の雇用主、つまり用心棒を務めてる店のママだ。

受け取るものは受け取った。さっさと店を出て貧民街の塒へと向かう。途中で路地に入って、鉢巻きをした男がやってる屋台で茸の塩漬けを買う。

折角の給料日で、しかも非番の日だ。買って来た茸の塩漬けを肴に雑穀酒を飲む。

この店の茸の塩漬けを食うと思い出す。これを持って頻繁にこの家に来ていた坊主のことを。あいつがやたらこれを買って来やがるもんだから、俺まで癖になっちまった。あの鉢巻きの男の屋台の品じゃないと満足出来ないのも、あいつのせいだ。

「しかし、変わった奴だったなあ」

つい独り言ちる。

物凄い色男だった。それなのに、やたら自分に自信がねえ奴だった。店の女どもはみんな奴の虜なのに、全くその自覚がねえ奴だった。それから、こんな金もねえ爺にも良くしてくれた気の良い奴だった。

カークライルを名乗っていたが、間違いなく偽名だ。まあ、構わねえけどな。俺のブルースだって偽名だ。貧民街には、偽名の奴なんてわんさかいる。過去や素性は詮索しねえのがここの流儀だ。

そんなあいつは、ある日突然、街から消えた。女どもの大半が奴に熱を上げてたから夜の店は阿鼻叫喚だった。まさか、泣いて暴れる店の女どもを取り押さえるために呼ばれるとは思わなかった。仕事にならねえんで、あの日は早仕舞いだった。

商会主が息子を連れ戻しに来たと言っていたが、ありゃ嘘だな。奴の所作の優雅さや言い回しやイントネーションは、貴族のものだ。決定的なのは、戦い方がこの国の貴族が使う正統剣術ってことだ。隠蔽工作の鮮やかさからして相当な大貴族だろう。そうなると、思い当たるのは一人だけだ。おそらく『ゴブリン令嬢』の劇で話題の人物だろう。あいつが話してた、自分の手で幸せにするのを諦めた女ってのは、あの劇のヒロインのことなんだろうな。まあ、無事結ばれて良かったわな。

っ‼

気付くのが遅れた……いや、直前までの気配の消し方が巧妙過ぎて気付かなかった。

囲まれてやがる……五人……いや六人……ヘキサゴン家の追手か……。

気配を消すことを止めたのは、逃げ道はねえってこちらに警告してやがるんだろう。まあ、そうでなくても逃げられねえけどな。杖が必要なこの足じゃな。

ドアをノックする音がする……ドア向こうの奴からは、殺気が感じられない。会話をするつもりみてえだ。生き残れる確率が高いのは……会話に応じることだろうな。

「ブルース様ですな？　私はマシュー・ミーカと申します。私が仕える方がお呼びでしてのう。少しご足労頂きたいのですが、宜しいですかのう？」

ドアの前に立ってたのは白髪の爺さんだった。見た目は俺より少し歳上だ。そいつは上品に笑いやがる。

一目で分かる。凄まじい手練だ。到底勝ち目はねえ。

「ほっほっほ。そう緊張なさらなくても大丈夫ですぞ。危害を加えるつもりはありませんし、むしろ丁重におもてなししますからのう」

その言葉を素直に信じるほど初心じゃねえ。だが逃げられねえし、勝てねえ。従う以外に道はねえ。

◆◆◆ジーノリウス視点◆◆◆

「ブルースさん。わざわざ来て貰って申し訳ありません」

「ぼ、坊主⁉　あ……いや、お貴族様。これは一体どういうことです？　何故私をここに？」

使用人に案内されて執務室に入って来たブルースさんに声を掛けると驚愕で目を見開く。

「公式な場ではありませんから、今まで通りの話し方でいいですよ。それにしても久しぶりですね」

先ずは座って貰い、お茶を飲みながら近況報告をする。ブルースさんは、私が貧民街を去ってからのことを教えてくれる。

私が消えたことで癇癪（かんしゃく）を起こした夜の店の女性が傷害事件を起こしたりしたらしい。相変わらず過激な人たちだ。

用心棒仲間のうち一人は、私のように突然失踪（しっそう）したそうだ。あの街の用心棒には、逃遁隠密も多い。身の危険を感じたり追手に捕縛されたりして突然失踪するのも珍しくはない。

振り返って見ると、凄い世界だった。

「ブルースさんなら大丈夫だと思いますが、私があそこで働いていたことは秘密ですよ？」

口止めは簡単なもので済ませる。暈（ぼ）かしてはいたが、あれだけ身の上話をしたのだ。ブルースさんなら私の正体ぐらいは簡単に分かっただろう。だがこの人は、情報を売らなかった。大金になる情報なのに、決して裕福ではないのに、売ろうとはしなかった。信頼出来る人だ。

「当たり前だ。ここの使用人は化け物揃（ぞろ）いだったぞ。少しでもそんな素振（そぶ）り見せたらすぐ感付かれるし、即座に対処されるわ。俺だって無意味に死にたくはねえよ」

冗談とも本気とも付かないような調子でそう言うと、ブルースさんは豪快に笑う。

「ところで、どうして俺を呼び出したんだ？」

「ああ。そうでした。膝（ひざ）を見せて下さい」

座るブルースさんによれよれのボトムスを捲（まく）り上（あ）げて貰う。悪くした膝に診断魔法、続いて治癒魔法を掛ける。

今の私は、ある程度の治癒魔法が使える。覚えたのは、アナのためだ。アナは魔法を習い始めた。学習が進めば、いずれ脈が開通し周天循環が完成する。『魔導王』の場合、周天循環が完成すると一般人の魔法を受け付けなくなる。莫大（ばくだい）な密度の魔力の高速循環は、それだけで強力な魔法障壁になってしまう。

そうなるとアナは、攻撃魔法はもちろん治癒魔法も効かなくなってしまう。このときアナに治癒魔法を掛ける方法は二つだ。アナが自分自身に魔法を掛けるか、魔法を超高圧圧縮して魔力密度を高めるかだ。いずれにせよ、超高密度魔力の治癒魔法が必要になる。

技術的に大変だったが、超高圧魔力圧縮機は既に作ってある。あとは素材となる治癒魔法さえ私が覚えれば、アナが治癒魔法を覚えなくても問題ない。

だから、アナに魔法を教えると決めたときから、万が一に備えて私は治癒魔法の習得にかなりの時間を費やしている。幸い、魔法医科薬科大学の図書館の蔵書を発掘している。テキストは豊富にあった。

「坊主。神々から呪いの解き方教えて貰ったって噂は聞いた。だが、それだけじゃ魔法は使えねえ。長い鍛錬が必要なはずだ。魔法門でもねえ家のお前が魔法を使えることを、俺に明かしちまって良いのか？」

「今更でしょう？　夜の店で働いていたことの方が、ずっと大きな秘密です」

ブルースさんは「とんでもねえこと知っちまったぜ」と不貞腐(ふてくさ)れたように言うが、目は優し気だ。

「これで大丈夫だと思います。立ってみて下さい」

立ち上がったブルースさんは、杖を突かずに恐る恐る足を前に出し驚愕の顔になる。歩き回ってから屈伸したり飛び上がったりして、ますます驚愕を深める。完治するとは思っていなかったのだろう。この時代の魔法文明は未開だ。教会で施す治癒魔法では、この古傷の完治は望めない。

「それで、誰を殺して欲しいんだ？　お前は嫌いじゃねえし、足も治して貰った。お前のために最期に一花咲かせるのも悪くねえ」

やはり逃遁隠密だろうな。言うことが物騒過ぎる。

「いえ。特にそういうことは考えていません」

「じゃあ、何が望みだ？」

「特にありません」

「あのなあ。普通の治癒魔法だって金貨何十枚もする高価なもんだぞ。しかもこんなに効果のある治癒魔法だ。そんな贅沢なもんを金も無い爺に施して、何にも見返りを望まないってのか？　家門とは関わりが無い、失敗しても足の付かないやり手の元隠密を手に入れたってのに、それを使うつもりもねえのか？」

呆れ顔のブルースさんにお説教をされるが、本当に何かして貰うつもりは無い。

前世で独居老人だった私は、老いて足腰が弱る苦しみを知っている。遠方の友人の家はもちろん市内の友人にさえなかなか会いに行けなくなり、レジャーや趣味での外出も億劫になった。延々と一人孤独に家の中に居続ける日々は、牢獄のようだった。その辛さが分かるから、同じ独居老人であるブルースさんの足を治したかった。ただそれだけだ。

「まったく。貴族らしくねえ奴だなあ」

呆れながら、それでも楽し気にブルースさんは笑う。

それにしても、元隠密だってブルースさんは自ら認めたな。少し心を開いてくれたようだ。

「ブルースさんさえ良ければ、この家で使用人として働くのはどうですか？　外部の目に付かない仕事を用意しますから、街で働くより安全ですよ？　給料も用心棒よりずっと上です。安物の雑穀酒ではなく、いつも飲みたがっていた米酒だって毎日飲めます」

家門の闇を知る隠密が逃げ出したら、通常は追手を差し向けて口封じを行う。人目に付く仕事は、逃遁隠密にとっては危険だ。この屋敷内で働く方が、ずっと心安らかに過ごせるはずだ。

「それに、この家で働けば茸の塩漬けがいつでも食べられます。あの街の鉢巻きを巻いた店主の屋台の味を、当家の料理人が再現したのです」

「ほう？　良いじゃねえか」

結局、塩漬け茸が決め手となり当家で働くことを了承してくれた。

◆◆◆アナスタシア視点◆◆◆

ジーノ様が貧民街にいらっしゃった頃のご友人を雇用されました。ご年配の方です。アンソニー様のような同年代の方とも、ブルース様のようなご年配の方とも、ジーノ様はご友人になれます。さすがジーノ様です。

この方の雇用は、お母様も賛成されました。重要な情報を握る方なら、内に取り込んでしまった方が良いとのお考えです。もっとも、ジーノ様にはそんな打算的なお考えは無く、純粋にご友人をご心配なさってのことです。とてもお優しい方です。

「それで、若奥様は俺にどんな話を聞きたいんで？」

向かいに座られたブルース様が『虎目』の別名を持つ第三十四応接室でそうお尋ねになります。

「貧民街でのジーノ様のご様子について、詳しくお教え頂きたいんですの」

ブルース様はご快諾下さり、ジーノ様のご様子についてのお話を始められます。

「坊主……ジーノリウス様は、いつも熱いお湯を飲んでましたな。あの辺は、いかにも貴族でしたな。平民は冷たい水も飲みますが、貴族には冷水を飲む習慣がありませんからな。まあ、ただのお湯を飲む貴族もいませんがな」

「まあ。そうでしたの」

最近のジーノ様は、お茶ではなく熱いお湯をたまに嗜まれます。肌寒い夜などにバルコニーで出られ、冷たい空気の中で熱いお湯を楽しまれるのです。茶葉の味が無くただお湯の熱さだけが喉に伝わる感覚が、冷たい空気の中では心地良いとジーノ様は仰っていました。

昔のジーノ様はそんなことをされませんでしたし、ただの熱いお湯を楽しまれる方のお話もお聞きしたことがありません。あの習慣はきっと、貧民街にいらっしゃった頃に生まれたものです。

うふふ。また一つ、ジーノ様を存じ上げることが出来ましたわ。嬉しいです。

「店の女どもはもちろん、街の女からも大人気でしたな」

「そ、そんなに人気でしたの？」

大人気だったことは存じています。でも、実際にすぐお近くにいらっしゃった方のお話は、やっぱり動揺してしまいます。

「モテてましたなあ。店の女どもは『いつも背中に哀愁漂わせて、ときどき哀し気な目で空を見詰めてるんだもん。どうしても気になっちゃう』とか『クールで全然笑わなくて、でもたまに笑うときは笑顔に深い陰があるの。ドキッとしちゃった』とか『闇の底に沈んだような哀しい目で見詰めるって、あんなの反則だよ。癒やして上げたくなるに決まってるじゃん』とか言ってましたな」

……胸が痛くなります。卒業パーティのとき、わたくしがジーノ様の狂言に気付いていたら、そんなことにはならなかったのです。自分の幸せをわたくしが諦めてしまったから、ジーノ様にお辛い思いをさせてしまいました。もう二度と、幸せを諦めません。

それはそうと、ジーノ様の陰のある笑顔なんて、一度も拝見したことがありません。わたくしが拝見する笑顔はいつも嬉しそうで、心が溶けてしまいそうなほど甘やかです。背中に哀愁を漂わせるジーノ様も、哀し気な目でお空をご覧になるジーノ様も、です。一度も拝見していません。

貧民街の皆様は、わたくしの存じ上げないジーノ様をたくさんご存知です。

……悔しいです。なんだか、とっても悔しいです。

やっぱり貧民街は危険です。人生は長いです。もしかしたら将来、ジーノ様もふらりと旅をされたくなることがあるかもしれません。その場合も絶対に貧民街には行かれないように、強くお願いしなくてはなりません。

「アナ。待たせたな」

早めにお仕事を終えられたジーノ様が、当家お屋敷の玄関ホールにいらっしゃいました。今日のジーノ様は立て襟のロングコートをお召しです。背のお高いジーノ様の黒いロングコートは、スタイルの良さと冷涼なお美しさが引き立ってとっても素敵です。

「そのパパーハは随分と可愛(かわい)らしいな。白い毛色と銀の髪色の組み合わせは、君の清らかさを示すようだ。よく似合っている。コートも素敵だ。君の美しさが際立つ」

やりましたわ！　ジーノ様にお洒落(しゃれ)をお褒め頂けましたわ！

パパーハとは、円筒型の毛皮のお帽子です。ジーノ様にお褒め頂きたくて、このお帽子は時間を掛けて選びました。雪が降る中でお外に出るので、今日は毛皮のお帽子を被りコートも着ています。

これからジーノ様と市井の劇場で観劇です。雪が降る中で敢(あ)えてお外に出るのは、観劇の後に馬車を走らせ、雪化粧をした王都の街並みを鑑賞するためです。雪道で立ち往生しないよう、今日の馬車は十頭立てです。

先ずは観劇です。王都の劇場前で馬車を降り、ジーノ様のエスコートで劇場貴賓室へと向かいます。市井の劇場なら一般席の方が風情がありますわ。でも今日の演目は悲劇です。周囲に人がいらっしゃらず心置きなく涙を零せる個室にしました。

この演目は、わたくしがお願いしました。ジーノ様が貧民街にいらっしゃった頃、お勤めされていたお店の女性の皆様は、哀し気な目でお空をご覧になるジーノ様や、陰のある笑顔のジーノ様をご存知でした。わたくしは、そんなジーノ様を拝見したことがありません。

辛く苦悩に満ちた人生を送られた方の劇をご覧になれば、ジーノ様も陰のある笑顔をされたり、哀し気な目でお空を見上げたりされるかもしれません。他の女性がご存知のジーノ様を、わたくしも拝見したいのです。

お飲み物などが用意されると、いよいよ劇が始まります。

幕が上がると、舞台にはベッドで上半身を起こされたお婆様、ベッドの横の椅子に座られるお爺様がいらっしゃいます。痴呆でご自身のお名前も分からなくなってしまわれたお婆様に、お爺様は物語を読み聞かせます。お爺様が読まれているご本は、男爵家のご令嬢アリー様と商人のデューク様の恋物語です。お爺様が語られる物語が、お二人の横で劇として再現されます。
街で偶然に出会われ、お互いに一目惚れをされたアリー様とデューク様が、恋人同士になるのに時間は掛かりませんでした。お二人はご結婚を望まれましたが、貴族と平民の身分差が立ち開かり

ます。アリー様のお父様は、平民とのご結婚をお許しになりませんでした。

「商会を大きくして貴族位を得てみせる。それから結婚しよう。待っていてくれ」

デューク様のそのお言葉に、アリー様は深く頷かれます。

貴族位を得るため、デューク様は一生懸命に働かれます。ですがアリー様は、いつまでもお待ちになることは出来ませんでした。周囲が次々に結婚していくことに焦りをお感じになり、見目も条件も良い貴族男性の方と結婚されたのです。

そのことを、デューク様にはお伝えしませんでした。今も頑張り続けるデューク様にお伝えする勇気を、お持ちではなかったのです。アリー様はそのまま連絡を絶たれました。

連絡が途絶えてもデューク様はお仕事を頑張られ、ようやく貴族位を下賜されアリー様の家へと向かわれます。そこで、アリー様のご結婚をご家族からお聞きになります。

「どうしようもない女だねえ。一言ぐらい言えば良いのに」

お爺様とお婆様に照明が当たると、ベッドの上のお婆様は呆れたように仰います。

アリー様の幸せも、長くは続きませんでした。旦那様の事業が失敗されたのです。財産の寄付により王家から直臣爵を下賜された場合、毎年王家に供出金をお支払いしなければなりません。供出金をお支払い出来ずアリー様のお家は爵位を失われます。同時に、アリー様の旦那様は蒸発してしまわれました。

アリー様はお一人で、大変な苦労をされてご子息を育てられます。ですがご子息のご結婚相手とは折り合いが悪く、痴呆を患ったことでアリー様は家を追い出されてしまいます。

「思い出した……アリーは……私なんだね？　あなたは……デューク……」

痴呆のお婆様ですが、ご自分の半生の物語をお聞きすると、少しの間だけ記憶がしっかりされます。お婆様は、なぜご自分がここにいるのかをお尋ねになります。

結婚されなかったデューク様は、ご子息がいらっしゃいません。引き継がれる方がいらっしゃらない財産は、積極的に福祉事業へと寄付されています。寄付のために教会の救護院に行かれたとき、路上にいらっしゃるところを保護されたアリー様を見付けられ、十分な介護が受けられる貴族向けの病院へと移されたのです。

「この質問、もしかして私は何度もしているのかい？」

「そうじゃのう。君が記憶を取り戻すと、毎回この話から始まるのう」

とてもお優しそうな笑顔でお爺様は仰います。

いつもなら数十分でまた記憶を失われるアリー様ですが、この日はデューク様が帰られても記憶がしっかりされていました。アリー様の介護費用は全てデューク様が出されていること、もう何年も費用を負担し続けられていることを、病院の方からお聞きしてしまいます。

病院から知らせを受け、デューク様は大慌てでアリー様の許へと駆け付けられます。ベッドの上のアリー様は、もう息を引き取られていました。病室の窓から飛び下りてしまわれたのです。

——頭がしっかりしているうちに問題を解決したいと思います。あなたを裏切った私が、これ以上あなたの負担になる訳にはいきません。迷惑ばかりで本当にごめんなさい。あなたを裏切らなければ良かった。きっと素敵な人生になっていた。こんな私に、愛を注いでくれてありがとう——

アリー様が最期に書かれたお手紙を読まれて、デューク様は号泣されます。

「悪いのは私だ……今でも君を愛していると……今でも大切だと伝えておけば……今更そんなことは言えないと、恰好を付けてしまったから……」

ベッドの上のアリー様をデューク様が抱き締められ、そこで幕が下ります。

幕が下りても、まだ涙が止まりません。ジーノ様も涙を零されています。ですが、思っていたのと少し違います。お顔には陰がありません。涙を零されながらもすごく嬉しそうです。

「もちろん嬉しい。悲劇でも喜劇でも、アナと同じ時間、同じ感動を共有出来たのだ」

そんなにはっきり仰ると、恥ずかしいです。でも、同じ時間と同じ感動を共有出来たことは、わたくしも嬉しいです。

劇についてジーノ様とお話しします。事の発端はアリー様が他の方とご結婚なさったことです。でもアリー様はそれほどお悪い訳ではないと、わたくしは思います。上級貴族としては、わたくしも婚約が遅い方です。周りの方が次々にご婚約なさる中、自分だけが婚約出来ないお辛さはよく分かります。

ジーノ様も同じお考えでした。前世ではご結婚なさらず孤独な老後を過ごされたジーノ様も、周囲の皆様が次々に結婚される重圧をよくご存知です。

死を選ばれたアリー様のお気持ちも、わたくしは分かります。苦労して育てられたお子様がご自身をお捨てになったことは、アリー様にとって大変なショックだったと思います。アリー様はきっと、それでご自身を無価値な存在だとお考えになってしまわれたのだと思います。

酷い扱いを受け続けると、自分を高く評価出来なくなってしまいます。わたくしも『ゴブリン令嬢』と揶揄され続け、自分に自信を持てなくなってしまった時期があります。そんなわたくしが変われたのは、全てジーノ様のお陰です。

アリー様の最期のお気持ちも、ジーノ様のお考えはわたくしと一緒でした。他にもジーノ様とご一緒の感想がたくさんありました。

うふふ。嬉しいですわ。ジーノ様と演劇をご一緒して、同じような感想です。しかもジーノ様とお逢いして間も無い頃よりずっと、今の方が近い感想になっています。少しずつジーノ様と同じ感性になるのが、それをこうして実感出来るのが嬉しいです。

演劇鑑賞の後は、馬車で雪の街を散策します。

これまで冬の馬車はコートを着ても寒いものだったのですが、ジーノ様の商会が暖房付きの馬車を開発されました。馬車後部で炭を燃やし、熱せられた空気が馬車の床下や椅子の下などを通り前方上部の煙突から抜ける仕組みです。ジーノ様の前世にあったオンドルという暖房器具を馬車に応用されたものだそうです。熱気は御者席の椅子の下も通るので、御者の皆様からも温かいと大好評です。

暖かい馬車の中から快適に雪景色を眺めます。街中の小さな教会は雪のお帽子を被り、川沿いに泊められたお船も白く飾られ、樹木も白銀のお花が咲き乱れるようです。これまで雪の日は外出を控えていましたから、目に映るもの全てが新鮮です。

馬車が郊外に出ると、開けた田園は白い平原へと変わっていました。しんしんと雪が降る中、馬車が進む音だけが響く静寂の銀世界は、神秘的でとても綺麗(きれい)です。この時間をジーノ様とご一緒出来て嬉しいです。

郊外を一周して街へと戻ろうとしたとき、林の近くに雪遊びをするお子様たちがいらっしゃいました。

「思い出すな。昔は雪が降ると、姉上とよく雪人形を作っていた」

貴族令嬢は雪遊びをしません。はしたないことだからです。でもお義姉様は、そんなことを気にされず雪遊びをされていたようです。ジーノ様とご一緒に……。

「わたくしも、わたくしもしたいですわ！　ジーノ様と雪人形を作りたいですわ！」

「私は構わないが、君は大丈夫なのか？」

構いません。お義姉様もご存知のジーノ様を、わたくしも存じ上げたいのです。妻として、全てのジーノ様を拝見したいのです！

王都郊外で馬車を停め、ジーノ様と馬車を降ります。貴族女性が歩くのは除雪された道だけです。こんなところを歩くのは初めてで、ちょっとどきどきします。

ジーノ様にエスコートして頂きつつ、静かに雪が降り続ける銀世界へと足を踏み入れます。頬が痺れるような寒さが空気を澄み渡らせる中、誰も踏み入っていない無垢な雪に足を踏み入れると、ぎゅっぎゅっと雪を踏む音がします。馬車から少し離れると、音の無い白い絵画の世界に、わたくしとジーノ様だけが入り込んでしまったようです。とっても幻想的です。

雪人形作りは初めてです。作り方をジーノ様にお教え頂き、ジーノ様とご一緒に雪玉を転がします。はしたないですが、結構楽しいです。

「まあ。ジーノ様の雪人形は二段なんですの？」

街で見掛ける雪人形は、雪玉を三段積み上げたものです。雪玉はまだ二段しか積み上がっていません。でもジーノ様は、雪人形にお顔を作られます。

「前世の雪人形は二段だったのだ。『雪だるま』と呼ばれていた。作り方がおかしいとは、姉上にも言われたな」

「まあ。そうでしたの。うふふ」

ジーノ様の『雪だるま』は、胴が短くて、木のコップのお帽子で、黄色人参（にんじん）のお鼻と離れた目のお顔で、とってもお可愛らしいです。これが『雪だるま』で、ジーノ様だけの雪人形ですのね。また一つ、ジーノ様を理解出来ました。嬉しくてお顔が綻（ほころ）んでしまいます。

ジーノ様も笑顔です。陰なんて欠片（かけら）も無い、とても嬉しそうなお顔です。

「ジーノ様は、いつも嬉しそうなお顔をされていますわ」

「君が側（そば）にいるからだ。こんなだらしない顔になってしまうのは、君の前でだけだ」

「わたくしがいないときは、どんなお顔をされていますの？」

「君が側にいないときの私は、これほど嬉しそうな顔はしない。もっと引き締まった顔をしているぞ」

……そうでしたのね。普段のジーノ様のお顔が、わたくしだけが拝見出来る特別なお顔でしたのね。

うふふふふ。陰のある笑顔は拝見出来ませんでしたけど、とっても嬉しいです。わたくしだけの特別なジーノ様を、実はいつも拝見していたのです。

特別なことは、何気ない日常の中にありました。

第四章　夫が心配なアナスタシアと危険な合同軍事演習

◆◆◆アナスタシア視点◆◆◆

『菫青(きんせい)』の別名を持つ資料室で考え込んでしまいます。

セブンズワース領と国境を接する隣国、トールズデール王国の様子が変です。戦争が勃発(ぼっぱつ)する前には、様々な兆候が現れます。各地領主や王家によって急に買い占められ始める穀物、各地での武器購入量の急増、より実戦的なものへと変化する各領地での練兵内容……。

これが隣接する二つの領地だけなら、領地間で争う領地戦の兆候です。ですが、その変化は国全体です。外国との戦争の兆候です。

更に『太陽の花』と呼ばれる大型新兵器を建造中だという情報もあります。

気になることは、もう一つあります。トールズデール王宮と、この国の王宮との間で緊密な連絡の形跡があるのです。

公式に文書を遣(や)り取りしているのではありません。王宮から出た使用人が王都の商店でお買い物をされ、そのときに店主の方にこっそりお手紙を渡されるのです。何人もの平民の方を経由して、お手紙は隣国王宮などに届けられています。

普通なら、このお手紙の遣り取りに気付かなかったでしょう。ですがこの手紙を送られる方は、当家が警戒していた方です。王宮に出入りされる薄い紫のお髪で狐目の男性は、学園での剣術大会のとき、簡単に折れるよう細工された剣をジーノ様に渡された男性と特徴が一致します。特に注意していたので気付くことが出来たのです。

この男性が主に出入りされているのは、王宮内の暁星宮と明星宮です。暁星宮は第一王子殿下の別宮で、明星宮は側妃殿下の別宮です。どういうことなのでしょうか？

「ここにいたのね、アナ」

お母様がいらっしゃいました。机からソファへと場所を移して、お母様とお茶をご一緒して休憩します。

「最近は随分、頑張っているのね。いつもここにいるでしょう？」

「お母様もよくこちらにいらっしゃいますわ。わたくし、お母様を見習っていますの」

「旦那様は、隠密からの報告にはあまり目を通されない人なのよ。だから、わたくしが代わりに目を通しているの。でもジーノさんは、旦那様とは違ってよくここに来るでしょう？　アナはわたくしほど確り目を通す必要は無いと思うわ」

「でも、お母様はこの『菫青』の資料をお使いになって、お父様を助けられていますわ。わたくしも、そうするべきだと思いますの」

「夫婦の形なんてそれぞれなんだから、わたくしの真似をする必要は無いと思うの。アナたちはアナたちなりの関係があるんだから、アナなりにジーノさんを助けて上げたらいいと思うわ」

くすくすと楽し気に、お母様は笑われます。

どうすればジーノ様をお助け出来るのでしょうか。今のままでは駄目です。一方的にお守り頂いて、一方的にお助け頂いている状況です。今のわたくしは、ジーノ様のお荷物なのです。

「取り急ぎわたくしのところに提出された報告書よ。これをアナに見せるためにここに来たの」

お母様が数枚の報告書をテーブルに置かれます。

「な、な、なんですって！！？」

驚きで手が震えてしまい文字が読み辛いです。

花隠密、つまり色仕掛けの手練として有名な女性たちがジーノ様の許へと派遣されたと、報告書には書かれていました。その道で一流の隠密には、通り名が付くことがあります。『丹花の唇』『籠絡の天女』『惑乱の美蝶』『傾国の美花』……どれも不安で涙があふれそうになる通り名です。

ジーノ様が勤務されていた夜のお店の女性も、色仕掛けでは卓越した実力をお持ちです。わたくしなんて、比較にもならないほどすごい実力です。この方たちは、色仕掛けについての専門の教育を受けられ、その世界で名を轟かせる方たちです。夜の店の女性よりも、実力は更に上です……。

「だ、だ、大丈夫ですわ。ジ、ジ、ジーノ様は誠実な方ですもの。う、う、浮気など絶対にされない方だって、わ、わ、わたくし、し、信じていますわ」

「ジーノさんが実際に浮気する必要は無いのよ。社交界で話題になれば良いだけなの」

「……どういうことですの？」

「たとえば、ジーノさんが他の女性と噂になったとするでしょう？　その一年後にその女性が、黒髪に紫の瞳の赤ちゃんを連れて現れたら、社交界はどんな反応をすると思う？　実際には浮気なんてしていなくても、ジーノさんの浮気は既成事実になってしまうわ。あなたたちを離婚させたい人たちは、きっと騒ぎ立てるでしょうね」

「ジ、ジ、ジーノ様のところへ向かいますわ‼」

慌てて退出するわたくしをご覧になったお母様は「毛を逆立てた子猫みたいね。可愛いわ」とくすくすお笑いです。

……子猫じゃありません。もう成人した大人の淑女です。そんな噂が立たないように、大人の女性としてしっかり対処するのです。

「若奥様。ジーノリウス様へのアプローチだけを警戒していては駄目です。飲食物にこっそり忍ばせる惚れ薬や媚薬にも注意しなくてはなりません。一見それとは分からないような小物が、実は魅了の魔道具だったりすることもあります。魔法薬も魔道具も大変高価ですが、高名な花隠密なら所持している可能性が高いです」

「そ、そ、そ、そうなんですの⁉」

馬車の中でのブリジットのアドバイスに驚いてしまいます。

大変ですわ！　これはもう、ずっとジーノ様のお傍にいなくてはなりません。絶えずジーノ様のお傍にいて、常に目を光らせるのです。

考えてみましたが、こういったことをジーノ様ご本人が対処されるのは時期尚早です。ジーノ様は女性不信から立ち直られようとしている最中です。こんなことをお伝えしてしまったら、女性不信が悪化してしまいます。ジーノ様がお気付きにならないうちに、わたくし一人で速やかに対処するのです。わたくし、頑張りますわ！

◆◆◆ジーノリウス視点◆◆◆

「ジーノ様！　一仕事終わったし、みんなで、モツ焼き屋で一杯なんてどう？　もちろんジーノ様の奢りで！」

商会での会議が終わり席を立つと、ケイト嬢がそんなことを言い出す。

「まだ午前中だが？」

そう返すとケイト嬢は口を尖らせ、従業員たちは一斉に笑う。「姐さんらしいや」などの声が聞こえる。姐さんとはケイト嬢のことだ。副会頭の彼女は、年配の従業員からもそう呼ばれている。

ちなみに、一仕事終わったのは私だけだ。今日の商会での私の仕事は、この会議で終わりだ。この後は屋敷に戻って公爵家の仕事をしなくてはならない。ケイト嬢は引き続き夕方まで勤務する必要がある。

「そうだ。アナちゃんにこれ渡してね。プレゼントだよ」

ケイト嬢は鞄から取り出した木箱を差し出す。

「今日は何かの記念日だったか？」

「違うよ。でも面白いもの見付けたからね。アナちゃんに上げたくなったの」

ケイト嬢は、いつの間にかアナと仲良くなっている。最初はアナをお姫様と呼んでいたのに、いつの間にかちゃん付けで呼ぶようになっている。相変わらずこの女性は、人の心に入り込むのが上手い。何でもない日に誰かにプレゼントを贈るのも、彼女の人誑したる所以だろう。

「中を確認しても？」

アナへの贈り物だ。安全に注意を払わなくてはならない。特に最近はそうだ。色々と狙われている。

「もっちろん」

絶句してしまった。二十センチ四方程度の平たい木箱に入っていたのは絵画だった。

「……これは、豚の角煮か？」

問題はその絵だ。描かれていたのは、原寸大の豚の角煮だ。表面に焦げ目が付いていることからして、煮る前に表面を焼いて肉汁を閉じ込めているのだろう。タレがたっぷりと染みこんだ色合いから、味の濃厚さが伝わって来る。夜中に見たら何か食べてしまいそうだ。

ケイト嬢は何度もセブンズワース家に来ている。あの家の、豪華絢爛さと壮麗さは知っているはずだ。まさかあの宮殿のような屋敷に、この絵が合うと思っているのだろうか……。

「美味しそうでしょ?」

ケイト嬢はシシシと笑う。

その笑顔で理解出来た。部屋に合うかだとか、アナの好みかだとか、そういったことをこの女性は何も考えていないのだ。ただ、この絵を見付けたときに思い浮かんだのがアナだっただけだ。前世の妹も、そういうことをしていた。この女性は、本当に前世の妹とよく似ている。

危険なものではなかったので、アナに渡す約束をして商会を出る。

馬車に向かって歩いていると、細い路地の五十メルトほど先に蹲る女性が見える。痛そうに足を押さえている。細道に入って彼女の方へと向かう。

初対面の女性にこちらから声を掛けるのは、かなりの勇気が必要だ。前世の私なら、そんな勇気は無く素通りしただろう。だが、今の私なら声を掛けられる。アナのカウンセリングのお陰だ。

「どうしました? 足を痛めたのですか?」

「ええ。膝が痛くて……歩けないんです」

女性はそう言って痛そうに足を摩る。

ここは馬車に同乗させ、目的地まで送って上げるべきだろう。

「いらっしゃいましたわ!」

路地の入り口から、聞き覚えのある声が聞こえる。

アナだ！　何故ここにいるのだ？　ブリジットさんも一緒だ。

「ブリジット！　お願いしますわ！」

「はい！」

ガンッという音を立てて石畳を踏み割り、ブリジットさんは一気に加速する。およそ人間とは思えない驚異的な加速だ。五十メルトほどの距離を一瞬で縮めるブリジットさんは、射殺さんばかりに女性を鋭く見詰めている。

「は？」

まるでブリジットさんから逃げるように、座り込んでいた女性は細い路地の壁を数回蹴って屋根の上へと消えてしまった。前世で見たパルクールの壁登りのようだった。足を痛めていたのではなかったのか？

「ジーノ様～」

ブリジットさんの後をアナが追い掛けて来る。

可愛い。凄く可愛い。パタパタと一生懸命に走るのに、速度はあまり出ていない。

「あの、あの、先ほどの方から受け取られたお飲み物などをお召し上がりになりませんでしたか？何か小物などをお受け取りになりませんでしたか？」

焦るような表情のアナは、息を切らしながらそんなことを言う。

「いや、何も受け取っていないが」

わたわたと可愛いアナは、私の答えを聞くと安堵した顔を見せる。

「ジーノ様が外出される際、これからはわたくしもご一緒しますわ」

「本当か!?　……いや、私は嬉しい。嬉しいのだが……君は大丈夫なのか？　君にだって予定はあるだろう?」

「大丈夫ですわ。予定は調整しますもの」

なんだと⁉　予定を調整してまで、アナは私と一緒にいてくれるのか⁉

「ありがとう！　アナ！　なんと可愛いのだ！」

「そこまでです！　ジーノリウス様！」

つい理性が飛んで抱き付こうとしてしまったが、ブリジットさんに制止された。

先程ブリジットさんが石畳を踏み割ったとき大きな音がした。大通りには、何事かと様子を窺う人が集まり、細い路地にいる私たちを眺めている。路上で、しかも多くの人が見ている前でアナを抱き締めてしまったら大問題だ。危なかった。

とにかく、重要なのはアナと一緒にいられる時間が大幅に増えたことだ。何故そうなったのかはよく分からない。だが、今日はとても良い日だ。

トールズデール王国の様子がおかしい。この国の隣国なのだが、開戦準備の気配が見える。しかもこの国との国境付近に兵力と物資を集中させている。標的はおそらくこの国だ。

腑に落ちない。歴史を紐解いてみれば、国家が同等の軍事力を持つ他国との戦争に踏み切るときにはそれなりの国内事情がある。深刻な経済危機のために外国からの略奪が必要だったり、国内での激しい政治的対立のため共通の外敵が必要だったり、戦争を決意するのはそういった事情が国内にあるときだ。しかし隣国には、そういった事情が見当たらない。

事情が分からなくても対応は必要だ。国境付近で合同軍事演習を行い、隣国に警告を与えることが決まった。参加するのは、隣国と領地を接する四つの領地の貴族家であり、セブンズワース家もこれに含まれる。それ以外に、四家の統括役として王国騎士団も来る。

貴族家が出陣する場合、最低一人はその家の者が軍に同行しなくてはならない。貴族は率先して民を守るべし、という考えがこの国にはあるからだ。騎士と兵士だけで出陣させると、腰抜けと嘲笑されることになる。それは演習でも同じだ。だから今回、セブンズワース家からは私が出向く。

「あの……やっぱり……ご一緒しては駄目ですの？」

出陣直前の私にアナが尋ねる。ついアナの希望通りにしてしまいそうになり、慌てて正気を取り戻す。願うようなアナの目には、思考力を吹き飛ばす破壊力がある。

「……すまない。君を危険な目に遭わせたくないのだ。どうか聞き入れてほしい」

どういう訳か、アナは演習への同行を強く希望している。私を一人で外出させるのが嫌なようだ。しかし今回は、危険な軍事演習だ。同行させることは出来ない。

結局、条件付きでアナは同行を諦めてくれた。条件とは、困っている女性を見掛けても決して助けないこと、女性との会話は業務上どうしても必要な場合にのみ必要最小限で行うこと等だ。

別に難しい条件ではない。元々、女性と積極的に話すタイプではない。演習参加者もほぼ男性だ。女性は、魔法兵に少しいる程度だろう。おそらく業務上困ることも無い。

演習予定地には、既に他の領地の軍も着いていた。当家の軍が最後の到着だったようだ。

こういった演習の場合、通常は領地の規模に比例した兵力になる。しかし今回は異例で、各家とも二千の兵力を動員するよう指示があった。セブンズワース家にとっては大した負担ではないが、他の三家にとっては無理のある動員数だ。およそ正規兵とは思えない冒険者らしき風体の者も多い。それどころか農民の子供たちまでいる。数合わせのために無理矢理招集されたのだろう。

四家各二千の兵に、統括役の王国第三騎士団が一個小隊で約五十だ。辺鄙（へんぴ）な場所にこれだけの人が集まっている。人数分の飲料水を川水から作るだけでも大変だ。


「久しぶりだな。ジーノリウス」

到着報告のために王国騎士団司令部の幕舎に入ると、眼鏡を掛けた小柄な男に声を掛けられる。

「ああ。久しぶりだな」

声の主、ユーゴ・フィーバスにそう返す。私の元クラスメイトで、私の学園編入以前はずっと学年首席だったのが彼だ。軍師の家系である彼は今、王国騎士団の作戦部にいる。この演習には参謀として参加している。

ユーゴは親しげに話し掛けてくるが、まだ全員との挨拶（あいさつ）を終えていない。手短に彼との会話を終え、改めて幕舎内の全員に挨拶をする。

「ようこそお越し下さいました」

クロウ・ハース・バートン男爵は、笑顔で歓迎の意思を示す。司令部所属の彼が、この演習の責任者だ。若くしてハース男爵の一代爵位を下賜された優秀な人物でもある。バートン侯爵家公子の地位を維持しながらハース男爵家の当主にもなったので、彼の名には家名が二つ入る。

彼の笑顔が不快だが、顔には出さない。一代爵位を得るほど優秀な人物だが、私はこの男が嫌いだ。

学園にいた頃、化学火傷（やけど）を起こす薬剤をアナが掛けられそうになったことがあった。薬剤を掛けようとしたフロロー嬢は、そのとき言っていた。彼女の従兄弟が、アナとの縁談の席でバケモノという暴言をアナに浴びせた、と。フロロー嬢の従兄弟で過去にアナと縁談の話があった者、条件を満たすのはこの男だけだ。この男が、アナに酷い言葉を浴びせた張本人だ。

「シモン領を見事に黒字化したそうだね。すごいじゃないか」

紺色の長い髪を掻き上げながらユーゴは楽し気に笑い、挨拶を終えた私にまた雑談の話題を振る。その態度は、学園時代とは全く違う。昔の彼は、私やアナとはほとんど会話をしなかった。成績で私やアナに抜かれたことが不満だったらしく、成績発表直後はよくこちらを睨み付けていた。

「本当に。お見事です」

ハース・バートン男爵も笑顔で相槌を打つ。

彼らが友好的な理由は分かる。どちらも因縁がある相手だ。私の警戒心を解いて、これからの事を上手く進めたいのだろう。

「全てアナのお陰です。アナが一人でシモン領を立て直した、そう言っても過言ではありません」

そう切り出し、私はアナの活躍についての説明を始める。彼らの思惑など、どうでも良い。私が今、最優先でする必要があるのは、アナの素晴らしさを説明することだ。ハース・バートン男爵よ。お前が暴言を浴びせて縁談を蹴った女性が、どれほど素敵で、どれほど偉大なのかを思い知るが良い。

「ジーノリウス……お前……相変わらずだな……」

一時間ほど説明したところでぽつりとユーゴが呟く。

まだ説明は序盤だ。話の腰を折らないで貰いたい。

演習は順調に進んでいる。渡河演習、夜襲対策演習、突撃演習、森林での潜伏演習、負傷者搬送演習、物資輸送演習……さすが作戦部主導だけあって内容は多岐に亘り、しかも実戦的だ。

三日目になり、全兵士が参加する総合演習が始まる。事件はそのとき起こった。

「皆の者‼　今こそ正義を示すときだ‼」

演習責任者のハース・バートン男爵が叫ぶ。

ワイズ軍、ベイカー軍、ラヴァーン軍、更には王国騎士団までがくるりと向きを変え、こちらに矛を向ける。先程の意味不明な号令が、この奇襲の合図だった。

「シモン・セブンズワース伯爵、悪いがここで死んで貰いますよ？」

ハース・バートン男爵が言う。こちらから見て、彼とその部隊はワイズ軍の奥に位置している。その距離でも、ここまでしっかりと声を通す。さすがは騎士だ。

「理由は何ですか？」

「もちろん派閥のためというのもありますけど……それ以外にも、あなたには恨みがありますからねえ。フロロー家を没落させたのは、あなたでしょう？」

フロロー家が没落したことで、縁戚関係にあったバートン家も大きな損害を受けている。あの家の没落はフロロー嬢たちによるアナへの虐めが発覚したことが原因だが、虐めの証拠資料を揃えたのは主に私だ。その報復ということか。

「家の規模に応じた兵力ではなく、全ての家に同数の兵力を要求した時点で気付くべきだったね。ジーノリウス。戦はね、始まる前から勝敗が決まっているものなんだよ。勉強になっただろう？」

楽し気な顔でそう言うのはユーゴだ。彼もワイズ軍後方からここまで悠々と声を届かせている。小柄で華奢でも、軍属らしい大きな声だ。

セブンズワース軍は、正面にワイズ軍、両側面をベイカー軍とラヴァーン軍に囲まれる不利な布陣だ。更に三家の軍は小高い丘に陣取り、セブンズワース軍のみが不利な低所にいる。低所で三方向を囲まれる不利な位置取りに加え、相手兵力はこちらの三倍だ。戦えば相当な損害となるだろう。首謀者と思われる二人は、王国騎士団と共にワイズ軍の奥にいる。そう簡単には届かない。

「ユーゴ。君がこの計略を考えたのか？」

「そうだ。私の計略だ。私が考えて、ハース・バートン男爵がその人脈を使って実現したのさ。ジーノリウス。学園の成績ではお前の勝ちだけど、貴族としての優秀さでは私の勝ちだな。社会に出たら、真に賢い者が勝つのさ。お勉強が出来るだけじゃ、社会じゃ通用しないんだよ」

楽し気に笑いながらユーゴは言う。その横にいるハース・バートン男爵も得意気に笑っている。

「ユーゴ。君は軍略で勝負するべきだった。謀略ではなく、な。フィーバス家は、言わずと知れた軍略の名家だ。それならまだ勝算はあっただろう」

「……どういう意味だ？」

用意していた旗を従者から受け取り、頭上で大きく振る。はたはたと音を立てて赤旗が翻る。

「なんだと⁉」

「ど、どういうことだ⁉」

セブンズワース軍に矛を向けていた三家の軍が、赤旗を合図に矛先を王国騎士団へと変える。

「誇り高きワイズの兵たちよ‼　王国を乱す反逆者だ‼　罪人を捕らえよ‼」

「ベイカー軍‼　全軍で反逆者を捕縛せよ‼　急げ‼　何としても我が軍で捕らえるのだ‼」

「ラヴァーンの兵たちよ‼　他の軍に先を越されるな‼」

各二千の三軍が一斉に王国騎士団の陣へと雪崩れ込む。だが二人を捕縛したのは、二人の近くにいた王国騎士団の騎士だった。演習の副責任者であるアルフィ子爵は、部下と共に自軍の上官と参謀をあっさり捕縛した。

「ジーノリウス‼　お前、何をした⁉」

縄で縛られ地面に座らされたユーゴは、恨みと怒りの籠もった目で私を睨み付ける。

何をした、か……何もしていない。私は、何も出来なかった。

「ユーゴ。戦は、始まる前から勝敗が決まっている。先程、君はそう言っていたな。その通りだ。始まる前から、もう終わっていたのだ」

もう二週間も前に、義母上が一人で全てを解決してしまっていた。

◆◆◆ワイズ伯爵視点◆◆◆

「ラ、ラヴァーン伯爵……」

恐怖のあまり、震える言葉が口から漏れてしまう。四人目の入室者は、ラヴァーン伯爵だった……やはりそうか……最悪だ……最悪の事態だ……震えが止まらない……。

儂は今、王宮にいる。セブンズワース公爵夫人から呼び出されたからだ。他にこの部屋にいるのは、今入って来たラヴァーン伯爵、涙目になっているベイカー子爵、王国第三騎士団の上級騎士アルフィ子爵だ。

最初に来たのは儂だ。何故呼び出されたのか、そのときは分からなかった。心の余裕も、そのときはまだあった。次に来たのは、アルフィ子爵だった。嫌な予感がして背中に汗が滲んだ。そして、ベイカー子爵、ラヴァーン伯爵と立て続けに来た。ここまで面子が揃ったなら、呼び出された理由は明らかだ。二週間後に行われる合同軍事演習の件だろう。

少し前、フィーバス家の小僧と第三騎士団の上級騎士ハース・バートン男爵から打診を受けた。演習中に協力してセブンズワース家の婿を討伐しないか、という誘いだ。

婿が死ねば、若夫人は未亡人となる。独り身となった未亡人を手に入れれば、セブンズワース家の莫大な財産と絶大な権力を手中に収められる。もちろん、当家が手に入れるなんてあり得ない。だが、手に入れた方は、当家の功労に報いて下さるに違いない。相当な報酬が期待出来る。

正に一攫千金、夢のある話だ。だがそれも、成功すれば、だ。失敗に終わったなら、セブンズワース家はもちろん王家まで激怒させてしまう。そうなっては、儂の首一つで済む問題ではない。妻や息子たち、そして孫たちまで巻き込んでの破滅だ。

平凡で無難な選択こそ、最良の選択だ。長い人生の中で何度も失敗して、儂はそれを悟った。長く続ければ賭博は必ず損をする。人生の選択も同じだ。何度も繰り返せば、博打は必ず損が大きくなる。だから儂は、そんな話には乗らなかった。

誘いには乗らなかったが、王家やセブンズワース家への報告もしなかった。暗殺を企むような過激な連中だ。恨みを買えば何をされるか分からない。それが今、痛恨の大失策となっている……。

ここにいる連中は、儂を含め全員がセブンズワース家後継者討伐の打診を受けた者だ。それが全員呼び出されているということは、この企みは既にセブンズワース家に知られているということだ。しかも、呼び出されたのは王宮だ。既に陛下も、この件をご存知ということだ。

どこにも報告しなかった儂は、謀反人の仲間だと思われている可能性が高い……証拠を残す遣り取りはしていないから、儂の無実を証明するものは何一つ無い……ああ……何ということだ……ここが儂の人生の終着点なのか……。

そもそも、あんな若造どもに、あのセブンズワース夫人を出し抜ける訳がなかったのだ。社交界がどれほど凶悪な魔窟なのか、その魔窟を跋扈する魑魅魍魎の主がどれほど恐ろしい存在なのか、あの自分が賢いと思い上がっている若者らは全く理解していない。

まだ幼かった頃、セブンズワース夫人は『妖精王女』と呼ばれていた。可憐さだけが渾名の由来ではない。妖精は可愛らしい容姿だが、外見とは裏腹に残虐な面もあると言われている。王女時代の夫人は、可愛らしい少女でありながら何人もの大人をその謀略で痛い目に遭わせて来た。だから『妖精王女』なのだ。

少女の頃でさえ、恐ろしい存在だった。それが今は『女帝陛下』と呼ばれる巨魁になっている。回転の速かった頭は経験を積むことで悪魔の頭脳へと変貌を遂げ、圧倒的な情報力と凄まじい財力、絶大な権力まで手にしている。こんな化け物と戦うなど、自滅以外の何ものでもない。

経験豊富な大人の誰もが、夫人相手には勝算が見えず戦いを避けている。にもかかわらず、あの若者たちは何故、自分たちなら勝てると思ったのだろうか。若気の至りにしても度が過ぎている。その逆りで豪い迷惑だ。

これから、セブンズワース夫人がいらっしゃる。儂や家族の命運は、ご夫人のご判断で決まる。恐ろしい……断頭台に上がる直前の死刑囚は、きっとこんな気持ちなのだろう。儂の首は……もはや仕方ない……だがせめて、孫ぐらいは救えないだろうか……。

ここにいる他の者たちも、同じ気持ちだろう。誰もが顔面蒼白で全身が小刻みに震え、まだ春先で暑くもないのに滝のような汗を流している。

儂を押し潰そうとする恐怖は、待つ時間が長くなるに連れて途方もなく大きく膨れ上がっていく。永遠とも思えるような時間を必死に歯を食い縛って耐えていると、両開きの扉を使用人が開ける。

セブンズワース夫人だ！

もう成年した子の母親であるはずだが、奇跡の化粧水のお陰か二十代にしか見えない。

美しい……それ故に恐ろしい……。

守って上げたくなるような可憐な容姿の女性が、儂の一門に有無を言わせず死の宣告を下せる恐怖の権化でもあるのだ。花のような可憐さと思わず平伏してしまいそうな威圧感、優し気な眼差しと残酷な視線が共存するその不自然さに、異空間の異質な怪物が間近に存在するような恐怖を覚える。動悸が極端に速くなり、流れる汗がどっと増える。

「ヒッ」

ベイカー子爵が小さく悲鳴を漏らす。ご夫人がにこりと優雅に微笑んだのだ。その嫋やかさが、逆に怖かったのだろう。気持ちは分かる。儂も危うく悲鳴を上げるところだった。

ご夫人は席に座り、お茶が出てくるのを待つ。貴族の礼法に従うなら、ここで雑談をするべきだ。だが、そんな余裕がある者は、儂たちの中にはいない。もうすぐ死の判決が下る。その恐怖に耐えるだけで精一杯だ。小刻みだった皆の震えは、ガタガタと大きくなっている。膝の上に置かれた儂の手には、ボタボタと止め処なく汗が落ちる。膨れ上がった恐怖は、吐き気さえ催させる。

使用人がお茶を用意すると、ご夫人は人払いをする。使用人が消え、儂たちとご夫人だけが部屋に残る。生唾を飲む音があちこちで聞こえる。対照的に、ご夫人はゆったりとした優雅な所作でお茶を一口飲み、そして優し気な眼差しを全員に向け可憐に微笑む。

「あなたたち、わたくしに従いなさい？」

ああ‼　神々よ‼　感謝します‼　良かった‼　儂の家族は、破滅を免れるかもしれないぞ‼

穏やかに響く鈴が転がるような美しい声は、正に救いの天声だった。

従いさえすれば、悪いようにはしないはずだ。何一つ制裁が無いとは思えないが、最低でも孫ぐらいは助けられるだろう。頑張り次第では、それ以上だって望める。いや、もしかしたら儂も助かるかもしれんぞ⁉ 従ってやろうとも‼ 全力で、だ‼

「もちろんです‼」「従いますとも‼」「何なりとお命じ下され‼」「はいっ‼ いかなるご命令でも成し遂げてみせますっ‼」

四人とも心は同じだった。全員が死の淵から生還した喜びを満面に湛え、全員が叫ぶように勢いよく答える。ベイカー子爵は、喜びのあまり大粒の涙を零している。

◆◆◆ジーノリウス視点◆◆◆

今回の軍事演習に参加する各家の当主たちは、ユーゴたちと不自然に緊密な連絡を取っていた。それに義母上が気付いた。

何かを企んでいることは、義母上も分かった。しかし具体的な交渉内容までは、当家でも掴めていなかった。そこで義母上は一計を案じた。不自然な遣り取りをしている者たちのうち消極的と思われる四人を王宮に呼び出し、同じ部屋でしばらく待たせたのだ。

関係者が同じ室内で待たされたことで、既に陰謀が発覚していると彼らは勘違いした。セブンズワース家ではなく王宮に呼び出されたことで、陛下にまで知られていると彼らは勘違いしてしまった。

実際には、義母上は陛下に知らせていなかった。謀略の全容を把握出来ていなかったため、知らせるには時期尚早だったのだ。

物の見事に計略に嵌まった彼らは、ぺらぺらと包み隠さず全てを話してくれた。それで義母上も企みを把握出来た。その上彼らは、義母上の指示に従うことも約束してくれた。だから私も、こうして対処が出来ている。

「これで‼　これで私に勝ったつもりかっ⁉」

「いや、そうは思っていない」

噛み付きそうな顔のユーゴに、私はそう返す。

実際、私は何もしていない。ただ打ち合わせ通りに赤旗を振っただけだ。セブンズワース家の後継者でありながら、下級兵士でも出来る簡単な雑用しか出来ていない。私の勝利とは、到底言えない。全ては義母上の功績だ。

ユーゴは、戦場での軍略で勝負するべきだった。それこそ、軍師の家系である彼の土俵だ。だが彼は、戦場から離れて社交界での謀略で勝負してしまった。セブンズワース家を相手にそれは無謀だ。この家には、義母上もいるのだから。

義母上の仕事を知る度に力不足を感じる。ワイズ伯爵たちの心を折ったのも、たった一言で彼らを服従させたのも、義母上だからこそ出来たことだ。『女帝陛下』の威光に、彼らは震え上がったのだ。何の実績も無い私には無理だ。

無数の情報を取捨選択して陰謀の存在を確信する分析力もそうだ。今の私には真似出来ない。果たして、爵位を継ぐ頃には同じことが出来るようになるのだろうか……。

計略について、もっと勉強しなくてはならない。今代は義母上が担当しているが、私たちの代では私が担当するべきだ。清らかで心優しいアナに、こういう後ろ暗いことをさせる訳にはいかない。

第五章　ユーゴの予言と友人と妻

◆◆◆ジーノリウス視点◆◆◆

ユーゴのフィーバス家を始め、首謀者たちの家は全て取り潰しとなった。

ある家の者が別の家の者を暗殺しようとした場合、通常は領地間で戦って片を付ける。王権が弱い国だ。領地同士で勝手に争って力を落としてくれるなら、王家としても願ったりだ。だから王家は、領地戦を認めている。そして、その審判役をして高みの見物だ。しかし今回は、領地戦とはならなかった。

ハース・バートン男爵の号令で三家の軍がセブンズワース軍に矛を向けたとき、当家は三方向を取り囲まれた状態だった。逃げるなら一方向しかないが、逃げた先には隣国軍が待ち構えていた。

ユーゴたちの捕縛後、斥候を放ちそれを確認した。

待ち構えていた隣国軍の兵力は四千。これと三家の軍六千で、兵力二千のセブンズワース軍を包囲殲滅(せんめつ)するつもりだった。

死人に口なしだ。計画ではセブンズワース軍を皆殺しにして、三家と王国騎士団は「隣国に無用な攻撃を仕掛けセブンズワース軍は自滅した」と口裏を合わせるつもりだった。

王宮での審問では、貴族の発言力が圧倒的に強い。平民の兵を多少討ち漏らしたとしても、当家の貴族さえ討ち取ってしまえばその嘘(うそ)は事実になる。

わざわざ王家が介入して重い処分を下したのは、隣国が関わっていたからだ。身内同士の喧嘩なら傍観する王家だが、侵略の構えを見せる外国勢力まで引き入れたなら話は別だ。

捕縛されたユーゴは今、王宮の貴族牢にいる。貴族向けの牢なので、部屋にはベッドもソファもあるし、使用人も付けられる。それほど悪い暮らしではない。

そのユーゴが、私との面会を希望した。断ることも出来た。アナも止めた。だが私は承諾した。

ユーゴの処刑はもう決まっている。その彼からの面会要請なのだ。彼の死の原因を作った私は、要請に応じる義務がある。

「やあ。ジーノリウス」

王宮の応接室に入ると、ユーゴは既に座っていた。その彼は、皮肉気に笑う。貴族としての礼法を無視した挨拶は、元クラスメイトならではだ。

「ああ」

憔悴した彼に「元気そうだ」と声を掛けるのもおかしい。プライドの高い彼に同情の言葉を掛ければ怒らせてしまう。考えた末、挨拶とも呼べないような応答をする。

「最近は少し暖かくなってきたな」

「ああ。王宮の早咲きサクーラも今が見頃だ。私の牢からでもよく見えるぞ」

本題に入る前にちょっとした会話をするのが貴族の作法だ。礼法を無視した挨拶をする元クラスメイトでも、これは礼法に従うのが普通だ。

向かいのソファに座るユーゴは、髪は整えられ貴族服を着ている。しかし両手は頑丈そうな鎖で繋がれていて、右足にも鎖で繋がれた鉄球が付いている。囚人の証に視線を向けないよう注意しながら彼と雑談する。

「ところで、何故私を呼び出したのだ？」

雑談も一段落したので本題を切り出す。

「これを、お前に渡そうと思ってな」

そう言って取り出したのは指輪だ。チェーンが通されており、首飾りのようになっている。

「これは……」

受け取った大型の指輪には『亀甲七星』が刻まれていた。フィーバス家の家紋だ。個人が使う紋章には、紋章に別の意匠が付加される。セブンズワース家なら紋章は『七首竜』だが、アナ個人の紋章には『七首竜』に百合が添えられた意匠だ。義母上なら薔薇だ。この紋章には添えの意匠が無い。最上位の紋章であり、つまり当主の紋章ということだ。

「父上に貰ったんだ。ずっと欲しがってたものだからな。最期にこれをやるってさ」

今回の件で処罰されたのは、首謀者だけではない。家も取り潰しになっている。爵位の剥奪はもちろんのこと、当主と夫人も巻き添えで極刑だ。

取り潰される家の当主の証だ。持っていても、もう用を為さない。だがこれは、これから処刑される父親から、これから処刑される息子に渡された最期の贈り物だ。到底、私が貰って良いものではない。

「受け取れない。これは……とても大切なものだろう？」

「受け取れ。受け取ったら良いことを教えてやる」

「良いこと？」

「ああ。良いことだ。お前の大事な女性を守るために有用な情報だ」

なんだと!?　アナを守るための情報だと!?

「分かった。受け取ろう。その情報を教えてほしい」

「いいだろう。一度しか教えないし、これ以上教えることも無いからな。そのつもりで聴けよ？」

　そう前置きしてからユーゴは詠(うた)い出す。

「太陽が～沈み～、星々も～沈み～、ただ一つ輝くのは～、宵の～明星～」

　突然、詩を詠み始めたユーゴに面食らってしまう。

「それは一体……」

「四節詩さ。元々フィーバス家は占い師の家系だ。占いで使う四節詩で、家門の最期に未来を示すのも悪くはないだろう？」

　皮肉気に笑いならユーゴは言う。

　つまり、匂わせる程度にしか教えるつもりはないということか。私を思い悩ませたいのだろう。思惑通りこれは悩みそうだ。何と言っても、アナの安全が懸かっている。

「もう一つ教えてやる。失敗を経験した者としてな……こんな状況になったのは、私の執着が強すぎたからなんだ」

「執着？」

「ああ。一番の知恵者であり、一番の賢者であるってことにな、必要以上に拘(こだわ)っていたんだ。文門のお前には分からないだろうがな。フィーバス家にとっては、一番の知恵者ってことは凄(すご)く重要なことなんだ。だから……だからお前が許せなくて……お前に勝つために、無理をし過ぎたんだ……全てを失って、ようやく自分の愚かさに気付いたよ……」

　懺悔(ざんげ)室で苦悩を吐露するようにユーゴは言う。それが言えるということは、この牢の中で執着を吹っ切ることが出来たのだろう。

フィーバス家は軍師の家系だ。一般の騎士が王国騎士団に入るなら、最下級の職位から始めることになる。だがフィーバス家は、入団と同時に幕僚だ。ユーゴもそうだ。作戦部という司令官を補佐する花形部門にいた。

多くの者は、いきなり幹部候補になれるフィーバス家を羨(うらや)む。だが、彼らには彼らなりの苦悩があった。常に一位でいることを義務付けられるのは、相当な重圧だろう。学園時代は、そんな彼の事情を知らなかった。

しかし、もしそれを知っていたとしても、私はやはり学年首席を維持していた。アナの地位向上のためにはアナの成績を上げる必要があったし、ユーゴの暗い視線には気付いていたからアナを一番には出来なかった。私が手を抜いたら、アナがユーゴに恨まれてしまう。

ユーゴの状況を知ったところで、何も変わらない。結局、私は彼に恨まれる運命だったのだ。

「ジーノリウス。このままではお前も私と同じ失敗をするだろう」

「どういう意味だ?」

「お前はアナスタシア若夫人への執着が強過ぎる。彼女を手放した方が得策というとき、お前にはそれが出来ない。それで破滅することになる」

先程の四節詩の予言の補足として、説明を加えてくれているのだろう。

「……今度は普通に教えてくれるのだな」

「まあな。最初の四節詩は、お前に向けてのものだ。だから難しくしたんだ。だけど今のアドバイスは、アナスタシア若夫人のためのサービスだ。彼女とは初等科からずっと同じクラスだったしな。嫌いじゃない」

「嫌いじゃないと言う割には、アナには酷なアドバイスに思えるが?」

「それは、お前が嫌いだからだ」

ユーゴはからからと笑う。そして、もう用は済んだから行けと言う。

「最後に一つ聞きたい。この指輪を、どうしても私に譲りたかったのは何故だ？　君は私が嫌いなのだろう？」

部屋を退出する直前、振り返ってユーゴに尋ねる。

アナを守るために有用な情報、という絶対に断れない条件を提示してユーゴは私に指輪を受け取らせた。これほど大切なものを、そこまで強引な手段で私に譲った理由が分からない。

「お前の性格は知っている。その指輪を、お前は生涯捨てることが出来ないだろう？　だからさ。だから渡したんだ。一生その指輪を持ち続けて、一生私を殺したことを悔い続けろ。それが、私の生きた意味だ」

私に、十字架を背負わせたかったのか。そのために、この大切な指輪を私に譲ったのか。一緒に埋葬して貰うことを選ばずに……。

「元より、生涯忘れるつもりはない。これを貰わなくてもな」

チェーンを引き上げて指輪をポケットから出し、ふらふらと揺れる指輪をユーゴに見せながらそう返す。それ見たユーゴは、実に満足気に、酷く楽し気に笑った。

実際、言った通りだ。たとえ指輪を貰っていなくても、そう簡単に忘れられる事件ではない。

部屋を出た私は、歩きながら手の中にある指輪を眺める。

……重い贈り物だ。好かれていないのは分かっていたが、そこまで憎まれているとは思わなかった。元クラスメイトから命を狙われ、そのクラスメイトが処刑されるというだけでも気分が沈む。

その上ここまでの憎悪を叩き付けられると、胸が苦しい。

今回、ユーゴたちの計画を事前に潰すことはしなかった。彼らが事を起こし、言い逃れが出来なくなってから彼らの計略を潰した。バートン侯爵家とフィーバス伯爵家を取り除くためだ。

どちらも第一王子殿下の派閥だ。第一王子派は中下級貴族が多い。その中での侯爵家と伯爵家だ。二家は派閥の中核だった。派閥の大黒柱が抜け落ちたため、第一王子殿下は一気に力を落とした。もう、立太子の目は無いだろう。

『ごめんなさい。ジーノさんとアナには悪いと思っているわ。でもね。必要だったのよ。第一王子殿下が正規の方法で王になってしまったら、いずれこの家と王家との戦いは熾烈なものになってしまうわ。きっとそれは、あなたたちの代になると思うの』

元クラスメイトを破滅させたことを、義母上は謝ってくれた。だが謝罪は必要なかったと思う。義母上が間違っているとは思わない。

今回の襲撃では、実行犯と第一王子殿下との繋がりを明らかには出来ず、ユーゴたちの暴走ということで事件は決着した。しかし、黒幕は第一王子殿下だろう。

学園での剣術大会の際、簡単に折れるよう細工された剣を私に渡したのは、第一王子殿下の隠密だった。シモン領で襲撃して来た刺客たちは、その後の取り調べで第一王子殿下の手の者だと分かった。そして、今回の事件だ。

第一王子殿下は手段を選ばず当家を狙う人だ。そんな彼を、王にする訳にはいかない。彼の力を削ぐ必要がある。フィーバス家とバートン家は、取り潰す必要があった。

『同級生だった人が亡くなることになる計略だけど、あなたたちにその決断はまだ早いわ。だから、わたくしが決めたの』

義母上はそうも言っていた。その通りだ。私にその決断が出来たかと言えば、出来なかっただろう。だからこそ、落ち込んでしまう。実力だけではない。精神的にも、私はこの家の当主の水準に届いていない。

「ジーノ様」

王宮の廊下を歩いていると声を掛けられる。アナだ！　とことこと私に近寄って来る。可愛い。凄く可愛い。アナを一目見ただけで陰鬱とした気持ちが晴れやかになる。

「何故王宮にいるのだ？」

「今日は他の方もいらっしゃいますの」

そう言ってアナは当初いた方向へと視線を向ける。

「おう！　ジーノリウス！」

「やあ。ジーノリウス。久しぶりだね」

ジャスティンとアンソニーが遠くから手を振る。シモン領でお会いして以来ですわね」

「ご機嫌麗しゅう存じます、ジーノリウス様。シモン領でお会いして以来ですわね」

近付いてから優雅に挨拶するのはバイロン嬢だ。騎士であるアンソニーたちはかなり遠くから大声で挨拶して来たが、彼女だけは近付いてから上級貴族らしい綺麗な立礼を執る。

学園時代、彼女は私を「バルバリエ様」と家名で呼んでいた。しかし結婚して私とアナが同じ家名になったため、今は私を名前で呼んでいる。

一方、未だに私は彼女を家名呼びだ。彼女が呼び方を切り替えたとき、私も切り替えるべきだった。しかし、女性を名前呼びする勇気は無かった。名前呼びは親しい関係であることの証だ。ハードルが高い。ちなみに私を除く元クラスメイトは皆、学園時代から男女の別なく名前で呼び合っている。

「一体どうしたのだ？　王宮で働くジャスティンがここにいるのは分かるが、君たちは違うだろう？」

「アナスタシア若夫人に呼ばれたのさ」

「ええ。わたくしも、アナスタシア様にお声掛け頂きましたの」

そうか……アナか……ユーゴと面会して私が落ち込んでいると思って、アナは気を遣ってくれたのか……私を励ますために……私のために……。

「アナ！　君はなんと優しく、なんと可愛らしい女性なのだ！」

思わずアナを抱き締めようとしてしまった。それをブリジットさんが阻止する。

「そこまでです！　ジーノリウス様！」

「ここは王宮です！　この国で最も厳かな場所でなんです！　破廉恥なことは、くれぐれもお控え下さい！　若奥様の評判に関わります！」

目を三角にするブリジットさんから、かなり厳しい口調で注意される。アンソニーたちは「相変わらずだな」と大笑いだ。

またやってしまった。アナの可愛さは本当に危険だ。正気を保つのが極めて難しい。

今は市井の喫茶室に来ている。久しぶりに学園時代の友人たちが揃った。話がしたかったのだ。

実力主義の学園では、爵位の差に意味など無かった。しかし卒業した今となっては、身分差は歴然と存在する。にもかかわらず、アンソニーたちは学園時代と同じように、身分差など無いかのように談笑している。伯爵家のジャスティンも公爵家のバイロン嬢やアナに敬語を使っていない。学園の実力主義導入は、社交界にも影響を与えている。王宮での夜会など公式の場でも、最近は元クラスメイト同士が身分差など無いかのように話す場面がよく見られる。

彼らにとっては、学園時代から続く関係は、簡単には変えたくない大切な関係なのだろう。私もそうだ。学園時代に戻ったかのような会話は、実に心地良い。

「小伯爵になったのだったな。おめでとう」

アンソニーに祝福の言葉を掛ける。

この国の貴族は、通常なら長子相続だ。だがトリーブス家は、子供たち全員が成人した時点で後継者戦を行い、勝利した者が後継者になる。トリーブス族独自の風習だ。アンソニーはその戦いで勝利し、伯爵位を継ぐ資格を得た。

「次はご婚約者様ですわね。もう見付かりましたの？」

「いや、それがさっぱりなんだよね。何を基準に選んだら良いのかさえ見当が付かなくてさ。エカテリーナ嬢、何かアドバイスを貰えるかい？」

バイロン嬢の質問にアンソニーが笑って返す。

トリーブス家の者が結婚相手を探し始めるのは、後継者戦の後だ。貴族は政略結婚が基本だ。後継者さえ決まっていないのでは、政略結婚も難しい。家を継ぐのか、出るのかで戦略は大きく変わる。

政略結婚が当然のこの国では不都合な風習だ。しかし一族の長として、トリーブス族の伝統を無視出来ないのだ。

私がユーゴと面会したことは全員知っているはずだ。しかし、今日は会ってからこれまで、近況報告などの気楽な話ばかりだ。誰もユーゴのことを話題にしようとはしない。暗い気持ちになりそうな話題も、同じく全く出ない。私を気遣ってくれているのだろう。良い友人たちだ。

「……今日、ユーゴと面会したのだが……私を恨んでいる様子だった」

私がそう言うと、友人全員が目を見開く。以前の私なら、このまま当たり障りのない会話を続けるだけだった。こういう話を、自分から切り出すことはなかった。だから驚いている。

アナのカウンセリングで、私は変わった。辛い過去をアナに打ち明け、アナの言葉で癒やされることで私は大きく変わった。重い、込み入った話も、少しだけ友人たちに打ち明けてみようと考えるようになっている。

ただ一人、私の変化を知るアナだけは驚いていない。嬉しそうな顔で私を見ている。

面会での話を、ぽつぽつと私は続ける。ユーゴにとって、学園での成績は非常に重要なことだったこと、それを知ってもやはり私は首席を維持していたであろうこと……不慣れなことをしているため、かなり下手な説明だ。だがそれでも、彼らは黙って聞いてくれる。

「試験の成績は、ジーノリウスが気にする必要は無いよ。正々堂々とした勝負での敗北なんだ。それで恨むのは逆恨みさ。恨む方が悪いよ」

励ますように笑いアンソニーが言う。

「ジーノリウス様はお忘れではなくて？　あなたは利権や逆恨みのために暗殺され掛けた被害者ですわ。ここは落ち込まれるのではなく、お怒りになるところですわ」

バイロン嬢が言う。いつも公平で、ときには親しい者を批判して疎遠な者を庇う彼女だ。そんな彼女からそう言われると、気持ちが楽になる。

「怒りは湧かないな。ユーゴは……生きることに必死だったのだと思う。失敗すれば破滅だということは、彼も分かっていたはずだ。それでもユーゴは、命懸けで自分の目標に突き進んだのだ。本当に、頑張ったのだと思う。今ユーゴに感じているのは、怒りではない……若者らしい情熱の眩しさと、努力が実らなかったことへの同情だと思う」

陞爵すれば家全体で絶大な権力と栄誉が得られ、罪が発覚すれば家族も連座で処刑されてしまう。判断一つの差で、家族を巻き込み天国にも地獄にもなってしまう。

政局は混迷している。無難な道を歩こうにも、どれが安全な道なのかは分からない。この国の貴族は、一歩間違えば地獄の場所で目隠しの綱渡りを強いられている。

だからこの国の貴族は、特に若者は、懸命に生きている。前世の人たちとは比べ物にならないほど将来を真剣に考え、破滅することなく綱を渡り切ろうと一生懸命だ。

ユーゴもそうだった。第一王子派の家に生まれたのだ。彼が歩める道は、第一王子殿下の指示に従い当家と対立するか、それとものらりくらりと指示を躱し続けて曖昧な立場でいるか程度のものだ。限られた選択肢の中、最上の結果を得ようとユーゴは懸命に生きていた。

そんなユーゴに怒りは湧かない。今感じているのは、そんな生き方を強制されるこの時代の若者への悲哀と、境遇を嘆かずに前に突き進もうとする若々しい情熱への憧憬、努力が実らず最悪の結果になってしまったことへの同情などだ。

「相変わらず年寄り臭いね。ユーゴを若者って、君は彼と同学年じゃないか」

アンソニーがそう言うと皆が笑う。

若者らしさも大分身に付いてきたが、ときどき前世の老人らしさが出てしまう。

「アンソニーとジャスティンに一つ聞きたい。軍師の家系のユーゴにとって、学園での成績は非常に重要なものだった。同様に、騎士の家系の君たちにとって剣術の成績は非常に重要なものだったはずだ。その……私に不満は無かったのか？」

　座学だけではなく、剣術でも私は学年首席だった。アンソニーたち武門貴族も私に不満を持っていた可能性がある。もう卒業しているので今更だが、それでも本音を確認したかった。

「そりゃ、僕たちにとって剣術の成績はすごく重要さ。だから訓練だって必死にやってるよ。でもね。僕たちは、軍師じゃなくて騎士なんだよ。剣術大会で負けて、敗者として勝者を称えることを、幼い頃からずっとやってるんだ。大会で負けて恨みがましい顔なんて見せたら、どの家だって父上に殴られるさ。家門の恥だってね。みんなそうやって育って来たから、恨んでいる人はいないと思うな」

「アンソニーの言う通りだ。俺たち騎士の家系の貴族はみんな、幼い頃から剣術大会に参加してるんだ。勝負は水物だからな。格下の奴にコロッと負けることだって、ときにはある。誰もが何度も負けを経験してるし、誰もがそういうときも騎士らしく勝者を称えて来たんだ。自分の弱さに腹が立つことはあっても、勝者を恨むことはないと思うぞ」

　二人の顔を見る。本心からそう思っているようだ。この二人なら大丈夫だとは思っていた。しかし、改めて断言されると安心してしまう。

「もちろん武門の俺たちとしては、文門のお前には絶対勝ちたかったってのが本音だがな。でもジーノリウス、お前『王国五剣』にも勝っただろ？　そこまでの強さを見せ付けられたら諦めも付くわ。まあ、いつかは勝つつもりだけどな」

　ジャスティンはそう言ってガハハハと笑う。

「ジャスティン。君はジーノリウスに勝つより先に、エカテリーナ嬢に勝った方が良いんじゃないかい？」

「お前！　それを言うなよ！」

面白がるように言うアンソニーに、ジャスティンは苦笑いしながら返す。

「は？」

驚きで思わず声が出てしまう。

そもそも、女子には剣術の授業が無い。その時間、女子は刺繍の授業だ。それは初等科の頃から変わらない。剣術の授業を一度も受けたことがない令嬢が、アンソニーに次ぐ実力者だったジャスティンに勝っただと？

バイロン嬢は、女性にしては長身だ。だが、二メルト近い大男のジャスティンよりずっと小柄だ。体格だって細身で、女性の胴回りぐらいありそうな腕のジャスティンとは大違いだ。

「ジーノ様が学園にいらっしゃるより前のお話ですわ」

そう言ってアナが説明を始めると、アンソニーたちも補足説明を入れて来る。バイロン嬢だけは、無言を貫いている。ジャスティンの騎士としての誇りを守っているのだろう。こういう気遣いも彼女は得意だ。

中等科の頃、二人は揉めて剣で決着を付けることになったらしい。魔法門のバイロン嬢は、魔法と剣を織り交ぜた戦い方で、ジャスティンは初めて見る戦法に敢え無く敗れたとのことだ。

武門貴族の大男相手に剣での戦いを受けて立つとは、物凄い気の強さだ。

学園時代、バイロン嬢は女子のカースト最上位だった。彼女の地位は、学園屈指と謳われる美貌と常にトップ争いをする成績、圧倒的な刺繍技術、それから高潔な性格が理由だと、これまで思っていた。だがもしかしたら、最大の理由は武力だったのかもしれない。

ふと気付く。アンソニーがこの話題を出して、ジャスティンが苦笑いしながらも補足の説明をしてくれたのは、学園での剣術の成績は本当に気にしていないと言いたかったのではないだろうか。女性のバイロン嬢に負けても、ジャスティンは後腐れなくバイロン嬢と仲良くやれている。その実例を示すことで、私に安心してほしかったのではないだろうか……良い友人たちだ。

「今日はありがとう。久しぶりに学園時代の仲間と話したお陰で、随分と気持ちが軽くなった」

アンソニーたちと別れアナと並んで馬車へと向かうとき、彼らを集めてくれたアナに改めて感謝を伝える。

「お楽しみ頂けて良かったですわ」

そう言ってアナは笑う。優しさが溢れる笑顔だった。本当に素敵な人だ。

「……ジーノ様は、まだ全てお話しされていらっしゃらないと思いますの。わたくし、それくらい分かりますわ」

私にエスコートされ、私の腕に手を置くアナがぽつりと呟く。

その通りだ。ユーゴについて話したのは少しだけだ。全て話すことは出来なかった。指輪を貰ったことも、助言を受けたことも、ユーゴに言われた呪いの言葉も、アンソニーたちには話せなかった。

『一生その指輪を持ち続けて、一生私を殺したことを悔い続けろ。それが、私の生きた意味だ』

胸が苦しくなる言葉だった……重い……本当に重い言葉だ。元クラスメイトの言葉というのが、重苦しさを途轍もないものにしている。口に出せるほど、まだ飲み込めてはいない。

「出来れば、お話し頂きたいですわ」

「……話せば、君も辛くなると思う」

アナになら話せる。だが、話す訳にはいかない。ただでさえ重い話だ。その上、アナを捨てるようなアドバイスもあったのだ。アナが聞くべき話ではない。

「……わたくしが頼りなくてお話し頂けないいんだと思いますけど……それでも、頼りないなりにも、少しだけお聞かせ頂きたいですわ」

「それは違う！　君が頼りないということは、絶対に無い！　ただ……聞いてしまえば君が辛い思いをするだろうと思って言わなかったのだ」

思わず足を止め、横にいたアナの方へと体を向けてしまう。

「ジーノ様。夫婦は助け合うものですわよ？　ジーノ様がお辛い思いをされているときは、わたくしにもその重荷をお分け頂きたいですわ。わたくしは大丈夫です。ジーノ様さえお側にいらっしゃるなら、どんな困難だって笑顔で乗り越えられますわ」

立ち止まった私の目の前に立つアナは、笑顔で胸を張って見せる。まるで春の陽の下の穏やかな湖のような笑顔だった。きらきらと優しさが輝いていた。

「アナ！　君はなんて素敵な人なんだ！」

「そこまでです！　ジーノリウス様！」

間違いなく世界最高の可愛さに、また理性が飛んでしまった。気が付いたらアナを抱き締めようとしていて、気が付いたらブリジットさんに後ろ襟を引っ張られて阻止されていた。

「ジーノリウス様は、猿並みの脳しか持ってないいんですか⁉　ここは馬車も停まる大通りです！　こんなところでそんな破廉恥なことをしたら、若奥様の評判が落ちるって分からないいんですか⁉」

猿並みの脳……ブリジットさんの言葉が辛辣だ。本日二度目なだけあって注意も厳しい。

『砂金水晶』と名付けられたセブンズワース家の第四十八応接室のテーブルには、沢山のおつまみが並べられている。夕食を終え、今はアナと二人でこの葡萄酒を飲んでいる。お茶を飲むときのように向かい合わせで座るのではなく、今は同じソファに肩を寄せ合っている。

灯となる蝋燭の数は少ない。蜜柑色の光は私たちの周りだけにあり、豪奢で広い部屋の隅には薄い闇が広がっている。

アナが気遣ってくれたのだろう。蝋燭の数は少ない方が好きだという私の言葉を憶えていてくれたのだ。私を想い遣ってくれながらも、その気遣いを自慢したりはしない。とても素敵な人だ。

「その……決して面白い話ではないが、聞いてほしい」

私はユーゴとの面会の話を始める。彼にとって大切な物だったはずの指輪を贈られたことも、部屋から出るときに言われた恨みの言葉も、アナにだけは素直に話すことが出来た。

世界で唯一、アナだけが前世の醜い私を知っている。積年の侮蔑と嘲笑で捻じ曲がった私の醜い一面を、アナだけは優しい笑顔で受け入れてくれる。だから、アナにだけは全てを打ち明けられる。

「ユーゴ様は……ジーノ様を心からお恨みではなかったのだと思いますわ」

「ありがとう」

「お慰めするためにそう申し上げたのではなく、本当にそうだと思いますわ。ユーゴ様が本当にジーノ様をお恨みでしたら、お父様からの最期の贈り物をジーノ様に託されたりはされなかったと思いますの。ご助言もそうですわ。本当にお嫌いだったら、そんなことお伝えになりませんわ」

「では、ユーゴは何を考えてこれを渡したのだと思う？」

「ユーゴ様はきっと……ご自身が生きた証を、この世界に残すことを強くお望みだったと思いますの。どなたの記憶からも消えてしまうのが怖くて、どなたかにいつまでも憶えていて頂きたくて、それで指輪を託されたんだと思いますの。ですから『生きた意味だ』と仰ったんだと思いますわ。わたくしをお捨てになるようにとのアドバイスもそうですわ。ご自分のことをいつまでも憶えていらっしゃるジーノ様にだけは、どうしても生き続けてほしかったからだって思いますの」

説得力がある。当主の証である指輪は、紛失しないよう常に指に嵌めているものだ。だがユーゴは、指輪にチェーンを通し、首飾りとして使えるようにして渡している。そうする理由がこれまで分からなかったが、それなら説明が付く。

他家の当主の証、それも取り潰された家のものだ。人目に付く指にずっと着けることは出来ない。だが首飾りなら、服の下であればいつも身に着けられる。このチェーンは、自分を忘れてほしくなかったことの表れなのかもしれない。

「何故……私だったのだろうな」

手の中にあるユーゴから貰った指輪を眺めながら、独り言のように呟く。

「ユーゴ様がお選びになるなら絶対ジーノ様だって、わたくしは思いますわ。ユーゴ様がこだわりをお持ちだった学年首席の座をずっと維持されて、ユーゴ様が一度もお勝ちになれなかった唯一の方ですもの。学園でのユーゴ様も、ジーノ様に対抗心をお持ちでありながらも、一方ではジーノ様をお認めになっていらっしゃったように思えましたわ。一番お忘れになってほしくない方と言えば、やっぱりジーノ様だと思いますの」

……そうなのかもしれない。さすがはアナだ。心優しいアナは人の気持ちを考える時間が長い。他人の心を理解する能力も、それだけ熟練している。私よりずっと短い時間しか生きていないのに、既に私を遥かに超えている。私よりもずっと濃密に人を思い遣っているのだろう。

「もし必要がありましたら……ご遠慮なくわたくしをお捨て頂きたいですわ。ジーノ様のお荷物には、なりたくありませんの。もちろん、ジーノ様をお恨みなんてしませんわ。それでジーノ様のお役に立てたのなら、わたくしは嬉しいですもの」

「アナ。君を見捨てることなんて、あり得ない。絶対に、だ。結婚式のとき、私が神々に誓ったのを忘れたのか？　『二度と離れないし、離さない。ずっと君の側にいる』と。最も厳粛な神々に対しての誓いだ。命を賭して絶対に守る」

一度婚約破棄した私は、よく知っている。アナとの日常がどれだけ大切なものなのかを。こんなに健気で優しい女性を、どうして捨てることが出来るのだろうか。私を想ってくれるその優しい言葉だけで、この可愛らしい女性が愛おしくて仕方なくなる……。

私を見詰めアナはにこりと笑う。その笑顔に心が吸い込まれ、アナ以外は何も見えなくなる。

「そこまでです！　ジーノリウス様！」

アナ一色で心が塗り潰された私は、気付いたらアナをそっと抱き締め、気付いたら唇を奪っていた。そんな私の後ろ襟を掴んで、ブリジットさんは強引に引き剥がす。

そう言えば、ブリジットさんもいたのだな。闇に溶け込んで全く気配が無かったから忘れていた。

「ジーノリウス様！　ここは応接室です！　乱れた服装と化粧で廊下を歩かせて、若奥様に恥を掻かせたいのですか⁉　ここを掃除するのも、この家の使用人なんですよ⁉」

「いや……それは……」

特に上級貴族は、屋敷内でもきちんとした服装をしている。屋敷内にいる多くの臣下に、主としての威厳を見せ続けなければならないからだ。ドレスが少しでも汚れたら即座に着替えるし、だらしない座り方だってしない。

絵が描ける貴族女性が皆無なのもそのためだ。少しでもドレスに絵の具が付いたら即座に着替えなくてはならないし、汚れが落ちなかったらそのドレスは二度と着られない。服飾費が膨大になるのだ。

「ジーノリウス様は、小魚並み(こざかなな)の脳しか持ってないんですか⁉　なぜ若奥様の名誉に考えが至らないんですか⁉」

小魚並みの脳……ブリジットさんの注意が厳しい。本日三度目だけあって言葉は更に辛辣だ。絶対零度の視線に耐えきれず、ついブリジットさんから視線を逸らしてしまう。

逸らした視線の先にはアナがいた。ソファで俯く(うつむ)アナは、うるうると涙目で湯気が立ちそうなほど真っ赤になっている。先程のブリジットさんの性的な指摘が恥ずかしかったのだろう。

くうううううっ！　可愛いっ！　何という可愛らしさだっ！

「なぜ笑顔なんですか⁉　ジーノリウス様！」

しまった。今はブリジットさんのお説教の最中だった。ついアナの可愛さに夢中になり、顔が綻(ほころ)んでしまった。

「なぜ、いつもそうなんですか⁉　若奥様が絡むと、あまりに視野狭窄(きょうさく)で直情的です！　少しは頭を使って下さい！」

ブリジットさんのお説教の声が、応接室に響く。

◆◆◆アナスタシア視点◆◆◆

ユーゴ様たちが、ジーノ様の暗殺を計画されました。お母様は、様々な情報を分析されて事前に察知され、それどころか計略を逆手に取られて見事に反撃されました。隠密の皆様からの報告は、わたくしも目を通しています。ですが、まさかジーノ様の暗殺を計画されているなんて思いもしませんでした。

お母様はまた、計略には消極的だった貴族の皆様をたった一言で寝返らせてしまわれました。これも、わたくしには出来そうもありません。きっとわたくしでは、軽んじられてしまいます。

わたくしは、わたくしなりの方法でジーノ様をお支えすれば良いってお母様は仰っていました。それでは、わたくしに何が出来るのでしょうか……。

「わたくし、全然駄目ですわね……全ての面で、お母様よりずっとずっと劣っていますわ……」

つい、ブリジットに愚痴を零してしまいます。

「そんなことありません。少なくとも武力では奥様より上です。鏢の技量は、もう本職の暗器使い並みです。魔法だってそうですよ。才能だけならこの国一番どころか世界屈指で、このまま習い続けたら世界の頂点に立てるって、ジーノリウス様も仰ってたじゃないですか。若奥様には若奥様の優れたところが絶対にありますから、何も心配は要りませんよ」

そうですわ！　わたくし、戦闘が得意だったのですわ！　わたくしは武力を磨けば良いのですわ！　魔物討伐や領地防衛なら、きっとジーノ様のお役に立てますわ！

わたくしも荒事への対応が可能だってジーノ様にご理解頂くために、ちょうど魔法の練習を頑張っている最中です。これをもっと頑張って、戦場で活躍出来るくらい強くなれば良いのです。わたくし、頑張りますわ！

お母様のように、戦いになる前に勝利出来たらそれが一番です。でも、今のわたくしにそれは無理です。だからわたくしは、戦場で活躍するのです。

「ねえ。ブリジット。わたくしが戦わなくてはならないとき、あなたも一緒に戦ってくれるかしら？」

「当然です！　この身は若奥様のためにあるんです！　命を賭して若奥様をお守りします！」

ブリジットも戦ってくれるなら心強いです。ブリジットは使用人の中でも戦闘が得意な方だって、お聞きしたことがあります。

そう言えば、バイロン家には女性に最適な素晴らしい鎧（よろい）があるって、エカテリーナ様からお聞きしたことがあります。通常の女性騎士の鎧は、男性用の鎧と大差がありません。ですがバイロン家の鎧は特別で、高い機能性を持ちながらも女性らしい華やかさもあるそうです。

「ブリジット。バイロン家に連絡してくれるかしら？　あのお家にはドレスアーマーという女性用の素晴らしい鎧があるそうですの。購入したいですわ」

「かしこまりました。ところで、なぜ鎧なんて購入されるんですか？　狐狩りにしては少し重装備ですね？」

「戦場にお伺いするために決まっているではありませんの」

「はいいいい！！？　な、な、な、なぜそんなことを⁉」

「あら。わたくしが戦闘に向いているって教えてくれたのは、ブリジットですわ」

「そういう意味では‼　いけません‼　どうか‼　どうか、お考え直し下さい‼」

「……わたくし、もうお伺いするって決めましたの。ブリジットが行きたくないなら、それでも良いですわよ。わたくし一人でお伺いしますわ」

ブリジットは頭を抱えて「まさか、こんなことになるなんて」や「ああ。とんでもない失言を」などの独り言を呟いています。別に失言はしていないと思います。ジーノ様のお役に立つための有意義なアイディアを提供してくれて、とっても感謝しています。

◆◆◆ジーノリウス視点◆◆◆

貧民街から戻って以降、アナとブリジットさんには魔法を教えている。その過程でアナは前世の文字を習い始めた。最初は図鑑などの挿絵が多いものを読んでいた。学習が進むと大好きな恋愛小説などにも手を出し始めた。本が大好きなだけあって物凄い習得速度だった。

最近のアナは、大好きな恋愛小説ではなく魔法関連の書物を熱心に読んでいる。突然、魔法の習得に積極的になったのだ。

その成果を見せたいと言われ、今日はアナたちと共に王都街壁の外に来ている。街壁の外は魔物の危険があるが、ここは王都のすぐ近くだ。この辺りは定期的に騎士団が討伐しているので魔物もいない。街道からも離れている場所で、人影も見当たらない。魔法の実演には絶好の場所だ。

「いきます」

そう言ってブリジットさんは構えを取る。その直後、ブリジットさんの周囲に真っ黒な鯉が現れる。光を一切反射しない、闇を固めたような鯉だ。

ブリジットさんは生まれつき武功が使える先天武人だ。貧民街の孤児だった彼女はセブンズワース家に保護された。当家門下のうち養女になる先としてオードラン家が選ばれたのは、彼女が先天的に持つ気脈とオードラン家の家伝武功の相性が良かったからだ。先天的な気脈は、その後の武功修練で大幅に強化されている。

彼女はまた魔力脈も先天的に持ち、生まれつき魔法が使える先天魔道士でもあった。マシューが保護したのも頷ける、稀に見る天賦の才の持ち主だ。この漆黒の鯉は、彼女が生まれつき使える魔法だ。

　三匹の鯉は矢のような速度で宙を泳ぎ襲い掛かってくる。以前は、複数匹になると上手く操れていなかった。今は、速度も精度も大きく向上している。しばらく観察し、頃合いを見て小石ほどの衝撃弾を鯉に撃ち込んで鯉を破壊する。

　この手の魔法には核がある。核を破壊されると魔法は崩壊してしまう。生まれつき使える魔法は、混元魔力――魔力と『気』を混ぜ合わせたもの――の流れから核の位置が分かりやすいものだった。今は核の位置もかなり掴み難くなっている。これなら、教えるレベルを一段階上げても大丈夫だ。

「大分上達したな」

「まだです。もう一つ、お見せしたいものがあるんです」

　私の言葉にブリジットさんがそう返すと、黒い霧が周囲に立ち籠め始める。鯉と同じく光を一切反射しない、そこから先がいきなり暗闇になっているような不自然な霧だ。

　先天魔道士のブリジットさんは、独特の気脈と魔力脈を持っている。その特殊な脈と彼女の魔力属性に合う魔法を私が考案し、ブリジットさんに教えた。これまで一度も成功したところを見たことがなかったその魔法を、遂に発動させた。

　光が全く通らない暗闇の中を漆黒の鯉が音もなく泳ぎ、そしてブリジットさん自身もまた武術で襲い掛かってくる。

　この霧は魔力で構築されている。視界が遮られるのはもちろん、周囲を満たす魔力のために魔力系感知も働き難い。一方、ブリジットさんにとってこの霧は感知領域でもある。彼女だけは、霧の中のことが手に取るように分かる。私が考案した魔法ではあるが、これはやり難い。

　またしばらく観察してから霧の結界の核を破壊し、続けて鯉も破壊する。

「驚いたぞ。一気に上達したな」

「先日色々とありまして、今以上に強くなることが急に必要になったのです」

何が切っ掛けなのか判然としない物言いだが、言葉を濁していることからして説明したくないのだろう。尋ねるのは止めておく。

上達はしているが、私から見ればまだまだ稚拙だ。霧の結界の核の隠蔽は雑で、ブリジットさん自身が動くと鯉の精度が急激に低下してしまう。それらの解消方法についてアドバイスをする。ブリジットさんは真剣に聞いている。強くなりたい気持ちは本物のようだ。

「次は、わたくしですわ！」

そう言ってアナは、ふんすと意気込む。可愛い。凄く可愛い。思わず笑顔になってしまう。

だが次の瞬間、驚愕で目を見開いてしまう。アナが右の手のひらを天に向けると、頭上数十メルトのところに直径十メルトほどの巨大な火球が生まれたのだ。

「いきますわ！」

音速の数倍はあろうかという速度で火球は射出され、遙か遠くの岩壁に激突する。一拍遅れて耳を劈く衝撃音が轟き、空気の振動が一瞬で周囲を駆け抜ける。

魔法を自在に扱うためには体内に気脈と魔力脈を構築し、周天循環を完成させる必要がある。アナはまだ周天循環の構築を終えていない。この段階では、前世の小学校低学年程度の魔法しか使えない。先程アナが使った『飛び火』もそういった魔法だ。

本来『飛び火』は、蝋燭の火程度のものを二、三メルトほどふわふわと飛ばす魔法だ。熱量も、部屋の壁紙に当たれば焦げ痕さえ残さず消えてしまう程度でしかない。

それなのにアナの魔法は、あの火球の大きさであの射出速度だ。魔法が衝突した岩壁は今、岩だったものが赤い光を放ちながらドロドロと融(と)け落ちている。

なんと馬鹿げた魔法力だ。およそ『飛び火』とは思えない。しかもアナは火属性ではないのだ。前世では初歩の初歩だった魔法、しかも自分の属性と合わない魔法でさえ、もうこの世界の魔法兵の全力攻撃を遥(はる)かに超えている。あと数年したら、どれほど成長するのだろう。さすがは『魔導王』の卵だ。

「ジーノ様。ご覧になりました？　わたくし、合格でしょうか？」

とことこ近付いて来るアナは、にこにこと嬉(うれ)しそうな笑顔だ。

「遂に魔法を発動出来るようになったのだな？　初めて見たが、凄い威力だ。凄いぞアナ。素晴らしい成長だ。もちろん合格だ」

「まあ！　そうですの？　嬉しいですわ〜」

アナは嬉しそうに笑う。可愛い。凄く可愛い。

「それならわたくし、もう戦場にお伺いしてもよろしいですわよね？」

「えっ！！？」

「わたくし、魔物討伐や領地防衛ならジーノ様のお役に立てると思いますの」

動揺する私とは対照的に、アナはにこにこと嬉しそうだ。

「いや！　それは！　頼む！　それだけは勘弁してくれ！」

自分のせいで誰かが死ぬのは、想像以上に苦しいことだった。ユーゴとの一件で、それを思い知らされた。心優しいアナだ。戦場に出て人の命を奪ったりしたら、私以上に苦しむだろう。そういう苦労なら、私がすれば良い。アナにだけは、そんな思いはしてほしくない。アナは、いつも穏やかに笑っていてほしい。

それに、私自身が耐えられそうにない。ほんの少し、そんな危険なところにアナがいることを想像するだけでも動悸が激しくなり、巨大な不安が心を侵食し始める。

「そうですか……」

アナは目に見えて落胆する。しょんぼりとするアナを見ていると、全てアナの望み通りにしてしまいたくなる。

だが駄目だ！　それだけは駄目だ！　ここは、心を鬼にしなくてはならないのだ！

落ち込むアナとは正反対に、ブリジットさんは爽快な笑顔だった。まるで深刻な悩みが一瞬で解消したようだった。

アナはたまに、とんでもないことをしようとする。激流の川を見付けて水遊びをしようとする子供のようで、本当に目が離せない。

ずっと私の腕の中に閉じ込めることが出来たら良いのに――アナがあまりにも可愛くて、そんなことを考えてしまう。

第六章　政変と爵位継承

◆◆◆ジーノリウス視点◆◆◆

「なんだと⁉　それは本当か⁉」

息を切らして駆け込んで来た使用人からの報告に、思わず大声を出してしまう。

聖国に向かっていた国王陛下と第四王子の馬車が襲撃を受け、いずれの馬車も崖に転落したと使用人は言う。状況からして、二人の生存は絶望的とのことだ。

国内は第一王子と第四王子の継承権争いで大混乱だった。バートン家とフィーバス家が取り潰しとなり、第一王子派は目に見えて劣勢となった。追い詰められた彼らは過激な言動や強硬姿勢を見せることが増え、両派閥の対立が激化し政策が決まらなくなってしまった。

隣国との緊張が高まる中での政治の停滞だ。長引けば致命傷になりかねない。混乱を収めるべく、陛下はようやく後継者についての態度を決めた。第四王子寄りの姿勢を示したのだ。

今回、陛下と第四王子が聖国に行ったのもそのためだ。立太子する者は、その前に聖国の聖泉で身を清めなくてはならない。王と共に聖国に行くということは、立太子間近ということだ。おそらく、それがクーデターの引き金になった。

執務室を飛び出てアナの元へと急ぐ。アナにとって陛下は伯父だ。シスコン陛下が義母上を猫可愛がりしていたこともあって、陛下とアナは親しい。きっと傷付いている。

「アナ！」

「ジーノ様……」

『菫青』の別名を持つ資料室で机に座り、アナはハンカチに目を当てながらも書類に目を通していた。アナの涙で胸が苦しくなる。椅子に座るアナに駆け寄ってそっと抱き締める。

「わたくしは大丈夫ですわ……今は大変なときですから、やるべきことをやらなくてはなりませんわ」

「少し泣くぐらいの時間ならある。業務の遅れなら、私が何とかしてみせよう」

アナは私の胸に顔を押し当てる。声を漏らさず、アナは静かに泣いた。

「大変です‼　王妃殿下と第三王子殿下が襲撃を受けました‼」

「なんだと⁉」「なんですって⁉」

勢い良く駆け込んで来たブリジットさんの報告に、私とアナは驚く。

「ジーノリウス様。今は非常事態です。さあ。お仕事にお戻り下さい。若奥様は私がお慰めします」

政局の激動に備え、今は動かなくてはならない。義父上と義母上は今、そのために王宮へと向かった。私とアナは、屋敷で領内の問題に対処しなくてはならない。確かに仕事量は膨大だ。だが！

私はアナを慰めたいのだ！

葛藤で固まる私を、ブリジットさんは強引に引き剥がす。そして私の代わりにアナを腕に包み込む。アナからは見えない、私に向けられたブリジットさんの微笑みは優越感で満ちている。

ぐぬぬぬぬ。悔しい！　仕事さえ無ければ！

「「神々の～♪　御傍の～♪　水晶より透き通る～♪　川の畔で～♪」」

王都大聖堂に設置されたパイプオルガンに似た巨大な楽器が演奏を始めると、続いて聖歌隊による合唱が始まる。今は、王族四人の葬儀だ。セブンズワース家は全員参加している。

陛下と第四王子殿下の捜索は一週間で打ち切られた。二人の遺体は発見されなかった。行方不明の王妃殿下たちの捜索もまた、一週間で大幅に縮小された。二人の生死は不明だ。

四人とも遺体は発見されていないのだから、棺はどれも空だ。遺体が発見されていない段階での葬儀も、四人まとめての葬儀も異例中の異例だ。第一王子殿下が葬儀を急いだ結果だ。

事件があった日、王太后殿下は外遊中だった。帰国せずそのまま消息不明となり、今日の葬儀には出席していない。消息を絶ったのは亡くなったからでなく、身の安全のために姿を消したのだろう。さすがに他国の王宮に宿泊中の人物までは襲撃出来ないはずだ。

王宮に滞在中の人物の情報を完全に隠蔽出来るのは、その国の王家だけだ。おそらくはその王家の保護下にいる。まだ帰国しないのは、危険だと判断したからだろう。

第四王子殿下の勝利が決定的となったタイミングでの一連の事件であり、葬儀もこの異常な急ぎ様だ。そして無事だった王族は、側妃殿下と第一王子殿下、第一王女殿下の三人だ。王妃殿下の血脈が途絶え、側妃殿下とその実子二人だけが生き残っている。どの勢力が犯人なのかは明らかだ。

次代の王は、第一王子殿下以外にいない。犯人の望み通り、彼がこれからこの国を支配する。

「「神々の～♪　都で～♪　永遠の平穏を～♪」」

聖歌が響き続ける中、義母上は涙を零(こぼ)している。そんな義母上を見て、王族席の側妃殿下が満足気に微笑(ほほえ)むのが見えた。おそらく彼女も、この事件の首謀者の一人だろう。

第一王子殿下の優秀さを見せ付けるため、学園を実力主義に変えたのは彼女だ。普通はそこまでしない。王族や貴族の権威は、上位の身分を敬う文化を土台にしている。実力主義教育など始めたらその土台が崩れてしまう。手段を選ばないところは第一王子殿下とよく似ている。

しかし、側妃殿下が義母上を嫌うのは理解出来る。夫が猫可愛がりする小姑(こじゅうとめ)なら、その存在だけで不愉快だろう。その上、王族を差し置いて社交界で君臨しているのだ。さぞ目障りだっただろう。

アナもまた、泣いている。だから私は、膝(ひざ)の上に置かれたアナの手を握っている。アナのために私が出来るのは、今はこれしかない。

大聖堂での葬儀を終え、四つの空の棺は王宮内にある王廟(びょう)に納められた。

王廟は誰もが入れる場所ではない。侯爵位以上の者、或(あ)るいは王家の血筋の者だけが入れる。当家なら公爵位を持つ義父上、陛下の妹の義母上、それから陛下の姪(めい)のアナが入れる。私は入れない。

だから私は今、王宮の庭園でアナたちを一人待っている。一人でいると考えてしまう。

警備上の機密情報であるため、王族の護衛戦力の全容が明らかになることはない。公表されないにしても、どの王族も十分な戦力で護衛に当たっていたはずだ。その王族を四人同時に暗殺するのだ。長い時間を掛けて綿密な計画を立て、相当大規模な人員で臨んだはずだ。

『太陽が〜沈み〜、星々も〜沈み〜、ただ一つ輝くのは〜、宵の〜明星〜』

ユーゴのあの四節詩は、この複数の王族の同時暗殺を指していたのだろう。太陽とは陛下、星々とは王妃殿下と彼女の子供たち、宵の明星は第一王子殿下のことだろう。

義母上にも四節詩は伝えてあった。それでも防げなかったということは、義母上でもどうにもならないほどの計画だったということなのだろう。

まさかここまでするとは思わなかった、というのが本音だ。もちろん、政局的に考えればあり得ることだ。しかし平然と家族を殺す者が妻の親族にいて、その被害者が妻の伯父たちというのは、前世の感覚では非現実的に思えてしまった。そういった話は、前世ではテレビのニュースの中にのみ存在する自分とは別世界の出来事だった。

前世の記憶があって有利なこともあるが、不利なこともある。こういう平和国家的な感性に邪魔されて予測を誤ることも不利な面の一つだ。この弱点は早急に是正しなくてはならない。前世なら凶悪犯罪者として投獄される者が、この国では次期国王なのだ。

しかも、おそらく愚王ではない。学園での歴史の授業を思い出してみると、肉親を殺して玉座に座った王に無能な者は少ない。肉親を殺すという非情さと合理性も、その決断が出来る果断さも、そこまでして玉座を求める政治的情熱も、王としての有能さの裏返しだ。優柔不断な面があった前王よりは、遙かに手強い相手だろう。

ふと思う。ユーゴがこの謀略を事前に知っていたということは、彼もこの計画に加担していたということだ。これほど重要な情報を、無関係の者に漏らす訳が無い。

ユーゴのあの忠告は、私宛ての果たし状だったのではないだろうか。この謀略が自分の遺作であることを私に教え「打ち破ってみせろ」と言っていたのではないだろうか。

「ジーノ様」

寂しそうな声で、アナが呼び掛けてくる。

王廟への納棺が国葬の最後の行事だ。もうそれは大分前に終わっている。王廟に向かった人たちは、戻って来てもう帰路に就いている。アナも戻って来たのだが、義父上と義母上だけはいつまでも戻って来なかった。

アナの話によれば、皆が王廟から立ち去っても義母上は陛下の棺が収められた場所の前に立ち、いつまでも涙を流していたという。そんな義母上に、義父上はずっと付き添っていたという。

しばらくはアナと一緒に二人を待ったが、あまりにも遅いので一度アナが様子を見に行ったのだ。

そのアナが、一人で戻って来た。沈んだ表情だ。心配になってしまう。

「何があったのだ？」

「お父様が……不思議な踊りを踊っていらっしゃったんですの」

「えっ？」

「王廟の伯父様の棺の前で、お母様が泣いていらっしゃって……お父様が不思議な踊りを踊られて、お母様を励まされたんですの。それで、お母様はより一層涙を流されて、お父様のお胸に飛び込まれましたの」

そういうことか。全く違う光景を想像してしまった。

「ずっと同じお屋敷で、ずっとご一緒に暮らしていましたから、お二人のことなら何でも存じているって、今まで思っていましたの。でもそのご様子を拝見して、わたくしの存じ上げない、お二人だけの世界があるんだって、そう思いましたの。それで、お声掛け出来ずに戻って参りましたの……」

そうだろうな。ずっと一緒に暮らす家族にも分からない、二人だけの世界が、夫婦にはあるのだろう。

「アナ。私たち二人で先に帰ろう。私たちも二人だけの時間を増やして、二人だけの世界を沢山作ろう。今日は二人で沢山話をしよう」

「まあ。素敵なご提案ですわ。ジーノ様とのお話、楽しみですわ」

エスコートのために肘を張ると、アナはくすりと笑って私の腕に手を置く。

それにしても、不思議な踊りか……義母上にベタ惚れの義父上は、夜会で義母上を輝かせようとダンスの訓練に熱心な人だ。若い頃からずっとそうだったらしく、今では相当なダンスの名手だ。

その義父上が踊るのだから、きっと不気味なぐらい無駄にキレッキレだったのだろう。

普通のダンスなら私も上手く踊れる。だが、奇怪な踊りを芸として観せるだけの技量は無い。

……いや、ここで諦めて良いのだろうか。義父上は、義母上を想って道化のように踊って見せた。

アナはそれを見て、夫婦二人だけの世界があることを知った。もし私がアナのために奇怪に踊ったなら……アナは私たち夫婦二人だけの世界を実感してくれるのではないだろうか。

そうだ！　たとえ義父上ほど上手ではなくても、私はアナのために努力するべきだ！

「アナ。私も不思議な踊りを踊ってみせよう」

「え？　……あの……ま、またの機会にお願いしたいですわ」

ふむ。踊りでは駄目なのか。二番煎じでは駄目だったのか。では、どうすれば良いのだろう……。

アナをエスコートしつつ考え事をしていると、アナは思い出し笑いをするように「うふふ」と笑う。

「ジーノ様が何をお考えでそんなこと仰ったのか、分かりましたわ……わたくしも踊りますわ……ジーノ様のために」

「アナ！　君は！　なんと可愛いのだ！」

「そこまでです！　ジーノリウス様！」

気が付いたらアナを抱き締めようとしていて、気が付いたらブリジットさんに阻止されていた。心臓が爆発したかと思うほどの途轍もない可愛さに、またも正気を失ってしまった。

「ジーノリウス様！　国葬という厳粛な行事の日に！　王宮という厳粛な場で！　何をどう間違ったら、そんな破廉恥なことが出来るんですか⁉」

夕日が差す王宮の庭園に、ブリジットさんのお説教の声が響く。

王族四人は不慮の事故により逝去した、という公式発表があった。もちろん、本当に事故だと思っている貴族は誰一人いない。第一王子殿下の一派が暗殺したことは公然の秘密だ。

そして予想通り、第一王子殿下が国王となった。同時に、義父上は宰相を辞めた。実兄を亡くした心労で弱った義母上を領地で療養させるため、というのが名目上の理由だ。

実際は違う。即位した陛下に対するボイコットだ。

「ようこそいらっしゃいました。セブンズワース公爵閣下」

馬車を降りると王宮の使用人が丁寧な挨拶をする。義父上は領地に引き籠もると同時に、爵位まで手放してしまった。お陰で今は私が公爵、アナが公爵夫人だ。本来なら大々的に継承式をするのだが、今は喪中だ。事務的な手続のみで爵位を譲り渡された。

これにより私の呼び名も、ジーノリウス・シモン・セブンズワース伯爵からジーノリウス・セブンズワース公爵へと変わった。これまでは、セブンズワース家の家人がシモン伯爵家の当主も務めるときの呼称だった。今の私は、セブンズワース家でも家人ではなく当主だ。複数の家の当主を兼ねる場合、最上位の家名と爵位で呼ばれることになる。書類にサインするのも少しは楽になった。

今日、王宮に来たのは貴族会議のためだ。宰相職を投げ捨てたセブンズワース家だが、貴族会議には出席しなくてはならない。公爵位を継いだ私が出席することになる。

「ご機嫌麗しゅう存じます。セブンズワース公爵閣下」

会議場に向かう途中の廊下で声を掛けて来たのはバイロン嬢だ。私も挨拶を返し、公爵閣下ではなく今まで通りの呼び名をお願いする。

「そんな話は聞いていないが、君も爵位を継承したのか?」

「いいえ。わたくしは代理出席ですわ」

後継者に爵位を譲り渡して王宮での政務から一切手を引くのも抗議方法の一つだが、当主が参加せず代理人を出席させるのも抗議方法の一つだ。

バイロン嬢は一人娘なので、代理人になれるのは彼女と夫人だ。夫人より格下の娘を代理人に立てるのは、より強い抗議の意味がある。もっとも、代理人出席はいつでも取り止め出来るものだ。永遠に協力しないという意味の爵位継承より、抗議の意味合いはずっと軽い。

「やはり、若い人と女性が多いな」

「当然ですわ。あんなことを仕出かしたのですから」

会議室を見渡した私の言葉に、バイロン嬢が冷たい反応を示す。

抗議の意思を示したのは、当家とバイロン家だけではなかった。第四王子派の貴族は、どの家も当主が来ていない。夫人の代理出席も多いが、若者も多い。若者のうちの何割かは、当家と同じく爵位を継承しているのだろう。

中立派はそれより状況がましで、三分の一ほどが当主の出席だ。

第一王子派は、八割ほどの家が当主の出席だ。母体派閥からの支持はあるようだ。しかし第一王子派は下級貴族ばかりだ。王権の急激な弱体化は隠しようがない。

前世の絶対王政国家のような強い王権を持つ国なら、他の王族を暗殺して即位しても国家は揺るがなかったのかもしれない。だが、この国は王権が弱い。支えてくれるのは下級貴族ばかりで上級貴族の大半が離反したこの状況は、非常に危うい。

「この国もいよいよ危ういですわね」

バイロン嬢も同じ考えのようだ。

「国王陛下のご入場です」

バイロン嬢と話していると現国王陛下が現れる。全員が礼を執る。それから会議が始まる。

少しでも劣勢を挽回(ばんかい)しようとこれまで強硬な態度で一方的な譲歩を要求していた第一王子派だが、今は形勢が逆転している。態度は柔軟なものへと変わり、それによって今まで決まらなかった予算関連事項が次々に決まっていく。止まっていた政治が前に進み始める。

「余は王となったが、まだ若輩の身だ。多くの臣下たちと深い交流がある訳ではない。そこで、だ！　君たち臣下との絆(きずな)を深めるための法案を制定したい」

陛下がそう言うと、続いて政務補佐官が法案内容を説明する。

法案は、人質を要求するものだった。そもそも、王宮での出仕を餌に貴族の子女を王都に集める学園制度自体が人質政策だ。それではまだ足りず、簡単には出られない王宮に人質を閉じ込めるつもりのようだ。人質は陛下が指名するとのことだ。

「子供のいない若い女性を中心に、と考えている。家門の重責を担う男性よりは各家の負担も軽いだろう？　歳が若い方が担う業務の重要度も低いはずだ。子供がいないなら、幼い子が母親と引き離されることもない」

どのような者を指名するのかという質問があり、陛下は質問に答える。

「後宮をお作りになる、ということでしょうか？」

静かな怒りを目に滲ませ、当主の代理出席をしているバルバリエ家の義兄上が尋ねる。あの人も相当なシスコンだ。妹を妾に差し出すことになる法案を許せる訳が無い。

「後宮を作るつもりは無い。ただ、今は立て込んでいてな。宮を一つしか用意出来ていないのだ。男女を同じ宮に住まわせる訳にはいかないだろう？　だから最初は女性だ。準備が整ったら、いずれ男性も受け入れる」

陛下はそう言うが誰も信じていない。多くの王族が同じ日に逝去したため、主のいなくなった宮はいくつもある。部屋の準備だけなら大して時間も掛からない。

「もっとも、余は独り身だ。婚約者もいない。万が一ここに住まう女性と深い関係になったなら、当然責任は取るさ。その者を王妃としよう」

そう言う陛下は、一見爽やかな笑顔だ。だがその目には、ギラギラとした野心が見える。

（お気を付け下さい。狙いはおそらくアナスタシア様ですわ）

隣に座るバイロン嬢が小声で耳打ちする。

そうだろうな。多くの上級貴族が離反したこの状況を打開するなら、最大の権勢を誇るセブンズワース家を味方に付けるのが最善だ。現状のセブンズワース家の反発を考えたら、強引にアナの夫となるのが手っ取り早い。アナとの間に子供を作ってしまえば、義父上たちも諦めるだろう。

宗教の影響で、この国は離婚が比較的簡単だ。先に不倫相手と子供を作ってしまえば、自動的に不倫相手と再婚することになる。それほど不名誉な離婚と再婚は貴族社会では滅多にないが、法的にはそうなっている。私たちにはまだ子供がいない。その弱点を突こうとしているのだ。

「では、検討をよろしく頼む」

そう言って陛下が退出すると、会議室はしんと静まり返る。皆、懸命に最善手を考えているのだ。

この法案が成立してしまえば、二つに一つだ。大人しく人質を差し出すか、それとも王家に反旗を翻（ひるがえ）すか、だ。

会議での様子を見る限り、第一王子派の大半は法案に賛成のようだ。上手くすれば自分の娘が王妃になれると思っているのだろう。彼らの大半が下級貴族だ。特別な事情でもなければ、娘を王妃にするなんて夢のまた夢だ。

中立派と第四王子派は、かなり危険な状況だ。ただでさえ、当主が出席せずボイコットしている有り様だ。この上、人質として娘を差し出すよう要求されては、結託して反旗を翻す可能性もある。そうなれば、第一王子派と第四王子派・中立派での内戦だ。

貴族たちが強く反発するこの時期に、この法案だ。一見すると、王家は自滅の道を突き進んでいるように思える。しかし、少し考えれば、よく考えられた手だと分かる。

第四王子派と中立派は、通常なら間違いなく反旗を翻す。しかし今は、隣国が侵略の様子を見せている。この状況での内戦は、悪手中の悪手だ。隣国の脅威の前に貴族たちが萎縮（いしゅく）して反発を控え、法案が成立する可能性も十分にある。

もし法案が成立してしまえば、陛下は一発逆転だ。アナを手に入れてセブンズワース家の後ろ盾を得たなら政権は一気に安定する。人質を取られては、貴族の反発も一気に沈静化するだろう。

陛下の捨て身の賭（か）けは、隣国の存在により勝算が大きく上がっている。

「それでは、意見書の取りまとめを始めたいと思います」

「お待ち下さい」

議長のルフウ子爵が貴族会議としての意見書を取りまとめようとすると、待ったの声が掛かる。

「本件の取りまとめは、やはりセブンズワース公爵がされるべきかと思います」

待ったを掛け、そう言葉を続けたのは意外な人物だった。第一王子派のリラード公爵だ。

第四王子派がまだ第三王子を神輿として担いでいた頃、彼はその派閥の中核だった。しかし学園の卒業パーティで彼の娘が第三王子殿下に婚約破棄され、激怒した彼は第一王子派へと鞍替えしている。

第一王子派で唯一の公爵だが、敵対派閥からの鞍替えからまだ日が浅く、外様扱いされて派閥中核を担うには至っていない。

そう言えばリラード家の令嬢も、婚約破棄されてから再婚約していない。子供のいない若い女性という陛下の言う指名条件に当て嵌まっている。

「同意します。取りまとめは、セブンズワース公爵が適任です」

今度はバルバリエ家の義兄上だ。静かな怒りを瞳に湛えている。シスコン義兄上は、妹を脅かす法案が許せないのだろう。

「わたくしも同意します」

「私もです」

次々と同意の声が上がる。

通常、取りまとめは議長が行う。しかし今の議長は第一王子派の中核だ。反目し合う第四王子派の意見も取りまとめることは難しい。まとまらず意見書を上申出来なければ、貴族会議は黙示の承認をしたことになる。人質法案は成立してしまう。

娘を人質として差し出すことを避けたい第四王子派や中立派は、私に取りまとめてほしいのだ。

客観的に見て、セブンズワース家が適任だ。取りまとめ人に必要な最低条件は権力だが、それは十分にある。更に、貴族会議の議長は元々義父上がずっと務めていた。どの派閥にも偏らない取りまとめしやすい立ち位置に、義父上はこの家を置いていた。

だが、何か引っ掛かる。議長では取りまとめられず当家が取りまとめ人になることも、当家の取りまとめによりこの法案が実質無効化されることも、陛下は分かっていたはずだ。

……もしかして、私を取りまとめ人にしたかったのだろうか？

取りまとめ人には、意見調整役としての旨味（うまみ）がある。しかし当家は、そんな些末（さまつ）な利権を気にする必要が無いほどの財力だ。多少の利権では釣られないから、利権に絡めた計略とは考えにくい。

それ以外に取りまとめ人特有の業務と言えば、意見書の署名欄の一番上に署名して、その意見書を陛下に提出することぐらいだ。

それから、飲みたい葡萄（ぶどう）酒があるとか、食べたいチーズがあるとか、そういうちょっとした王の要望を、意見書提出時に取りまとめ人は聞き入れるのが慣例だ。貴族社会では名誉が重要になる。要望を聞き入れて、翻意させられた王の面子を立てるのだ。

……ああ。なるほど。その慣習なら計略に使えるな。

「セブンズワース公爵！　どうかご決断下さい！　このままでは、ご夫人が手籠（ご）めにされてしまいますぞ!?」

その大声で我に返る。つい思案に耽（ふけ）ってしまったが、それが取りまとめ人の受諾を渋っているように見えたのだろう。

「もちろん引き受けます」

詰め寄る貴族たちに受諾の意思を示す。

ユーゴよ。これも君の計略なのだろう？　君は正々堂々とした勝負を望んでいたのだろうが、私にそのつもりはない。アナの将来が掛かっている。どんな手を使ってもこの計略を食い破る。そして陛下を追い込んでみせよう。すまないが、正々堂々の勝負はずっと先になりそうだ。

服の下にあるフィーバス家の指輪を指先で触れ、窓から空を見上げながら心の中で呟く。

それから何度か貴族会議が行われた。結局、王宮への人質供与はその家が希望した場合のみ、人質も王家が指名するのではなく各家が選出する、ということで意見がまとまった。第一王子派は娘を送り出す準備を始め、第四王子派と中立派は人質を送り出さずに済み胸を撫で下ろした。

「こちらが私どもの意見書となります。ご一考頂ければ幸いです」

私が提出した意見書を読み、陛下は不服気な顔を作る。表情とは裏腹に目は愉悦で笑っている。

「セブンズワース公爵よ。一つ、余の頼みを聞いてくれないか？」

「……お伺いします」

「隣国のトールズデール王国がこの国を侵略しようとしている。これを、セブンズワース家で打ち払ってはくれないか？」

会議場が響めく。通常なら食品などの細やかな品を望む場面で、前代未聞の高望みだ。

ここで断ったら、面子を立てて貰えなかったことを口実に、陛下は貴族会議の意見書を無視するだろう。人質法案は、原案のまま制定されてしまう。そうなれば内戦は目前だ。どの派閥も内戦だけは避けたいと思っている。全ての貴族がセブンズワース家を説得に掛かるだろうし、それでも拒否し続ければこの家は全貴族の公敵となるだろう。領地は単独では存在し得ない。どうしても交易が必要になる。包囲網を作られ孤立してしまえば、セブンズワース家は苦しい状況に置かれることになる。

だが、承諾すればセブンズワース家だけで隣国と戦うことになる。当家だけが戦争で疲弊し、当家だけが大きく力を落とすことになる。

陛下としては、どちらの選択でも良いのだ。どちらを選択してもセブンズワース家は力を落とす。それこそが陛下の狙いだ。

おそらく陛下は、私が拒否すると予想している。普通に考えたら、当家単独での戦争は最悪の選択肢だ。高確率で家門が滅びることになる。だから、拒否した後に当家に圧力を掛けアナを差し出させる計略は、既に準備万端整えられているはずだ。

『お前はアナスタシア若夫人への執着が強過ぎる。彼女を手放した方が得策というとき、お前にはそれが出来ない。それで破滅することになる』

ユーゴはそう言っていた。取りまとめ人を引き受けないことが正解だった。そう言いたかったのだろう。当家が取りまとめなかったら法案は成立する。法案に従いアナを王宮に送れば、アナは王妃となる。セブンズワース家もその利益を享受出来る。妻を奪われた哀れな私にも、相応の補償はあるはずだ。利害得失だけを考えるなら、これが最善の選択肢だろう。

だがな！　そんなこと！　許せるはずがないだろう！　アナが酷（ひど）い目に遭うような法案を、私とアナを引き離すような計略を、許せるものか！　アナには指一本触れさせないぞっ！

「承知しました」

怒りを押し殺して私がそう言うと、周囲は一層響めく。

「ただし、条件があります。トールズデール王国の領地ですが……切り取り次第、ということにして頂けませんでしょうか？」

陛下は目を見開く。驚くのも当然だ。切り取り次第とは、占領した敵国の領地をそのまま自分の領地とするということだ。つまり私は、敵国を追い払うだけには留まらず、逆に侵略し返すつもりだと宣言している。兵力差を考えれば、かなり苦しい戦いになるはずなのに、だ。

「……ああ、もちろん構わない」

少しの思案の末、陛下は承諾した。敵国領地の占領など出来る訳が無い、そう思っているのだろう。

「それ以外に確認したいことがあります。当家としては単独で戦うつもりですが、この国を思う気持ちの強い方もいらっしゃるでしょう。そういう方の協力の申し出は、受け入れても構いませんか？　また、資金だけでも提供したいという有志のために募金を行っても構いませんか？」

「構わない。国を思う気持ちは、尊重してやらなくてはな」

今度は即答だった。目には嘲笑が浮かんでいる。当家に近い立場の家も戦争に参加させ、まとめて没落させる絶好の機会だと思っているのだろう。募金を募ったところで戦時徴税以上の額は集まらないと思っているのだろう。

必要な言質は取った。後で補佐官に言って、遣り取りを文書化させよう。いずれ陛下は、この選択が間違いだったと気付くだろう。

いずれにせよ、少し先の話だ。当家の隠密が調べたところ、隣国では新型魔法兵器を建造中とのことだ。『太陽の花』という名前らしい。隣国の侵攻は、その建造が終わってからになるだろう。新兵器という最高軍事機密が他国にまで漏れているが、これは遠目にも一目で分かるほど兵器が巨大で、隠しようが無いからだ。

帰ってから、アナに今日のことを報告した。泣かれてしまった。涙を零しながらもアナは、ずっと私に付いて来てくれると言ってくれた。そんなアナがあまりにも可愛過ぎて、どうにかなってしまいそうだった。

◆◆◆アナスタシア視点◆◆◆

当家に遊びに来て下さったエカテリーナ様と刺繍(ししゅう)をご一緒していると、来客の連絡が入ります。ジャーネイル様がいらっしゃったそうです。学園でクラスメイトだったグリマルディ侯爵家のご令嬢です。お約束も無く来られたのですから、きっと何かあったに違いありません。『黄玉』の別名を持つ第三十五応接室にお伺いすると、お待ちになっていたジャーネイル様はぽろぽろと涙を零されています。

「アナスタシア様あああ。わたくしいいい、婚約破棄されてしまいましたのおおお」

ソファから立ち上がられたジャーネイル様は、わたくしに抱き付かれます。ご一緒にソファに座り、ジャーネイル様をお慰めします。しばらくして落ち着かれた頃、エカテリーナ様とご一緒にお茶をすることをご提案します。

「エカテリーナ様はあ、きっとわたくしがお嫌いですわあ。いつもわたくしをお睨(にら)みになっていま

したものお。きっとお、わたくしが鈍臭いからですわあ……」

わたくしと同じような誤解をされていますわね。エカテリーナ様のお友達として、ここは誤解を解かなくてはなりません。

お睨みになっている訳ではないことや、とても真っ直ぐでお優しい方だということを丁寧にご説明します。


「ジャーネイル様は、どうしてアナスタシア様をお訪ねになったんですの？」

エカテリーナ様がお尋ねになります。刺繍室にいらっしゃったエカテリーナ様を『黄玉』の応接室にお呼びして、今はご一緒にお茶をしています。

「も……申し訳ありませんわあ」

ジャーネイル様は、すっかり萎縮されてしまっています。またエカテリーナ様を誤解されているようです。ですからわたくしは、エカテリーナ様はご不快に思われてお尋ねになったのではなく、純粋に疑問に思われてご質問なさったことなどをご説明します。

エカテリーナ様はいつも的確なアドバイスを下さいます。今のジャーネイル様に最適なご相談相手だと思います。それでお誘いしたのですが、失敗だったのかも知れません……。

「アナスタシア様はあ、以前もクリス様のことでご相談させて頂きましたしい、とても親身にお聞き下さいましたのお。学園の皆様でえ、今でもお付き合いがあるのはあ、アナスタシア様だけですしい、他にご相談出来る方もいらっしゃいませんしい……」

そう言えばジャーネイル様も、学園ではお一人でいらっしゃることが多い方でした。同じ古門のご令嬢からのお誘いがありましたから、わたくしとは違って授業の班分けでお困りになることはありませんでした。でも、休み時間はいつもお一人でした。

胸が苦しくなってしまいます。ジーノ様とお逢い出来たから、わたくしにもお友達が出来ました。卒業した今でも、エカテリーナ様はもちろんアンソニー様やジャスティン様などとも親交がありま
す。

ジーノ様が学園にいらっしゃる前、わたくしはずっと孤独でした。もしジーノ様とお逢い出来なかったら、わたくしも卒業後は孤独だったと思います。とても他人事とは思えません。

「ありがとう存じます。ご相談相手にわたくしをお選び下さって嬉しいですわ。何なりとお話し下さいませ。わたくしでよろしければ、いくらでもお伺いしますわ」

「ありがとう存じますう。本心からのお言葉だってえ、分かりますわあ」

ジャーネイル様はまた泣かれて、ハンカチを目元に当てられます。

ジャーネイル様とは、初等科からずっと同じ特級クラスでした。ですが、それほど親しい間柄でもありませんでした。お付き合いが始まったのは高等科からです。初等科の頃に皆様が読まれていた有名な恋愛小説が最近完結したから、とジャーネイル様は全巻をお貸し下さったのです。

初等生向けの小説ですが、改めて読んでみると幼い頃には分からなかった登場人物の複雑な心情や巧妙な伏線などの発見も多く、とても楽しかったです。

なぜわたくしに小説をお貸し下さったのかお伺いしたところ、ジーノ様が学園に編入されて間もない頃に仰った失言を後悔されてのことでした。

『あまり浮かれられない方がよろしいですわよお。あんなにご令嬢から人気の方ならあ、他のご令嬢に取られてしまうかもしれませんからあ』

わたくしは憶えていませんでしたが、ジャーネイル様はわたくしにそう仰ったそうです。

ジャーネイル様と第一王子殿下とのご婚約に問題が出始めたのも、ちょうどその頃です。わたくしはジャーネイル様がご婚約の問題でお悩みだということを存じ上げず、幸せに浮かれてジャーネイル様をご不快にさせてしまったのです。

『アナスタシア様がお悪いのではありませんわあ。お幸せそうなアナスタシア様を拝見してえ、わたくしが勝手に嫉妬(しっと)しただけですわあ』

失敗に気付いたわたくしが謝罪すると、ジャーネイル様はそう仰って逆に謝罪して下さいました。わたくしが憶えてもいなかった些細(ささい)なお言葉をずっと後悔され続け、罪滅ぼしにと小説をお貸し下さったのです。繊細で、お優しくて、とても綺麗(きれい)なお心の方です。

それから、ときどきご本の貸し借りをしています。ご本と感想を綴(つづ)った長文のお手紙を郵送で遣り取りするだけで、お茶などをご一緒することはほとんどありませんでした。

「クリス様からあ、今日お手紙があってえ、婚約を破棄するって書かれていてえ、それでえ――」

学園時代と変わらないおっとりした口調で、ジャーネイル様はお話を始められます。

クリス様は、陛下の愛称です。婚約破棄されてもお呼びの仕方を変えられないお気持ち、よく分かります。ジーノ様が婚約破棄してしまわれたとき、わたくしも変えられませんでした。

それにしても、お手紙一枚で婚約破棄ですか……そんな酷い婚約破棄の仕方はお聞きしたことがありません。ジーノ様だって、フランセス様と婚約破棄された第三王子殿下だって、きちんとお会いして破棄を伝えられています。

それに、少し前の貴族会議でご婚約者様はいらっしゃらないと陛下が仰ったって、ジーノ様からお聞きしています。時期的に、ジャーネイル様にお手紙を出すより前です。お手紙を出すより先に破談を公言して王妃探しを始められるなんて、あんまりです。

以前ジャーネイル様に愛妾のお話を持ち掛けられたこともそうですし、本当に誠意の無い方です。

「わたくしい、もうどうすれば良いのか分かりませんわあ。今までえ、お父様やお兄様のお言葉にずっと従って来ましたわあ。それが貴族令嬢の幸せの道だってえ、そうすれば幸せになれるってえ、皆様が仰っていましたわあ。でもお、全然幸せになんてなれませんでしたわあ」

「そんな男性はさっさとお忘れになって、次のお相手をお探しすれば良いと思いますわ」

さすがエカテリーナ様です。わたくしはジャーネイル様のお気持ちに寄り添うぐらいしか出来ていないのに、ズバッと解決策をご提案下さいます。陛下を「そんな男性」と仰ってしまわれるのもすご過ぎます。

「でもお、もうお相手は見付からないってえ、お父様があ」

「グリマルディ侯爵の伝手では、そうだと思いますわ。古門のお家はどちらも、物心付く前には婚約されてしまいますもの。ですが、他の家門ならまだ十分に希望はありますわ。ジャーネイル様さえよろしければご紹介しますわ」

エカテリーナ様は、不自然にお優しい目をジャーネイル様に向けていらっしゃいます。目付きが怖いという先ほどのジャーネイル様のご指摘がショックだったようです。

貴族が事業を営むことについて、百年ほど前は卑しい行為だと言われていました。それが百年の間に大きく変わり、今では事業を営まれるお家が多数派です。事業があれば財政も豊かになるからです。

古門というのは、未だに事業を営まれていない昔ながらの家門の通称です。歴史の長いお家が多く、ほとんどが農業地帯に領地をお持ちのお家です。家風も昔ながらで、ご婚約も早いです。事業で他のお家と関わりを持たれることもないので、お相手探しの伝手も広くお持ちではありません。

その代わり、古門同士の団結力はお強いです。

「ほ、本当ですのお⁉」

「ええ。手っ取り早くご紹介出来るのはアンソニー様ですわ。性格は穏やかで面倒見もよろしいですし、ご容姿だって悪くありませんわ。お勧めですわよ」

「ア、ア、ア、アンソニー様ですのおお⁉」

「ですがジャーネイル様。努力は必要ですわよ？　夫人は何もさせて貰えず遊んでいるだけで良い古門とは違って、武門の夫人には役割が求められますわ。学ばなくてはならないことも多いですわよ？」

エカテリーナ様がそうアドバイスされます。

「……無理ですわあ。アンソニー様はあ、いつもクラスの中心で輝かれていましたしい、わたくしみたいな底辺にもお優しい方ですわあ。あんなに素敵な方ですからあ、わたくしみたいな味噌っかすなんてえ、きっとお相手して下さいませんわあ。役割以前ですわあ……」

あら？　思っていた以上にアンソニー様に好意的ですわね。もしかしたら良縁かもしれませんわ。

「このまま何もされなければグリマルディ侯爵が仰るように生涯独身ですし、努力はしてみても良いと思いますの。少なくとも、何もされないよりずっと良いですわ。アンソニー様が夢中になってしまわれるような女性を目指して、努力されたら良いと思いますわ」

「わたくしい、そんな努力したことありませんわあ。これまでにわたくしがした努力ってえ、お家の方針に従う努力だけですわあ。嫌なこともお、頑張って我慢しましたのお」

エカテリーナ様のアドバイスにジャーネイル様は意気消沈してしまわれます。これまでされたことのないことなので、自信をお持ちになれないのでしょう。

「方法ならお教えしますわ。グリマルディ侯爵が家庭教師をお付け下さらないなら、当家でお付けしますわ。セブンズワース家にいらっしゃって授業をお受けすれば良いと思いますの」

古門では、女性にお付けする家庭教師は必要最小限です。女性に学問は必要ないとお考えなのです。ジャーネイル様は陛下と婚約されていましたから、体裁のため特級クラスを維持出来るだけの家庭教師はグリマルディ家もお認めになっていました。王族のご婚約者様でもない今、お家は家庭教師をお許しにならない可能性が高いです。ですから、当家でご用意することを申し出ます。このご提案は家門の方針を否定するようなものであり、非礼です。でも、ジャーネイル様のために敢えて非礼なご提案を申し出ます。

「自信ありませんわあ。鈍臭いわたくしにい、そんなこと出来るのかしらあ」

「ジャーネイル様。わたくし、ジーノ様とお逢いして、幸せを諦めないことの大切さを知りましたの。ジャーネイル様以上に底辺だったわたくしでも、幸せを諦めずに足掻いたら変われましたわ。ジャーネイル様もきっと変われて、きっとお幸せになれますわ」

「自分を変える努力って、楽しいものですわ。自分自身が望む自分に少しずつ近付くのを実感出来るのって、とても楽しいことだと思いますの。努力するだけでも毎日が充実しますわ」

わたくしの後に仰ったエカテリーナ様のお言葉に頷いてしまいます。少しずつ刺繍が上達するのも、出来なかったことが出来るようになるのも楽しいです。何もせず自分の殻に閉じ籠もっているより、ずっと楽しいです。その楽しさをよくご存知だからこそ、エカテリーナ様は努力家なのでしょう。

ジャーネイル様は黙り込まれてしまいました。色々とお考えなのだと思います。エカテリーナ様とわたくしは、お考えがまとまるのを静かにお待ちします。

「やりますわあ。もう言いなりは嫌ですわあ。わたくしもお、幸せになるために頑張りたいですわあ」

ジャーネイル様がやる気になって下さいましたので作戦会議です。あまり時間も無いので、アンソニー様のトリーブス家に焦点を絞って夫人教育をすることになりました。家庭教師は当家がお探しします。ジャーネイル様の学習がある程度進んだら、わたくしたちからアンソニー様にお話しします。

ジャーネイル様はこれまで、何をどうされたら良いのかお分かりではありませんでした。それで一層ご不安だったようです。目標がはっきりして、少しは落ち着かれたご様子です。

ジャーネイル様のお話も一段落して、話題はセブンズワース家の戦争へと移ります。これからジーノ様が戦争に行かれます。不安で涙が零れそうです。

「アナスタシア様。今すぐに、とはいきませんが、将来的にはセブンズワース家と同盟を結びたく思いますわ」

「そ、それは、バイロン家としてのお考えですの？」

エカテリーナ様のお言葉に驚いてしまいます。セブンズワース家とバイロン家は、どちらも中立派のお家です。ですが、前陛下寄りの当家と独立独歩のバイロン家では立ち位置が違います。しかもバイロン家は、セブンズワース家の権勢拡大を警戒され、当家抑制の動きをされることも多いお家です。

これまで疎遠だった両家が歩調を合わせるのは、簡単なことではありません。まして、これから当家は戦争で、滅亡するかもしれない家門です。今、同盟をお申し出になるお家なんてありません。

「いいえ。わたくし個人の意見です。ですが、バイロン家はわたくしがまとめてみせますわ」

すごいです。わたくしたちはまだ二十歳を過ぎたばかりです。しかもエカテリーナ様は、まだ夫人の地位には就かれていません。それなのに、自分の意志を貫き通してお家を変えてしまわれることを宣言されているのです。貴族は嘘を仰いませんし、不可能なことを軽々しく口にされることもありません。それだけの自信をお持ちなのです。

「まだ時間はあります。戦争でもバイロン家がセブンズワース家を加勢するように、わたくしがしてみせますわ。わたくしたち、お友達でしょう?」

感動して涙が零れてしまいます。ジーノ様のご出陣で不安いっぱいな今、このお言葉はとっても嬉しいです。とっても素敵な、とっても大好きなお友達です。

「すっごいですわあああ！　ご令嬢がお家の方針を変えられるなんてえ、信じられませんわあ！　格好良いですわあああ！」

古門のご令嬢は、その日のドレスさえご自分ではお決めになれません。ご令嬢がお家全体を変えるおつもりなのは、ジャーネイル様にとって大きな衝撃だと思います。

……当家の戦争のために、エカテリーナ様もご尽力下さいます。当家の夫人であるわたくしは、それ以上に頑張らなくてはなりません。何かしたいです……。

やっぱり戦場にお伺いするのが一番だと思います。でも、ジーノ様はご反対です。しつこくお願いしたら、ジーノ様がわたくしをお嫌いになってしまわれます。どうすれば良いのでしょう……。

「グリマルディ嬢、久しぶりだな。珍しくグリマルディ嬢が来ていると聞いたからな。挨拶でもしようかと思ったのだ」

ジーノ様がいらっしゃいました。女性のお茶会にお顔を出されるのは、とても珍しいことです。そこから、ジーノ様も交えてのお喋りになりました。先ほどのエカテリーナ様のご提案についてジーノ様にもお伝えします。

「それでは、アナのために私も協力しよう。先ずは、シモン領からバイロン家に卸している魔道具の種類を増やそう。シモン領との経済的な結び付きが無視出来ないほど大きくなれば、提携関係も結びやすいはずだ。シモン領での生産体制構築が必須だから、少し時間は掛かるがな」

　さすがジーノ様です。現実的な方策をご提案下さいます。

　お家同士が対立してしまい、親しかった方たちが疎遠になってしまうお話は珍しくありません。エカテリーナ様とはずっと親しいお付き合いをしたいです。同盟が結ばれたら嬉しいです。

でも、確かに時間は掛かりそうです。ずっと貧しい領地だったシモン領は人口が少ないです。先ずは領民を増やすところからです。戦争には間に合いそうにありません。

「バイロン嬢にグリマルディ嬢……その……これからは家名ではなく名前で呼んでも構わないか？」

　ジーノ様のお言葉に、お二人はきょとんとされています。

　特級クラスのご令息でただお一人、ジーノ様だけがクラスのご令嬢を家名でお呼びになっていました。先日のカウンセリングで、それを克服されることをお約束下さいました。突然こんなことを仰ったのは、そんな理由からです。ジーノ様は一歩一歩、女性不信を克服されています。

「もちろん構いませんわ。ご結婚なさってアナスタシア様と同じ家名になりましたから、わたくしは以前からお名前でお呼びしていますし」

「全然構いませんわあ。というより今更ですわあ。元クラスメイトでご令嬢を家名呼びされる方なんて、他にいらっしゃいませんわあ」

「そうか。ありがとう」

　そう仰るジーノ様をご覧になってお二人が驚かれます。ジーノ様がしっかりとした笑顔を見せられたのです。以前のジーノ様は、女性を前にされるとずっと無表情でした。お笑いになるときもほんの少し微笑まれるだけです。ですが今は、とても自然に、とても甘やかに、しっかりとお笑いになったのです。

……ジーノ様が、女性の前でも自然な笑顔をお見せになったのは嬉しいです。それだけ女性不信から回復されたということです。でも、とっても複雑です。ジャーネイル様は今、ジーノ様の甘やかな笑顔に見蕩れていらっしゃいます……。

しばらくお喋りされてから、ジーノ様はお仕事のため退席されました。

「どうなさったんですの？　頬を膨らまされて？　とってもお可愛らしいですわ」

ジーノ様が退出されてからしばらくして、くすくすと笑われながらエカテリーナ様がわたくしに仰います。

「……駄目ですわよ」

「「え？」」

「ジーノ様は、駄目ですわよ。他の方でお願いしますわ」

ジャーネイル様にそう申し上げると、お二人は大笑いされます。エカテリーナ様は大笑いされながら「毛を逆立てる子猫みたいですわ」と仰います。子猫ではありません。大人の淑女です。

「当たり前ですわあ」

大笑いされながらのおっとりしたそのお言葉で、わたくしも安心します。心に余裕が出来てようやく、嫉妬心からとても酷いことを申し上げてしまった失態に気付きます。慌ててジャーネイル様に謝罪します。

「大丈夫ですわあ。学園でのジーノリウス様はあ、いつもご令嬢に囲まれていましたからあ、アナスタシア様も気苦労が絶えないだろうなあってずっと思っていましたのお。あんなのがずっと続いているんですからあ、過敏になられるのも分かりますわあ」

ジャーネイル様は笑顔でお赦し下さいました。こんなお優しい方には、ぜひお幸せになって頂きたいです。

第七章　驚きの来客

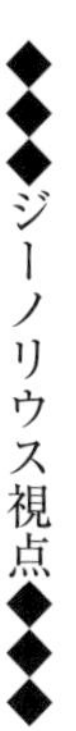

◆◆◆ジーノリウス視点◆◆◆

戦争には多額の資金が必要だ。通常は臨時徴税により資金を調達する。だが今回は、前世で知られた方法を採用した。クラウドファンディングだ。隣国との戦争のための出資を、貴族平民問わず領地内外で広く募った。告知は立て札などだから、正確にはクラウドファンディングではない。同じなのは理念だけだ。

情報技術が発達していないこの国では、それほど資金は集まらないと思っていた。しかし予想外に多額の資金が集まっている。穀物、剣、矢玉など現物での出資もかなりの量だ。

出資者には、出資口数に応じてセブンズワース領特産品の購入券や領内旅行券などを配布している。返礼品付きの募金はこれまで例が無く、それが募金集めに拍車を掛けている。

これまで平民は、戦争の気配を空気として感じるだけだった。だが今回は「戦費募金返礼商品券」などの文字が記されたチケットが配布されている。文字という明瞭な形で戦争の空気が存在し、それが広範にばら撒かれていることになる。戦争という庶民の関心が高い話題は、チケットという明確な証拠が用意されたことで確かな現実味を持ち、その噂は驚くほどの速度で国中に広まっている。

戦費調達で徴税を選ばなかった理由はいくつかある。一つには、当家の財産が莫大であることだ。

徴税をしなくても十分戦費を賄えるため、集金総額が予測し難い募金形式でも問題ない。

「おう！　ジーノリウス！」

遠くで大男が手を振りながら駆け寄って来る。

「ジャスティン！　君も来てくれたのか？　王国騎士団はどうしたのだ？　近衛騎士になるのが夢だと言っていたではないか？」

この別宮として建てられたセブンズワース領公爵宮殿の大ホールでは今、戦争に協力してくれる義勇騎士、義勇兵の募集を受け付けている。多くの人が名乗りを上げてくれ、ホールは人でごった返している。ジャスティンもその一人だ。私はその募集業務を指揮するため、ここにいる。

「辞めたよ。今のこの国で、近衛騎士を目指すつもりはないぞ。騎士の不名誉だからな」

そう言ってガハハハと笑う。

学園卒業後、ジャスティンはライアン伯爵家の騎士団に就職することも出来た。後継者の弟なのだ。そちらの方がずっと待遇は良いはずだ。それでも彼は、王国騎士団を選んだ。最強騎士の代名詞である近衛騎士という名誉を望んだからだ。名誉に拘る彼だ。辞めるのも分かる。

「他にも来てるぞ。お前と模擬戦したフレッチャー卿は知ってるよな？　あの人も来てるぞ」

クラウドファンディングを採用したもう一つの理由がこれだ。出資を募る立て札にも、商品券や旅行券などにも、セブンズワース家が王家からの援助無しで戦うことが明記されている。王家には戦うつもりがないことが、国中に広く知れ渡っている。

どの貴族家が戦い、どの貴族家が戦わなかったのか。これまで平民は、噂で聞く程度だった。だが今回は、文字ではっきりと書かれている。それが原因で、平民の王家に対する反感も強まっている。

この国は民主主義国家ではない。本来なら平民の感情が政局を左右することはない。しかし今、その平民の感情が政局に大きな影響を与えている。

「戦わない騎士」という諺がこの国にはある。高額な費用の割に全く役に立たないという意味だ。王国騎士団の騎士たちは、まさに「戦わない騎士」として世間に知れ渡ってしまっている。貴族は名誉を重んじる。これまで王国を守る剣であることを誇りとして生きてきた者たちは「戦わない騎士」の不名誉が許せないのだ。だから、他に働き口の当てがある者は簡単に辞めてしまう。

クラウドファンディングの予想通りの成果にほくそ笑む。この計略の真の目的は、王家の軍事力を削ることだ。

「ジーノリウス公爵閣下。ご機嫌麗しゅう存じます。偉大なる竜の末裔にご挨拶申し上げます」

声を掛けて来た人物を見て驚いてしまう。屈強な男たちが集まるこの場で、金髪を縦巻きにした豪奢なドレスの令嬢が浮いているからではない。驚いたのは、彼女が執った礼だ。

両手でスカートを持ち上げるこの国の礼ではなかった。左手でスカートを持ち上げ、右手を心臓の上に置き頭を下げるセブンズワース王国時代の礼だった。しかも王族に対する臣下の礼だ。今では領内でも使われていない、歴史書に出てくるだけの礼法だった。

礼を執ったのは、フランセス・リラード公爵令嬢だ。王太子時代の第三王子殿下に、卒業パーティで婚約破棄された女性だ。

だが、リラード家は第一王子派閥だ。陛下を支持する家門の令嬢が何故、陛下と対立するセブンズワース家の義勇騎士・義勇兵募集会場にいるのだ？　何故臣下の礼を、それもセブンズワース王国時代の礼を執ったのだ？

未来の王妃として厳しい教育を受けてきた彼女は、非の打ち所の無い令嬢として有名だった。その完璧さと金髪金眼の美貌から『黄金の薔薇』と呼ばれ、アナを始め多くの女性が彼女に憧れている。

そんな彼女だ。古い臣下の礼を執った理由が、必ずあるはずだ。姉上のように興味本位で覚えた礼を「せっかく覚えたんだから、やってみたいのよ」という理由で、TPOを考えず行く先々で披露している、ということは絶対に無い。

動揺を抑えてとりあえずは挨拶を返し、先ずは用件を尋ねる。

「この度の戦争、御軍の戦列の末席にリラード家もお加え頂きたくお願い申し上げます」

なんだと⁉　セブンズワース軍の配下として参戦するだと⁉　セブンズワース軍の友軍として加勢するのではなく⁉

旧王国時代の臣下の礼を執り、対等の関係ではなく配下に入っての参戦……これではまるで、セブンズワースを自分たちの主、しかも自分たちの王家だと認めているようではないか。これで臣従の誓いを立てたなら、まさに当家への奉公だ。何を考えているのだ？

込み入った話になりそうなのでフランセス嬢を応接室に通した。今、私たちは『風車』の別名を持つ公爵宮殿第三十五応接室で向かい合わせに座り、二人でお茶を飲んでいる。

「リラード家は陛下の派閥だったはずですが、何故当家にご助力頂けるのですか？」

貴族の作法に従いしばらく茶飲み話をしてから、いよいよ本題を切り出す。

陛下の派閥とは、第一王子派のことだ。アナと話すときなどはこれまで通り「第一王子派」などと呼んでいるが、もう即位しているので正しくは「陛下派」だ。

「ご存知のように、リラード家は派閥内で肩身が狭い状況です。ですから一新紀元を劃して、これからは御家にお力になれればと考えています」

　第三王子殿下に娘が婚約破棄され、リラード公爵は激怒して第一王子派へと鞍替えした。派閥唯一の公爵家でありながら、新参であるため子爵家などにも頭が上がらない状況だ。貴族は名誉を重んじる。格下の家の風下に立ち続けなくてはならない状況が我慢ならなかったということか。

「それなら、別に当家の指揮下に入る必要は無いのではありませんか？　こういった場合、友軍として当家と轡を並べることが一般的だと思いますが」

「御家に貢献する絶好の機会です。精一杯、ジーノリウス様のお手伝いさせて頂きたく思いますわ。一番槍は何卒、当家にお任せ下さいませ」

　そう言ってフランセス嬢はまた旧王国時代の臣下の座礼を執る。

　もう配下に入ることは当然のこととして、追加で一番槍の要請までしている。私の呼称もいつの間にか「ジーノリウス公爵閣下」から親しい関係での呼び方である「ジーノリウス様」に戻っているし、やり手の営業マンのような押しの強さだ。交渉事でも彼女は卓越している。さすがは『黄金の薔薇』だ。

　ずっと冷や飯を食わされていた第一王子派閥を見限り、セブンズワース家の勢力に鞍替えして再起を目指す、という言い分に筋は通っている。当家配下に入るのも一番槍の要請もそうだ。どうせ恩を売るなら高く売りたい、というのは別におかしいことではない。

「当家の勝利を確信されているようですね？」

　だが違和感は残る。当家に恩を売って旨味があるのは、当家が勝利した場合のみだ。敗北すれば当家と共に没落してしまう。一国と一領地の争いであり、兵力差を考えれば劣勢なのはこちらだ。にもかかわらず、フランセス嬢はまるで当家の勝利を確信しているかのようだ。それが理解出来ない。

「ええ。もちろんですわ」

その自信有り気な笑みから分かる。やはり彼女は、セブンズワース家の勝利を確信している。

「何故そうお考えになったのですか？」

「ご信頼頂くために、わたくしの秘密をお教えしますわ。実はわたくし、先天魔道士ですの。魔力の流れを見ることが出来ますわ」

「……なるほど。魔眼持ちでしたか。それで、当家の何をご覧になったのですか？」

「ジーノリウス様は、神々から啓示を授かられたから治癒魔法に関する知識はお持ちですけれど、魔法門の方ではありませんから魔法の鍛錬はされていません。ですから、まだ魔法をお使いにはなれません。教皇猊下はそう仰っていましたわね？」

「そうですね。それが教会の公式見解です」

「でもわたくし、学園での剣術大会でジーノリウス様がフレッチャー卿の首元に剣を突き付ける直前、ジーノリウス様が魔法を発動されるのを拝見しましたの。信じられないぐらいに効率的で、魔法の系統さえ分からないぐらいに複雑で、これまで一度も目にしたことが無いような高度な魔法でしたわ。あれほどの魔法をお使いなんですもの。今の兵力差なんて簡単に覆すと思いますの」

なるほど。私が魔法を使ったところを見たのか。それなら当家に加勢するのも分かる。学園での剣術大会は、私が神々から啓示を受けたとされる日より前だ。教会の説明が事実ではないことに、彼女は気付いている。おそらく彼女は、アナの呪いを解いてしまうほど飛び抜けて優秀な魔法使いだと私を見ている。

防衛に成功したなら当家は救国の英雄だ。地位は高まる。その上、当家がそれほど力を落とさなかったなら、ただでさえ不安定な政権の陛下は更に苦しい立場に追い込まれることになる。

当家の防衛成功を予想する者もいるが、全て当家の大損害を予想している。しかし彼女は、この時代ではオーバーテクノロジーと言える魔法技術を持つ魔法使いが当家にいることを知っている。敵国の新兵器『太陽の花』への対処も可能と見て、防衛成功時の当家の損害を他の者よりずっと少なく見積もったのだろう。

そう言えば、彼女から積極的に話し掛けられるようになったのは剣術大会以降だ。突然態度が変わったのは、それが理由か。

あの模擬戦では、しばらく善戦した後フレッチャー卿に勝利を譲る予定だった。しかし観客席のアナは、私のために声を張り上げて応援してくれていた。負けられない――アナの懸命な姿を見てそう思った私は、勝利を目指すことに決めた。そこで使ったのが『オーバークロック』の魔法だ。

模擬戦では、最初から身体強化魔法を使っていたが、それには隠蔽を掛けていた。観客席の魔法師たちに、私が魔法を使えることを知られないようにするためだ。しかし『オーバークロック』は、模擬戦の真最中に剣を振りながら発動させたものだ。急場だったため隠蔽を掛け忘れていた。

フランセス嬢は、私の身体強化魔法には気付いていない。あの隠蔽を見破れるほど高度な魔眼ではないのだろう。それでも用心はする。普段よりずっと高度な隠蔽を掛けつつ『検査眼』の魔法で彼女を見る。

彼女の右眼に魔術回路が見える。なるほど。見えるのは魔力のみの常時発動型の魔眼か。魔術回路の構造からそれが分かる。

「……魔法を使えるのは、リラード家ではあなただけなのですか？　他に使える方もいらっしゃいますよね？」

さすが『黄金の薔薇』だ。表情にも目や手の動きにも、動揺は一切表れていない。だが今は『検査眼』で彼女を見ている。体内の気脈の乱れから、私の質問に対する動揺が見て取れる。

『検査眼』で分かったことはそれだけではない。彼女の脈は不自然だ。先天魔道士は、生まれながらに魔法を使える。つまり、生まれながらに魔力脈と気脈が通っている。脈は通常、先天的に使える魔法に特化したものだ。

しかし彼女の脈は、その魔眼の土台としては非効率だ。効率が悪いのは、後から構築した脈が先天の脈を阻害しているからだろう。今後、後天的な脈が発展すれば魔眼の土台としての効率性は低下し続け、いずれ魔眼を失うことになるはずだ。

先天魔道士のブリジットさんもまた、真っ黒な鯉の生成と操作に特化した脈を生まれながらに持っている。このため、前世の学校で教わる魔法をそのまま学ぶことは出来ない。後から別の脈を構築すると、それが先天的な脈と衝突して実力はかえって低下してしまう。だから私は、彼女の脈に合わせた特殊な魔法を考案し、それを彼女に教えている。

問題は、彼女が後から脈を構築しているということだ。それはつまり、彼女が魔法を習っているということだ。世間には知られていないが、おそらくリラード家は魔法門だ。

「……さすがですわね……まさかお気付きになるとは思いませんでしたわ。そうです。公にはしていませんが、リラード家は魔法門です。当家の直系は皆、魔法が使えますわ」

やはりそうか。魔眼よりもこちらの方に警戒が必要だ。魔法門でありながらそれを隠す家門は、厄介な魔法を受け継いでいることが多い。魅了や洗脳、読心などの魔法だ。隠す理由があるから、彼らは隠している。

そうだな。対策として、アナたちには精神系魔法を防御する魔道具を配布するか。

そこで、執事長のマシューが私に耳打ちする。アナが応接室の前まで来ていて、入室を希望していると言う。フランセス嬢に許可を貰い、アナに入って貰う。

アナが会話に加わると、学園時代の昔話になる。アナがまだ初等科低学年だった頃、水たまりで突き飛ばされて泥塗れになってしまったことがあった。泣いているアナに声を掛け、アナの手を引いて更衣室に連れて行ったのが彼女だそうだ。

フロロー嬢め！　アナにそこまでのことをするなんて！　本当に不愉快な女だ！

その後も何度か、フランセス嬢はアナを助けているそうだ。

「本当にお世話になりました。あの頃からずっとフランセス様は、わたくしの憧れの方ですの」

嬉しそうにアナは言う。

私も初等科から学園に通いたかった。もし通っていたら、フランセス嬢なんかではなく私がアナを守って上げたのに。多くの人がアナを助けてくれるのは嬉しい。だが、アナがキラキラとした憧れの目を他の誰かに向けているのを見ると、面白くない気持ちも湧き上がってくる

「本物のフランセス様でしたわ」

会談が終わり、フランセス嬢が退出してからアナがそんなことを言う。

それはそうだろう。どう見ても本人だった。

それからアナは、念のためと前置きして、フランセス嬢から飲食物や小物などを贈られていないか確認する。アナは最近、私が女性と会うと毎回これをする。

「ジーノリウス様、奥様。とっても重要なお方がお見えですよ。ご対応お願いしますね？」

応接室に入って来たメイド長のメアリが言う。

今日は来客が多いが、それも仕方ない。義勇軍の志願者受け付けは今日からなのだ。義父上や義

母上はしばらく留守だ。私とアナで対応するしかない。

　私が公爵位を継承したことにより、メアリたち使用人のセブンズワース家の人たちに対する呼び方も変わった。義父上は旦那様から大旦那様に、義母上は奥様から大奥様に、アナは若奥様から奥様に尊称が変わった。しかし私だけは、結婚前から変わらずジーノリウス様だ。

　若旦那様の呼び方も旦那様の呼び方も、私が遠慮したからだ。その尊称に相応しい実力が、今の私には無い。詳しい説明はしていないから、私のこの劣等感と焦燥感を皆は知らない。いつか自信が持てるようになったら、そのときに呼び方を変えて貰おうと思う。早く、アナの隣に立つに相応しい男になりたい。


「セブンズワース公爵閣下並びに令夫人様。ご機嫌麗しゅう存じます。お目通り叶いまして光栄に存じます。偉大なる竜の末裔にご挨拶申し上げます」

「「王妃殿下!?」」

『麝香撫子』の別名を持つ第二十二応接室に入った私とアナは仰天する。王妃殿下がここにいることにも驚いたが、彼女が私たちに最上級の敬意を示す臣下の礼を執ったことにも驚いた。しかもセブンズワース王国時代の臣下の礼だ。

　慌てて礼を止めて貰い、先ずは座って話を聞くことにする。

「何故そのようなご格好をされているのですか?」

　私は王妃殿下に尋ねる。

　王妃殿下は今、平民の格好をしている。貴族がお忍びで平民の格好をするのは珍しくない。だが、その場合に着るのは新品で綺麗な服だ。今の王妃殿下は、あちこちで汚れが目立つくたびれた平民服を着ている。装飾品は一つも着けていないし、後ろで一つに結わえた髪も平民のように乱雑なまとめ方だ。

「この格好なら、クリストファーの手の者の目を掻い潜れると思ったのです」

クリストファーとは、陛下のことだ。呼び捨てにすることによって、陛下とは対立する立ち位置であることを一言で説明している。

今日は義勇軍募集の初日だ。領地には多くの人たちが志願のため詰め掛けている。志願者は平民だけではない。ジャスティンやフランセス嬢のような貴族もいる。貴族のうち誰が当家に協力するのか。陛下にとっては重要な情報だろう。その把握のため、領内にいる陛下の手の者は今、多忙を極めているはずだ。だから今日だったのだ。本物の平民のような格好は、念を入れたのだ。

「襲撃に遭われたとお聞きしましたけど、大丈夫でしたの？」

アナの質問に、王妃殿下は丁寧に答えてくれる。

王妃殿下と第三王子殿下は、王都市街で襲撃を受けた。安全のため急ぎ王宮に戻ろうとしたが、既に王宮は第一王子派に占拠されていることを知る。王宮には戻らずにそのまま王都を脱出し、人目を避けて魔物もいる野山での寝泊まりを繰り返して当家に駆け込んだとのことだ。

道理で、疲労の色が濃い訳だ。王妃殿下は侯爵令嬢から王妃になった人だ。トイレも入浴設備も無い、魔物もいる森での野宿なんて初めてだっただろう。大変な思いをしたのだな。

王妃殿下は自身の生家であるクライン侯爵家に一度は向かったが、その後方針を変え当家を選んでいる。理由は分かる。セブンズワース家は今、明確に陛下と対立している。王権を転覆させる際の旗印として使える自分たちは、この家なら利用価値を感じて殺さないだろうと考えたのだろう。

陛下との明確な対立を避けるクライン家では、家の存続のために王妃殿下たちを陛下に差し出してしまう危険性が高い。血縁に頼るより、政局を睨んでこの家を頼る方がずっと安全だ。

「どうか、わたくしどもをお匿い下さいますようお願い申し上げます。この通り、伏してお願い申し上げます」

王妃殿下は立ち上がり、また臣下としての最大級の礼を執ろうとする。アナと私で慌てて止める。

「もちろん、手厚くおもてなしさせて頂きます。ご不便のないよう使用人も沢山お付けしますし、十分な護衛もお付けしましょう。お好きなだけこの宮殿でお寛ぎ下さい。ご不満やご要望がありましたら何なりとお申し付け下さい」

私がそう言うと、王妃殿下は心底ほっとした顔を見せて深々と頭を下げる。

「あの……ところで、そちらの方は……」

王妃殿下の隣に座る人物に目を向けつつアナが言う。

誰なのかは分かっている。第三王子殿下だ。だが様子が異常だ。私たちが入室すると、王妃殿下はソファから立ち上がり見事な礼を執った。その後も王妃殿下は、私たちに状況を端的に分かりやすく説明し、保護の要請もしている。

その間、第三王子殿下はぴくりとも動いていない。立ち上がって挨拶をしないどころか、会談中に視線を動かしてもいない。最初から今まで力が抜け切ったただらしない座り方をして、最初から今までずっと宙の一点をぼんやりと眺めている。

「わたくしたちが王都の街に出たのは、愚息が入れ上げている娘から誘いを受けたからです。重要な決断をしたからそのお話がしたいとのことでした。どう考えても怪しいお誘いでしたが、愚息にどうしてもと頼まれまして、仕方なく指定のお店に同行したのです。案の定、刺客に襲われたのですが、その娘もまた愚息を殺そうとしたのです。そのショックで……」

「……それは……お辛いですわね……」

第三王子殿下の想い人であるマリオット嬢は、婚約破棄を唆したり、第三王子殿下の評判を落とすようなことをお願いしたりと、これまで第一王子殿下の利益になるようなことばかりしていた。

第一王子派が差し向けた色仕掛け要員なのは、明らかだった。

それでも第三王子殿下は、彼女を信じ続けた。その結果がこれでは、本当に報われない。

「……母上のせいだ」

第三王子殿下は、宙をぼんやりと眺めながらぽつりと呟く。これまでずっと置物で、挨拶さえしなかった彼だ。その彼が声を出したことに全員が驚く。

「母上が‼　母上があんなことをしたから‼　あなたのせいでリリーは‼」

がらりと様子を変え、第三王子殿下は立ち上がって激昂する。リリーとは、リリアナ・マリオット男爵令嬢の愛称だ。どうやら彼女の話題は禁句だったようだ。

王妃殿下は、何も言い返さない。哀し気な顔をして俯いてしまっている。

二人とも明言はしていないが、二人の様子で分かる。襲撃を予想していたのだから、十分な対策をした上で待ち合わせ場所に向かったはずだ。策が功を奏して王妃殿下たちが無事切り抜けたということは、暗殺者側は無事ではないということになる。逃げる馬車を追い掛けての襲撃ならともかく、ドレスの女性を店で襲撃するなら結末はそういうものだ。逃げ難い状況での襲撃は多数の死傷者を生む。

「王妃殿下には……お悪いところなんて無いと思いますの」

珍しくアナが、自分から口論になりそうなことを言う。社交界に出て王妃殿下とも頻繁に話すようになってからは、アナも彼女に同情的だ。

「何を言う⁉　母上のせいで‼　この人が用意した護衛のせいでリリーはあんなことに‼」

「ご自身とご家族をお守りするために反撃されるなんて、当たり前のことだと思いますの。お悪いのは撃退された王妃殿下ではありませんわ。先に襲撃をされた方々がお悪いのです」

アナの正論に、殿下は言葉が詰まる。やり場のない怒りは、握り締めた彼の拳に集まっている。

「第三王子殿下が問題を起こされる度に、これまで王妃殿下はその解決のために奔走されていらっしゃいましたわ。そんな王妃殿下に、第三王子殿下のことを心から愛していらっしゃるお母様に、そんなお言葉はあんまりですわ」

「私の尻拭いをしていたのは、自分の権力のためだろう⁉　王宮中の誰もが知っているぞ‼」

確かに、王宮にはそういう見方をする人も多かった。正確には、王妃殿下の足を引っ張ろうと、彼女を殊更悪く言う人が多かった。第三王子殿下は、幼い頃からそういう言葉を聞いて育ったのだろう。

マリオット嬢もまた、似たようなことを言っていただろう。彼女の立場からすれば、第三王子殿下と王妃殿下の仲に亀裂を入れたかったはずだ。その言葉を、彼は信じたいのだろう。

「廃太子となられた今の第三王子殿下をお助けしたところで、ご自身の権力になんて繋がりませんわ。暗殺の危険をご承知の上で殿下に同行されたのも、殿下のお恨みを買われることをご承知の上で刺客を撃退されたのも、全て第三王子殿下を想われてのことだと思いますの。今日だってそうですわ。誇りをお捨てになって、わたくしのような者にまで臣下の礼をお執りになっていましたわ。お母様の偉大な愛を、本当にお感じになりませんの？」

第三王子殿下は、驚いたような顔を見せる。そんなことも分からなくなるぐらい、あの色仕掛け要員に様々な嘘を吹き込まれたのか……いや、違うな。

「第三王子殿下。周囲の多くの人が王妃殿下を悪く言っていたのは事実でしょう。しかし、第三王子殿下はずっと王妃殿下のすぐお近くにいらっしゃったのです。周囲の人たちの言葉の嘘に、殿下が全く気付かれなかったとは思えません。殿下は今まで、彼らの言葉の真偽について、敢えて深くお考えにならなかったのではありませんか？　深くお考えにならなければ、マリオット様との関係が思い通りにいかないもどかしさを心置きなく王妃殿下にぶつけられますから」

私も口を挟む。第三王子殿下が驚いたのは、王妃殿下の愛を自覚していなかったからではない。そういう指摘をされたのが初めてだったからだ。先程の彼の顔は、痛いところを突かれたときの顔だった。

「何を根拠にそんなことを言う！」

「自分が権力闘争の道具として使われているのだと、もし本当にそうお考えなら、もっと王妃殿下を警戒されているはずです。しかし王宮でもこの応接室でも、殿下は王妃殿下を全く警戒してはいらっしゃらない。むしろ深く信頼されているように見えます。どれほど八つ当たりしても決して自分を見捨てない、いつも無償の愛を注いでくれる存在として王妃殿下を見られているとしか思えません」

「そ、そんなことは……」

「第三王子殿下の王妃殿下に対する態度は、子供の頃から変わっていないとお聞きしています。おそらく子供の頃にしてしまった勘違いを、敢えて深く考えることを避けてそのままにしてしまったのでしょう。しかし、殿下はもう立派な大人です。いつまでも子供の頃の勘違いを引き摺るべきではありません。八つ当たりの形で母親に甘えることが許されるのは子供だけです。そろそろ成長されて、ご立派になられたお姿を王妃殿下にお見せになってはいかがでしょうか？」

殿下は私の言葉に反論せず、無言のまま応接室を飛び出してしまった。挨拶さえせず部屋を飛び出す息子の非礼を、王妃殿下は深々と謝罪する。

「気にしていません。第三王子殿下はまだ二十代半ばです。成人しているとは言っても、社会人としてはまだまだ幼さが残る歳頃(とし)です」

「ほっほっほ。ジーノリウス様。それは、私のような年齢の者が言う台詞(せりふ)ですぞ?」

マシューはそう言って笑い、王妃殿下に怪訝(けげん)な顔をさせてしまった私をフォローしてくれる。

そうだった。今の私は第三王子殿下より歳下だった。

第三王子殿下に当家騎士団の精神治療プログラムを受診させることを、王妃殿下に勧めた。魔物に襲われ家族を失うなど心に大きな傷を負った者を回復させ、兵士へと変える治療プログラムだ。と言っても、難しいことをする訳ではない。申し訳程度のカウンセリングはあるが、基本的にただひたすら肉体をいじめ抜くだけだ。肉体を酷使すると脳内麻薬が分泌され、ランナーズハイと言われるような状態になる。その快楽で心の傷が麻痺(まひ)することを知ると訓練に熱中するようになり、立派な兵士になれるのだ。

彼がそれに参加するのも悪くない。アナとの婚約破棄後、貧民街でよく剣や格闘術の訓練を何時間も続けていた。精神的に苦しいときは、単純できつい訓練を延々と続けるのが良い。苦しい訓練の間は余計なことを考えなくてすむ。心が苦しくて眠れないときでも、真っ直(す)ぐ歩けないほどへとへとに疲れたなら、ベッドに潜り込めばすぐに睡魔が訪れる。

治療プログラムがあるなら是非受けさせたいと、王妃殿下も快諾してくれた。今の彼女の心配事は、息子が自殺してしまわないかということだった。

第八章　ブルースの正体とマリオット男爵令嬢の正体

◆◆◆ジーノリウス視点◆◆◆

「ジーノ様。こちらが届きましたわ」

手に持った細長い木箱を、アナが届けてくれた。何だかとても嬉しそうだ。

クラウドファンディングでは、金銭以外の出資も可能だ。物品での出資も多い。アナが今日していた仕事は、集まった物品の管理だ。そこに私宛ての出資が届いたのだと言う。

物品での出資の大半は、矢玉や穀物などだ。送り先として私を指定しての出資というのは珍しい。

木箱を開けるとそこにあったのは、一振りの剣だった。金色の太い針金を複雑に曲げて作られている護拳部分は芸術品と言って良いほどの美しさだ。黒い鞘には金細工で装飾が施され、更に紫水晶が填め込まれている。

「これは、アダマントか？」

鞘から抜いてみると剣身は黒光りする金属だった。両刃の直刀は、馬上でも使いやすいように軽く長い。刃の薄さによる脆さは、アダマントという頑強な金属で補われている。芸術性だけではなく実用性も十分な剣だった。

「すごいですわよね⁉　ブエラ・ピスタ様が打たれて、鞘と装飾は師の奥様が作られた剣ですわ！」

「……高価過ぎるのではないか？」

作り手により剣の価値は大きく変わる。ブエラ・ピスタ師は王国一の刀匠だ。プライドが高く、金を積んだところで剣を拵えて貰えるとは限らない。彼の奥方もまた、鞘師として高名な人だ。二人の合作となれば、下級貴族の屋敷がいくつも買える金額になるはずだ。

クラウドファンディングの狙いは、王家の兵力を削ることだ。資金集めはおまけ程度で良い。こんな高価な物を貰ってしまっては申し訳無い。

「ほっほっほ。これはブエラ・ピスタ師ご本人から贈られたものですぞ。王都屋敷の使用人は伝言を預かっておりましてのう。『お前が要らんと言った剣の凄さを思い知りやがれ』だそうですぞ」

マシューは面白そうに笑う。

学園の剣術大会では、ブエラ・ピスタ師のアダマント剣を懸けてフレッチャー卿と戦った。勝者は私だったが、剣はフレッチャー卿に譲った。騎士である彼にとって、喉から手が出るほど欲しい剣だろうと思ったからだ。私はそこまで欲しくはない。私がどうしても欲しかったのは、アナに捧げる勝利だけだ。

「ブエラ・ピスタ師は、ジーノリウス様に感心されていたそうでしてのう。師の行きつけの飲み屋から情報を得た隠密の話では、剣をあっさりと譲られた無欲なところも、孤立無援の中でも王国のために戦おうとするお姿も、師は飲み屋で絶賛されていたそうですじゃ。その剣はおそらく、師なりの激励だと思いますぞ？　師のお気持ちを酌んで、受け取って上げてほしいですのう」

それなら仕方ない。受け取ろう。

「あの、あの、ジーノ様。黒い鞘に黒いアダマントの剣は、ジーノ様にとてもお似合いだと思いますの。佩かれたところを拝見したいですわ」

アナに言われて剣を佩いてみる。

「やっぱり。とってもお似合いで、とっても格好良いですわ」

なに⁉　格好良いだと‼　アナが格好良いと思ってくれているのか⁉

そうか格好良いのか……ふふふふふ。高価過ぎる剣だから宝物庫に投げ込んでおこうと思ったが止めだ。これからは、この剣を愛剣としよう。

アナに褒められて大変気分が良くなっているところにブルースが来る。大事な話があるのだと言う。

ブルースは人払いをお願いしたが、マシューとブリジットさんはそれを認めない。身元不詳のブルースに対して、二人は警戒を解いていない。ブルースもそれを了承し、私とアナ、マシューとブリジットさんの四人で話を聞くことになった。

「それで、話とは？」

当家で働くようになってから、ブルースへの敬語は止めている。本人から「俺はお客様じゃねえんだよ。身内として扱えよ」と強い要望があったからだ。

一方、私は彼に敬語は控えめにするようお願いしている。敬語を使うと、彼は途端に口数が少なくなる。おそらく貴族の経験が無く、慣れていないのだ。敬語はアナなど他の人と話すときに遣って、私に対しては敬語よりも言いたいことを遠慮なく言うことを優先してほしいとお願いしている。

「俺を戦争に参加させてくれ。どうしても戦功が欲しいんだ」

私の質問に、切羽詰まったような顔でブルースは答える。

「先ずは事情を説明してほしい。私はあなたの本名も知らないが？」

「そうだな。先ずはそこからだな」

そう言ってブルースは自分自身の素性について話し始める。彼の本名はハンネス・ハートリー、元はリーベ王国の隠密だったらしい。あの国の隠密は、この国とは少し事情が違う。この国の隠密は各家専属だが、あの国では傭兵のように報酬次第でどこの家の仕事でも引き受ける。

問題はヘキサゴン家の仕事を受けたことで起こった。無事仕事を終えたハートリー一族を、ヘキサゴン家は口封じのために襲撃したのだ。犠牲者も多く出たが、難を逃れた者もいた。ハンネスもそんな一人だった。

「この家は隠密を大事にしてくれる。形だけじゃねえ本物の爵位を隠密に与えるなんて、俺たちの国じゃ考えられねえ話だ。しかも隠密を使い捨てにはしねえ。こんな家は他にねえ。だから俺は、戦功でこの家から爵位を貰って、今も身を隠してる彼奴らの居場所をここに作ってやりてえんだ」

そう言ってハンネスは土下座をする。この国の貴族にこの礼法は無い、平民の作法だ。

ハンネスのいたリーベ王国とは違って、この国や近隣国には隠密一族に爵位を与える家も多い。だがほとんどの場合、与えるのは爵位だけだ。俸禄は貰えない。彼らの収入は仕事を任されたときの報酬だけだが、そういつも仕事がある訳ではない。普段は平民としての稼業で生活することになる。

しかし当家では、他の家臣と同じく爵位に応じた俸禄も与えている。最下位の騎士爵でも、年収は平均的な平民の百倍近い。しかも他の家門とは違い、当家は隠密を使い捨てにはしない。だから隠密に大人気だ。出仕したがる隠密はハンネスだけではない。

「ヘキサゴン家からはどんな仕事を依頼されたんですかのう?」

「すまねえが、それは言えねえ」

マシューの質問にハンネスが答える。その直後、ハンネスは汗を掻き始める。

何があったのか分からないアナは、不思議そうな顔をしている。まだ全身の気穴が開いていないアナとは違って、私は感知系魔法を使わなくてもこれほど強烈なものなら分かる。マシューは今「鬼気」と似たようなものを放っている。鬼気は魔力と『気』を混ぜ合わせた混元魔力体を放つが、今放っているのは『気』のみだ。殺意を含んだ『気』を、ハンネスだけに向けて放っている。

「仕事内容を話さねえのは、俺たち一族の絶対の掟だ。これまで掟を破った奴を始末して来た頭領の俺が、掟を破る訳にはいかねえ。たとえ殺されたって言わねえよ」

歯を食い縛りながらハンネスが言うと、マシューは『気』の放出を止める。

ハンネスは面接で失敗した学生のような顔をしているが、私は逆に評価を上げた。傭兵のような生活をしていた彼らにも、彼らなりの矜持があった。追われる身となった今でもそれを持ち続けている彼は、ここで依頼内容をペラペラと話す者よりずっと信用出来る。

「ハンネスたちの一族は何が得意なのだ？」

「まあ、見て貰った方が早いな」

私の質問にそう答えると、ハンネスは床に正座したまま手を組み合わせて、忍者の印のようなものを結ぶ。

「まあ！」

アナは驚きの声を上げる。声こそ出さないが私も驚いた。ハンネスが突然目の前から消えたのだ。

「これは……凄いですのう。私でも辛うじて大まかな位置が捉えられる程度ですじゃ」

私も魔眼系魔法の『検査眼』を使ってみる。驚いたことに『検査眼』でも見えない。魔法を変え、より上位の『精密検査眼』を使う。今度は視認出来た。こうなると色々試してみたくなるのがエンジニアだ。様々な検査系・感知系魔法を試してみる。

彼の魔法は、そこにいるのに気付かないという錯覚を脳に起こさせる認識阻害魔法、光線回折型の光学迷彩魔法、魔力や『気』の痕跡（こんせき）を消す隠蔽（いんぺい）魔法の組み合わせだった。かなり高度な魔法で、前世の文系大卒レベルの魔法では検知出来ず、理系マスター以上の魔法で初めて検知出来るほどだった。

光学迷彩の範囲は広く、近紫外線から近赤外線までカバーしている。人間の目はもちろん、前世の監視カメラでさえ安物では捉えることが出来ない。

十分に堪能出来たのでハンネスに魔法を解除しても構わないことを伝える。

「参ったなあ。旦那（だんな）、あんたは確（しっか）り俺の姿が見えてただろ？」

消えた場所から少し離れたところに姿を現したハンネスは、がっかりした顔で頭を掻く。私に見付かってしまったので、実技も低評価だと思っているのだろう。ちなみに旦那とは私のことだ。

「今の魔法は、同時に何人ぐらいに掛けることが出来る？」

「魔法じゃなくて忍術なんだが……今のは『如景の術』って言って、一番見付かり難い術なんだ。これは自分一人にしか掛けられねえ。複数人に掛けられる術もあるが、人数が多くなるほど見付かりやすくなる。一番範囲が広い『木の葉隠れの術』なら、そうだな。三千人ぐらいだな」

「一族の人たちは『木の葉隠れの術』をどの程度の時間維持することが出来る？」

「不眠不休で掛けなきゃだから体力次第だが、俺なら三日はいけるぞ。他の奴らは、半人前の奴でも三時間はいけるな」

「分かった。戦争より前に爵位を与えよう。その代わり、先程のような術が使える人を戦争前に出来るだけ集めて、皆で戦争に協力してほしい」

「ほ、本当か⁉」

ハンネスは歓喜が噴出したような笑顔になる。

「あの、あの、もしかして！　ニンジャーなんですの⁉」

「この国の言葉で言えばニンジャーですね。俺の国じゃシノビって言いますが」

「まあ！　すごいですわ！　もしかして、巻物をお口にお咥えになったら大きなカエルさんが出てきたりしますの？」

小説などに出てくるニンジャーの本物が目の前にいると分かり、アナは大喜びだ。嬉々としてハンネスを質問攻めにし始める。

しかしこれは、予想外に大きな収穫だな。得られた武器が強力すぎて、戦争の基本計画から見直さなくてはならない。その分私の仕事は増えるが、今はただ嬉しい。これなら楽勝だ。

ハンネスをここに連れて来て足を治したのは、貧民街で様々なことを教えてくれた恩返しのつもりだった。彼から何かをして貰おうなんて、当時は考えてもいなかった。しかし今は、そのハンネスが大きな助けになっている。やはり、情けは人の為ならずだ。人に親切を施すと、自分でも気付かないうちに人生が楽になっている。

「超集中の呼吸はお使いになりますの？」

この国の人たちからすれば、あれもニンジャーなのだろう。アナは相変わらず、にこにこと楽しそうに質問を続けている。だがニンジャーに関するアナの知識は、主に小説から得たものだ。創作物の影響を多分に受け、認識はかなり歪んでいる。

ハンネスは早速、一族の者を集め始めた。中には知っている者もいた。月の花亭の店主だ。この国にも醤油はあるが魚醤だ。ところが、アナとハゼ料理を食べた月の花亭が使うのは大豆醤油だった。その懐かしい味に驚き、それ以降彼の作る醤油を定期的に買っている。

あまり集まらないことも覚悟していたが、ハンネスの一族は十分な人数が集まった。これなら問題なく事を進められそうだ。

◆◆◆アナスタシア視点◆◆◆

戦争準備のため、ジーノ様は砦に行かれてしまいました。出立されるとき、笑顔でお見送りしようと思っていました。でも、やっぱり泣いてしまいました。

わたくしはお留守番です。本当は、わたくしもご一緒したかったです。お役に立てる自信はありません。それに、万が一ジーノ様が天に召されるなら、わたくしもご一緒したいです。

でも、ジーノ様には申し上げることが出来ませんでした。わたくしの参戦に、ジーノ様はご反対です。ご意思に反することを繰り返し申し上げたら、ジーノ様がわたくしをお嫌いになってしまわれるかもしれません。それが怖くて切り出せなかったのです。

ご出陣からずっと、不安で不安で仕方ありません。どうか、ご無事にお帰りになって頂きたいです。

「ジーノリウス公爵のことをお考えなのかしら？」

伯母様のお声で我に返ります。いけません。今は伯母様とのお茶会の最中でした。『苧環』の別名の第四十四応接室にいるのは、伯母様とわたくしだけです。しっかりとお相手しなくては、伯母様もお困りになってしまいます。

王妃殿下が当家にお越しになってから、もう随分経ちます。今では、王妃殿下を伯母様とお呼びしています。

「申し訳ありません。最近、ジーノ様のことばかり考えてしまいますの」

「謝罪するのはこちらの方よ。ジーノリウス公爵が出陣されることになったのは、わたくしのせいだもの。もっと早くにわたくしが子供を産んでいたら、側妃が冊立されることも無かったわ。わたくしがもっと早くに産めていたら、ここまで政局が混乱することも無かったのよ」

「伯母様の責任ではありませんわ。お子様は天からの授かり物ですもの」

「そうじゃないの。ずっと子供が出来なかったのは……食事や飲み物に混ぜられた避妊薬に、わたくしがずっと気付かなかったからなの」

「ええっ⁉」

「わたくしはね。クライン家では蝶よ花よと育てられて、学園のお友達も良い方ばかりだったの。わたくしを騙して酷い目に遭わせようって方にも、成人前は会ったこともなかったわ。人の悪意に触れた経験が無い世間知らずの小娘が、学園を卒業してすぐに結婚して王宮に入って、そこで初めて本物の悪意を知ったの。もちろん、王妃教育では人を疑うことを教わったわ。でもね。本物の人の悪意は、授業で習った言葉だけのものよりずっと恐ろしいものだったの」

　伯母様は自嘲されるような笑顔です。

「あの頃のわたくしは……本当に愚かだったのよ……本当の意味で人を疑うことが出来ない温室育ちの子供だったの……だからあの子も……あんなことに……」

　ほんの一瞬だけ、伯母様の瞳にお怒りとお怨みが浮かびます。王宮で酷い目に遭われたのですから、目にお怒りやお怨みが浮かぶのは当然です。

　ですが、おかしいです。一瞬浮かべられたお怒りは、真っ赤に融けた鉄を呑み込まれたかのような、燃え盛る激痛のようでした。お怨みもそうです。虫唾が走る、などという生易しいものではありません。ご自身の世界全てを真っ黒に染めてしまうような、沸騰する猛毒の大海のようでした。

一体何があったら、ここまで激しい感情をお持ちになるのでしょうか……。

人が持てる激情の限界さえ超えたものが、わたくしのすぐお近くの方の内にあることに気付いた戦慄(せんりつ)で、窒息したように苦しくなり、指先から凍るように体が冷えていきます。

「そうよ。ジョンはあの女に殺されたの」

やっぱり、動揺と恐怖は隠し切れませんでした。わたくしのお顔をご覧になった伯母様は、そう仰います。

ジョンとは、ジョナサン第二王子殿下の愛称です。幼くしてご逝去なさった伯母様の第一子です。公式には病死ということになっています。そしてあの女とは、側妃殿下のことでしょう。

納得しました。ほんの少し触れただけでも冷や汗が出るような、そんな感情をお持ちになるには、想像を絶するようなお苦しいご経験があるはずです。

「もう二度とあんなことがないように、わたくしが天に召されても誰も手が出せないように、ディーを王にして大きな権力を持たせようって決めたの。それがディーのためになるって思っていたわ」

ディーとは、ディートフリート第三王子殿下の愛称です。

伯母様が懸命に頑張られていたのは、そんな理由があったからなのですね……それなのに、第三王子殿下は玉座に就かれるのを拒絶されるような問題行動ばかりでした。悲痛なお母様の想いがお子様には全く伝わっていません。伯母様がお可哀想(かわいそう)です……。

「でも……分からなくなってしまったの。こちらに来てから、大の訓練嫌いだったあの子が深夜遅くまで剣を振っているでしょう？　王宮にいた頃よりずっと生き生きしているわ。もしかしたら、あの子のためを想ってしていたのではなくて、あの女への復讐(ふくしゅう)のためにディーを王位に就けようとしていたのかもしれないって、最近のディーを見ているとと考えてしまうの……」

第三王子殿下は変わられました。当初は嫌々されていた精神治療プログラムの訓練ですが、今は積極的に打ち込まれています。規定の訓練を終えられても、お一人残られて深夜まで剣を振られています。あまりにもご熱心で、訓練教官が止めに入るほどです。

こちらにお越しになった当初、第三王子殿下はまるでご遺体が歩かれているようなご様子でした。ですが今は、日焼けもされて逞しくなられ、とても健康的です。

「この前あなたが『偉大な愛』って言ってたでしょう？　あの言葉も何度か考えたわ。『偉大な愛』って言えるほど、わたくしは本当にディーのことを考えていたのかって……もしかしたら、ディーのためじゃなくて……本当の動機はあの女への復讐だったのかもしれないって、最近は思うわ。復讐のための子育てでは、子供が真っ直ぐに育たないのも当たり前よね……」

「……伯母様は、第三王子殿下とのご関係を見直されるおつもりですの？」

「あら。わたくしの計画に気が付いていたのね？」

わたくし、駄目ですわ。さり気なくお伺いしたつもりだったのに、簡単に意図が見抜かれてしまいました。

「そうよ。ここに来た目的は、何とかしてセブンズワース家を動かして、セブンズワース家の力を借りてあの女とクリストファーを討つことよ。この家にはジェニファー様もいらっしゃるから目論見通り動かせる見込みは低いけれど、それでもゼロではないわ。何とかしてディーを王位に就けるつもりだったの」

やっぱり、そうだったのですね……ジーノ様が仰った通りです。外部の方が知り得ない第二王子殿下ご逝去の真相をお話しされたのも、当家を動かすための布石でしょう。でも、あの寒気がするほどの激情だけは間違いなく本物でした。

「そんなに警戒しなくても大丈夫よ。当初の計画でも、しばらくは静観するつもりだったもの。少なくとも、しばらくは何もしないわ」

表情には出していないつもりなのに、警戒していることをあっさり見抜かれてしまいました。わたくし、全然駄目です……。

「どうして静観されるご計画だったんですの？」

伯母様とは力の差がありすぎます。さり気なく情報を引き出すのは無理そうなので、思い切って単刀直入にお伺いします。

「葬儀でのジェニファー様は、とてもお悲しみのご様子だったわ。陛下とは仲の良いご兄妹だったからご無理もないけれど、何か引っ掛かるものがあったの。それからこちらに来てみたら、アゼナグア様もジェニファー様もずっとご留守でしょう？　それで疑念は確信に変わったわ。セブンズワース家は、ジェニファー様は……何かを目論んでいらっしゃるのよね？」

ぎくり、としてしまいます。お父様とお母様は自然豊かな別邸でゆっくりされてお心を癒やされていると、伯母様にはお伝えしました。まさか、それだけでそこまで読まれるとは思いませんでした。

情報を漏らして皆様の足を引っ張ってはいけません。視線や手、呼吸などに無意識に表れてしまう感情に至るまでの、表に出る感情の全てを懸命に消してにっこりと微笑みます。

「感情を消すこともまた感情の表れの一つよ。消さなくてはならない場面だって、教えてしまうことになるの。過度に警戒しては駄目よ？」

くすくすと笑われながら伯母様はご助言下さいます。

わたくし、本当に全然駄目です……伯母様とは勝負にさえなっていません。

「お兄様である陛下が逝去されて、旦那様のアゼナグア様も宰相職を辞されて、あの方も力を失われたって社交界は見ているでしょうね。でもわたくしはね。あの方とは何度も計略で戦って、ずっと負け続けて来たの。勝つために少しでもあの方を理解しようと努力して来たから、他の方よりもずっとあの方を存じ上げているつもりよ。あの方ならきっと反撃されるでしょうから、その結果が出るまでは静観するつもりだったの」

王妃として王宮でずっと戦われて、わたくしを子供扱いされる伯母様をお相手にしても、お母様は勝利されるのです。お母様のようになんて、とてもなれそうにもありません。やっぱりこの方面では、わたくしはジーノ様のお役に立てそうにもありません。

わたくしは、他に何が出来るのでしょうか……。

「あの子ね、最近はわたくしに笑い掛けてくれるの。すっごく綺麗(きれい)に笑うのよ。食事に誘ってくれることもあるし、最近はよく一緒にお茶をしているわ。王宮にいた頃とは全然違うの。だから……これまであの子を王位に就けようと必死だったけど、それはあの子のためにならないかもしれないって、最近は思っているの……セブンズワース家の動きをしばらく静観したその後、計画ではわたくしも動くつもりだったわ。でも今は……」

伯母様は本当に、全てを投げ出されるかのようにずっと第三王子殿下のことをお想(おも)いです。そのお言葉とお顔から窺(うかが)い知(し)れる後悔の深さから、第三王子殿下に対する愛の深さを思い知らされました。そんな伯母様と第三王子殿下の関係が改善されて、本当に良かったです。思わず涙が零(こぼ)れます。

伯母様は慌てて、泣いてしまったわたくしをお慰め下さいます。

「母上、アナスタシア夫人。遅くなってすまない」

涙も止まり、また伯母様とお喋りをしていると第三王子殿下がいらっしゃいます。今日はお二人とご一緒にお茶をする予定でした。ですが、第三王子殿下は訓練のメニューが終わらず、少し遅れていらっしゃったのです。

第三王子殿下もご参加になると、先ほどの重いお話とは打って変わって他愛もない話題になり、和やかなお喋りになります。

「良い応接室だな。風が気持ち良いし、金木犀の香りも心が安らぐ」

第三王子殿下が応接室をお褒め下さいます。

この『苧環』の応接室は、天井から床まである大きな全開口窓です。秋風が気持ちの良い季節ですので、今日は窓を大きく開けています。

近くには金木犀があり、涼しくて甘い香りを秋風が届けてくれます。秋風はまた紫のお花を咲かせる紫苑をそよそよと揺らし、窓からは赤いお花を咲かせる麝香撫子や、白や桃色のお花が咲き始めた篝火草が見えます。遠く彼方にうろこ雲が浮かぶお天気の良い秋のお空は、透き通るような高さです。

「母上のクッキーは久しぶりだな。相変わらず美味い」

テーブルの上のナッツクッキーに手を伸ばされた第三王子殿下は、お口に入れられると満足気に笑われます。

「ふふ。こんなもの、いくらでも食べさせて上げるわよ」

そう仰る伯母様は、とてもお幸せそうな笑顔です。お話の意味がよく分からないわたくしは、にこにことそれを拝見しています。

「このクッキー、わたくしが作ったものなの」

「伯母様が作られたんですの⁉」

驚きです。ご結婚前、伯母様はクライン侯爵家のご令嬢でした。ご結婚なさってからは王妃殿下です。およそお料理をされるような地位の方ではありません。

「初等生だった頃、私が駄々を捏ねたのだ。『おふくろの味』が食べたいとな」

第三王子殿下が経緯をご説明下さいます。

お家でしっかりとした教育を受けられる上級貴族の方は、学園の成績でも上位となる傾向があります。ジーノ様やわたくしが在籍していた特級クラスは、上級貴族の方ばかりでした。一方、第三王子殿下がご在籍だったのは三級クラスです。平民の方や下級貴族の方が中心です。

平民の方などはお母様がお料理をされますから、クラスのお友達のほとんどは『おふくろの味』をご存知だったそうです。『おふくろの味』をご存知ではなく、ご自分が愛されていないとお感じになった第三王子殿下は、伯母様に泣き付かれたそうです。

料理なんてされたことがなかった伯母様ですが、宮廷料理人からクッキーの作り方を習われ、手ずから焼かれたクッキーを第三王子殿下に差し上げたのです。

「中等生にもなると、このクッキーを出されても食べなくなってな。その後ずっと忘れていたのだが、最近またあのクッキーの味を思い出したのだ。無性に食べたくなって、先日母上にリクエストしたのさ」

信じられません。分刻みでご予定が詰まるお立場の伯母様がせっかくお作り下さったのに、第三王子殿下がお望みになったから伯母様はお忙しい中わざわざ作り方を習われたのに、それを召し上がらなかったんですの？　酷いです。

「あなたみたいにとっても優しい女の子ならともかく、普通の反抗期の男の子なんてそんなものよ」

伯母様は何でもないことのように仰います。やっぱり、伯母様は第三王子殿下をとても大切に想っていらっしゃいます。

今日は忙しくて日課の朝のお散歩が出来ませんでした。代わりに夕暮れの庭園をお散歩しています。お散歩を始めた頃はまだ明るかったのですが、見る見るうちに日が暮れていきます。この季節は本当に、早く日が落ちるように感じます。

秋風の涼やかさを頬で感じながらお空を見上げると、みずみずしい茜色(あかねいろ)が薄く広がっていて、ひつじ雲が夕映えで輝いています。暗くなり始めたお庭では、薄い闇の中で花車の白いお花が浮き上がって見えて幻想的です。

うふふ。夕暮れのお散歩も楽しいですわね。ジーノ様が心配で沈んでいた気持ちが少し晴れます。

しばらく歩いていると、第三王子殿下がいらっしゃいました。庭園の屋根の無いところでガーデンチェアにお一人で座られ、お空をぼんやりとご覧になっています。テーブルにはカップがありますが、お茶を楽しまれているというよりは、物思いに耽(ふけ)られているというご様子です。

失礼にならないようご挨拶(あいさつ)はしますが、簡単にお話ししたらすぐに立ち去ります。第三王子殿下は最近とても過酷なご経験をされています。お一人でお考えになりたいこともあると思います。

「一つ聞きたい。私の何が悪かったのかと問えば、誰もが私は悪くないと言う。私は騙(だま)された被害者で騙す者が悪い、と皆が言うのだ。私と近しい者は、そう答える以外にないのだろう。だが、私にも問題はあったはずだ。私はどうすれば良かったと思う？　最近ずっとそのことばかり考えていて、今日もずっと考えていたのだが……答えが出ないのだ。」

その場から離れようとしたとき、第三王子殿下は後ろからお尋ねになります。

詳しいご説明が無くても分かります。先日の襲撃の件で、ずっとお悩みだったのでしょう。

「わたくしも皆様と同じ考えですわ。殿下がお悪い訳ではないと思いますの」

「そういう答えを聞きたいのではない！　君なら、君の立場なら私に遠慮することなく言えるはずだ！　同じ身分違いの恋をした君なら、きっと何か気付いているはずだ！　失礼なことでも、私を傷付けるようなことでも、思い込みでも良い！　君が思っていることを正直に教えてほしい！　ずっと彼女の近くにいた私なら、何か手を打てたはずなのだ！」

胸が締め付けられて泣きたくなるようなお言葉です。騙されても、殺されそうになっても、殿下はまだ、あの女性を切に想っていらっしゃるのです。

お厳しいことを申し上げることになりますが、正直にお答えしなくてはなりません。

「やはり問題と言えるほどの過失は、殿下には無いと思いますわ。ただ、もし殿下がお相手の方のお心に深く踏み込んでいらっしゃったなら……また違う結末になった可能性も少しはあると思いますの。でも、恋する方のお心に深く踏み込まれるのは大きな勇気が必要なことで、とても難しいことですわ。それをされなかったとしても、殿下がお悪い訳ではありませんわ」

「心に踏み込む？　どういうことだ？」

「……殿下さえよろしければ……当家が持つマリオット様に関する資料をご覧に入れますわ」

「見せてくれ！」

お庭はもう日が落ちてしまったので、今は『牡丹一華（ぼたんいちげ）』の名を持つ第六十三応接室に場所を移しています。

「こちらですわ」

マリオット様は政局を考える上で重要な方です。当家でも入念にお調べしています。向かいに座られている第三王子殿下にその資料をお渡しします。

殿下は奪い取られるように資料を掴まれると、殺気立つような目で資料をご覧になります。その緊迫されたお顔から、どれだけ真実を切望されていたのかが分かります。

「これは！　本当なのか！」

「……はい」

申し訳なくてお声も小さくなってしまいます。

殿下が今ご覧になっているのは、マリオット家に関する証言を集めたものです。どなたが、いつ、何を仰ったのかという事実だけが羅列されているので、その資料に間違いは無いと思います。

証言集には、ある時期を境にマリオット家のご一家全員が別人に成り代わられたという証言が多数あります。その証言をされたのは、マリオット家のお近くの方、以前からお付き合いのあった方、事業で関わりのある方など多岐に亘ります。

以前からお取引のあった商会などには、ご自分たちはマリオット男爵のご親族で、男爵位を引き継がれたとご説明されています。ですが王宮には、爵位継承の届け出はありません。

「リリーが三十七歳！！？　そんな馬鹿な‼　あり得ない‼」

マリオット様ご本人の資料に目を通されていた第三王子殿下が大声を上げられます。

そのお気持ち、よく分かります。学園でクラスメイトだった第三王子殿下なら尚更でしょう。

「実際にご覧になった方が早いかと思いますわ。ブリジット。易容術が得意な人を誰か呼んで来てくれるかしら？」

ブリジットはアズレートを連れてきます。四十代の男性です。

「早速で申し訳ないけれど、あなたの易容術を見せて貰えないかしら？　若返るだけで十分ですわ」

「かしこまりました。今ご覧になっているその資料の女性ぐらいの年齢、ということですね？　性別や容姿などはそのままでも宜しいのですね？」

「ええ。そのま」「変えられるのか⁉　それなら‼　この女性に変わってみてくれ‼」

わたくしの言葉を遮られて、第三王子殿下がご要望を出されてしまいました。

マリオット様とよく似たご容姿の方をご覧になるのは、今の殿下にはお辛いと思います。それで年齢だけ変えるようにお願いしようと思ったのです。たとえ似たご容姿の方でも一目ご覧になりたいお気持ちは分かりますが、大丈夫でしょうか……。

「そんな……」

第三王子殿下は、目を大きく見開かれています。

アズレートはあっという間に容姿を変えてしまいました。背も低くなり、体つきも女性のものになり、茶色だったお髪と瞳も今はマリオット様と同じ桃色のお髪、桃色の瞳です。学園時代の姿絵を参考にしたので、年齢は本物より少し幼いです。

さすがアズレートです。普通は背丈や瞳の色までは変えられません。せいぜいお肌の若さぐらいです。カエリー家という特殊な血脈で、厳しい修行を乗り越えたアズレートだから出来るのです。

「……ああ……リリー……」

第三王子殿下は立ち上がられ、ぽろぽろと大粒の涙を零されます。今のアズレートは、マリオット様と瓜二つです。

「奥様に易容術をお見せするのは久しぶりですね」

　アズレートはお声も変えることが出来ますが、敢えて男性の低いお声でわたくしに話し掛けます。ふらふらとアズレートに向かわれる殿下に、本物のマリオット様ではないことをお伝えしたかったのでしょう。狙い通り、低いお声で殿下は正気を取り戻され、またソファにお座りになります。

「そうですわね。幼い頃はよくアズレートに見せて貰いましたわね。とても楽しかったですわ」

　幼い頃、呪われた容姿のためにお外でいじめられて泣いて帰って来たとき、アズレートはよく易容術を見せてくれました。目の前で別人に変わるアズレートにびっくりしたわたくしは、いつもピタリと泣き止んでいました。

　あの頃は分かりませんでしたが、今なら分かります。世の中には容姿を自由に変えられる人もいるから容姿なんて気にする必要は無いって、そうわたくしに教えてくれていたんだと思います。

「……この資料は全て事実なのだろうな……さすが隠密門だ。よく調べている」

　資料を握りしめられた第三王子殿下は、ぽろぽろと涙を零されながら仰います。

　その悲痛なお姿に、何も申し上げることが出来ませんでした。瞳と表情に浮かべられた感情は、どうお掛けして良いのか分からないほど激しいものでした。

　ちなみに、当家は文官職を多く輩出する文門です。ですが隠密門と呼ばれることもあります。国内随一と謳われる隠密衆を擁するためです。

「私は、本当の彼女の姿を知らなかったのだな。君が言っていた言葉の意味がようやく分かったよ。……私は、一歩踏み込めていなかったのだ。一歩踏み込んで、男爵令嬢という幻の姿ではなく隠密の彼女に寄り添っていたら……結果は違ったかもしれないな」

　マリオット様の本当のお姿をご覧になれば、少しは幻滅されてお気持ちも楽になるのではないかと思っていました。ですが、真実をお知りになっても、殿下のお気持ちは変わらなかったようです。お名前やご身分だけではなくお歳まで偽られてもなお、殿下はマリオット様をお慕いされています。哀しいほど純粋な方です。

「君はどう思う？　同じ隠密として意見を聞かせてほしい。私が一歩踏み込んでいたら、結果は変わっていたと思うか？　何を言っても咎めることはしない。だから遠慮せず正直に教えてくれ」

もう元の容姿に戻っているアズレートに、第三王子殿下はお尋ねになります。

「一般的な隠密は、貴族としてきちんと生活している当家の隠密とは違います。相当劣悪な環境で育ちます。花隠密は特にそうです。男を手玉に取りながらも本人は愛や恋を知らずに育ち、辛い経験をして心に深い傷を負っている者も少なくありません。ですから、任務で作り上げた虚像ではなく花隠密としての自分自身に愛を注がれたら、非常に危ういです。もし殿下が花隠密としての彼女を正視して、その女性を本気で愛していたなら……寝返る可能性の方が圧倒的に高いと思います」

「そうか……」

大失敗です。詳しい事情を説明しないままアズレートを連れて来てしまいました。この話題では言葉を濁すよう伝えておくべきでした。正直に申し上げることは必要ですが、深く傷付かれるような表現は避けなくてはなりません。「寝返る可能性の方が圧倒的に高い」は、表現が強すぎます。

案の定、第三王子殿下は大変ショックのご様子です。瞳に浮かべられた後悔はあまりに深く、絶望というものさえ通り越しています。まるで亡者のようなお顔で、ただ俯かれて座られるだけのお姿は、人だったものの残骸がそこにあるようです。

フォローしたいです。でも、アズレートが言うことも間違いではありませんから、訂正も出来ません。

当家では、隠密の家臣にも爵位と俸禄を差し上げています。ですが他の家門では俸禄は出ません。貰えても爵位だけです。他のお家の隠密の方が報酬をお受け取り出来るのは、隠密のお仕事をされたときだけです。ですが、いつもお仕事がある訳ではありません。生活のため、普段は平民として働かれています。

でも、爵位だけはお持ちなのです。当主の方が行事にご出席なさるときの貴族服や馬車は必要ですし、爵位相応のお家も建てなくてはなりません。貴族家としての体裁を保つため、一族の皆様は多額の上納金をお家に納めなくてはなりません。普通の平民の皆様の方が、ずっと楽な生活です。上納金のご負担が大変なので、花隠密の方などは、特技も生かせて割も良い歓楽街でお仕事をされていたりします。きっと、お辛い思いもたくさんされています。

ですからアズレートの言うように、正体発覚後も変わらず愛されてしまうと、裏切る可能性がとても高いのです。

任務を完遂されて日常に戻られても、待っているのは元の歓楽街での貧困生活です。そして、平民としての生活でも正体を隠され、任務でも正体を隠されている方たちです。本当のご自身に初めて目をお向け下さり、本当のご自身を初めて愛して下さる男性とお会いしたら、その恋にお命まで懸けられるほど夢中になってしまわれるのです。

第三王子殿下は、沈黙されてしまいました。そのまま第三王子殿下の沈黙は続きます。わたくしも、お声掛けすることは出来ません。迂闊に触れて良い状態だとは、とても思えません。

ですからわたくしは、アズレートが退出した応接室で一人お茶を飲み続けます。

「……考えてみれば、友人から恋人になるときも、傷付くのを恐れず一歩踏み込む必要があったな。恋人になってからも、どんな関係になっても、それは変わらないものなのだろうな。仲を深めるためには、傷付くのを恐れず、常に一歩踏み込み続けなくてはならなかったのだろう。私には、それが出来なかった……リリーに我儘を言ったことなんて、一度も無かった。いつも彼女の我儘を聞くだけだった……嫌われてしまうことを恐れて我儘を言えなかった私は……心の底では彼女を信頼していなかったのかもしれないな」

　長い長い沈黙の後、焦点の合っていない視線を下に向けられたまま第三王子殿下が仰います。

　ぎくりとしてしまいます。我儘を言えなかった……わたくしもそうです。ジーノ様と戦場もご一緒したかったのに、ジーノ様のお気持ちが冷めてしまうのが怖くて言い出せませんでした……わたくしも、ジーノ様を信頼出来ていないのでしょうか……。

「剣を振ってくる」

　そう仰って、第三王子殿下はふらふらと応接室を出て行かれました。

　昨日の夜もずっと考えてしまいました。第三王子殿下のお言葉が頭から離れません。

『仲を深めるためには、傷付くのを恐れず、常に一歩踏み込み続けなくてはならなかったのだろう』

　納得してしまいました。常に踏み込み続けて、常にお相手の方を理解する努力を続けなくては、それ以上仲も深まらないと思います。わたくしたちが今よりもっと仲良しの夫婦になるには、昨日よりも一歩ジーノ様に踏み込んで、昨日より一歩ジーノ様を理解する必要があります。

　一歩踏み込むには、わたくしの心の内もジーノ様にお見せしなくてはなりません。自己主張をしなくてはならないのです。でもジーノ様のご意見とぶつかってしまったら、どうすれば……。

　ジーノ様がご反対なさることを望むのは、我儘だと思います。あまり我儘を申し上げたら、ジーノ様がわたくしをお嫌いになってしまわれます。でも、全く我儘を申し上げなくても、第三王子殿下と同じ後悔をしてしまいそうです。

やっぱり、ジーノ様のお気持ちが離れてしまうのが怖いです。婚約破棄は本当に、地獄の苦しみでした。あんな思いはもう嫌です。でも一方では、ジーノ様ともっともっと仲良しになりたいと強く思っています。矛盾しています……。

「ねえ。ブリジット。ジーノ様は、わたくしのどんな我儘ならお許し下さるかしら……」

朝の支度を手伝ってくれるブリジットに尋ねると、ブリジットは大笑いを始めます。

「何を仰るかと思えば。ご安心下さい。奥様のどんな我儘だろうと、ジーノリウス様は間違いなくお許し下さいますよ」

「そうかしら……」

「もちろんです。誰にお尋ねしてもそう答えると思いますよ。そんなことはお二人のご様子を五分も見ていたら誰でも、砂糖が口から出そうなぐらいよく分かることです」

「でもわたくし、怖いんですの。またジーノ様がわたくしからお離れになってしまわないかって。それで、気が引けてしまいますの」

ブリジットの「あのクソ野郎が」という小声が聞こえた気がしますが、きっと気のせいですわね。

「言えないのは奥様のせいではありません。全ては、心の傷痕(トラウマ)になってしまうほど奥様を傷付けたジーノリウス様が悪いんです。本当に！　私の大事な奥様に、なんてことをしてくれたんでしょう！」

自分でも気付きませんでした。主治医のスザンナ先生はもう大丈夫だって仰っていましたが、まだ心の傷痕(トラウマ)が残っていたのですね。心の奥底にある、ジーノ様がわたくしからお離れになってしまうかもしれないという漠然とした不安感は、心の傷痕(トラウマ)のせいなのかもしれません。

「でも、これだけは断言出来ます。ジーノリウス様が奥様を嫌いになるなんて、絶対にあり得ません。あの婚約破棄だって、奥様を嫌いになったからじゃなくて奥様を想ってしたことです。その後貧民街で暮らすようになっても、ずっと奥様のことで頭がいっぱいだったじゃないですか？　色々と問題も多い人ですけど、それだけは信じて良いと思います」

　そうですわね。ジーノ様はわたくしをお想い下さったのです。

もずっと、わたくしをお想い下さったのです。その後もずっと、わたくしのことをお想いになって身をお引き下さったのです。


……わたくしは、何を恐れていたのでしょうか。この漠然とした不安には、根となるものが無かったように思えます……やっぱりわたくしは、ジーノ様を信じ切れていなかったのですね。だから不安に思ってしまうのでしょう……。

「ジーノリウス様のあの暴走は、話し合い不足が原因です。お互い遠慮してしまって、本音で話し合えなかったからあんなことになったんです。我儘を言わないのは逆効果ですよ。我儘は本音でもあるんですから、我儘をどんどん言って、日頃からよく話し合った方が良いと思いますよ？」

　学園でのいじめをわたくしが隠していたことをお知りになったとき、お母様も仰っていました。お互い想い合うからこそ正直に心の内をお話しするべきで、家族とはそういう関係だって。

　ブリジットも似たようなことを言います。

　ジーノ様は今、カウンセリングで少しずつ本音をお話し下さっています。ジーノ様は一歩一歩わたくしに歩み寄って下さっています。

　問題はわたくしです。我儘を申し上げられないわたくしは、ジーノ様に本音をお伝え出来ていません。これでは駄目です。わたくしが原因で、わたくしのせいで、ジーノ様との仲が深まりません。

　心の傷痕(トラウマ)の解消法は、今まで出来なかったことを少しずつ出来るようにしていくことだって、スザンナ先生は仰っていました。わたくしは、これまで出来なかったことを出来るようにならなくてはなりません。でも、ジーノ様がご不快に思われたら……。

「大丈夫ですよ。喧嘩したら仲直りすれば良いじゃないですか？　人はたまに喧嘩しながら仲良くなっていくものなんです。仲直りなんて、お二人なら簡単ですよ」

……そうですわね。喧嘩したら、仲直りすれば良いのです。お父様とお母様だって、たまに喧嘩されています。でも、いつもお父様がちゃんと平謝りされて仲直りされています。

まだ怖いですが……わたくしは、ジーノ様を信じなくてはなりません。信頼関係は、先ず自分がお相手を信頼することで始まるのです。だからわたくしは、ジーノ様を信じます。

……そうです。信じます。ジーノ様になら我儘を申し上げても大丈夫だって、ジーノ様となら意見が違ってもお話し合いで解決出来るって、ジーノ様となら喧嘩しても仲直り出来るって、わたくしは信じます。

今よりもっと仲を深めるために、もっともっと仲良しの夫婦になるために、ジーノ様を信じて常に一歩踏み込み続けます。先ずはどうしてもやりたいことを、勇気を出して「やりたい」と申し上げます。

わたくし、頑張りますわ！

「ブリジット。今日はそれではありませんわ」

ブリジットが水色のドレスを持って来たので変更をお願いします。

「分かりました。どのドレスになさいます？」

「鎧兜でお願いしますわ」

「はいいいい！！？　ど、ど、どちらに行かれるんですか！！？」

「戦場に決まっているではありませんの」

「ど、ど、ど、ど、どうして戦場に⁉」

「教えてくれたのはブリジットですわよ？　ジーノ様を信じて我儘を申し上げるべきだって。だからわたくしは、我儘を申し上げて戦場にお伺いしますの。もし喧嘩になっても大丈夫ですわ。ブリジットが教えてくれた通り、仲直りしますの」

「そういう意味で言ったのでは‼　いけません‼　どうか、お考え直し下さい‼」

「わたくし、もうお伺いするって決めましたの」

ブリジットは頭を抱えて「まさか、こんなことになるなんて」や「ああ。とんでもない失言を」などの独り言を呟（つぶや）いています。この前も似たようなことを言っていましたわね。でも別に失言はしていないと思います。ジーノ様との仲をいつまでも深め続ける勇気を貰（もら）えた、とっても素敵なアドバイスです。

第九章　信じるということ

◆◆◆ジーノリウス視点◆◆◆

トールズデール王国が進軍を開始した。全軍をセブンズワース領に向けている。おそらく敵は、今回の防衛軍の中核が当家の軍だと知っている。防衛軍を撃破してしまえば、セブンズワース領の守り手がいなくなる。広大で豊かなこの領地を悠々と占領出来る。全軍をこちらに向けた狙いはセブンズワース領だ。

こちらの軍は、国境より十キルロほど内側にある川の畔(ほとり)に築かれた砦(とりで)に布陣する予定だ。深い川のため徒歩で渡河出来る場所が少なく、砦はその渡河出来る場所に建造されている。川という天然の悪場が砦前にあるために敵は攻め難く、川向こうは一面平原で見晴らしも良く奇襲を受けることもない。守るには絶好の場所だ。

敵軍は、ほぼ間違いなくここから攻めてくる。彼らが今回、新たに投入する大型兵器を運べるのはこのルートだけだ。ただでさえ動きの鈍い大軍な上に、巨大兵器まで運搬している。進軍速度は非常に遅く、開戦は十日ほど先になりそうだ。

兵糧や軍需品などを砦に運び入れたり、馬防柵(ぼうさく)を設置したりと、当家の騎士や兵士たちは今忙しそうに働いている。私の仕事はその指揮だ。

「やあ。ジーノリウス」

遠くから陽気に手を振るのはアンソニーだ。

「アンソニー。本当に来てくれたのだな」

「もちろんさ。嘘(うそ)なんて吐(つ)かないよ」

アンソニーは、彼と同じ浅黒い肌の騎士や兵士を引き連れて来ている。今日から友軍がこの砦に集まり始める。彼が率いるトリーブス軍が一番乗りだ。

「しかし、家の後継者に決まった君が来る必要は無かっただろう?」

出陣の際、必ず貴族家の誰かがそれを率いる。貴族は民を守るもの、という考えが根付いているからだ。だが、何も後継者を行かせる必要は無いと思う。他にも兄弟がいるのだから、万が一のことがあっても家門への影響が少ない彼らの方が適任のように思える。

「文門や魔法門なら後継者の出陣を避けるのかもしれないけどね。武門は違うんだよ。後継者が戦から逃げたら袋叩(ふくろだた)きさ」

なるほど。この常識は家により異なるのか。トリーブス族は勇猛で知られ、戦闘部族と言われるほどだ。家からの希望も最前線での配属だった。次代の一族の長にも勇猛さが求められるのだろう。

「おう! お前も来たのか!」

駆け寄って来るのはジャスティンだ。彼は少し前からこの砦にいる。軍を率いて友軍として参戦してくれるアンソニーとは違い、彼は義勇騎士として個人で参戦してくれている。

厚意で手を貸してくれた人たちを盾にする訳にはいかない。義勇軍の担当は、最前線のここではなく少し後方にある街だ。だが彼は、敢(あ)えてこの最前線を強く希望してくれた。

元クラスメイトたちと顔を合わせると雑談に花が咲く。もうすぐ血生臭い戦場となる場所なのに、私たちの周りだけは平穏な学園の教室のようだった。彼らの存在の貴重さを、改めて実感する。

「ジーノ様！」

「アナ！！？　ど、ど、ど、どうしてここに！！？」

私たちが談笑しているところに現われたのは、なんとアナだった‼

女性騎士などが使う普通の女性用鎧とは違う、スカートが付いた風変わりな鎧を纏っている。騎乗していた可愛らしいポニーから降りたアナは、とことこと可愛らしく近付いてくる。

「わたくしも参戦しますわ」

「駄目だ‼　絶対に駄目だ‼　戦場はとても危険な場所なのだ‼　もし君に万が一のことがあったら私は……」

「わたくし、戦闘ならジーノ様のお役に立てると思いますの。ジーノ様のお役に立ちたいですわ」

真っ直ぐに私を見据えるアナの瞳には、強い意志の光が凛々と輝いていた。ほんわかしているアナだが、こう見えて強靭な意志の持ち主だ。一度心に決めたら、諦めることなく最後までやり遂げてしまう。尊敬せずにはいられない、本当に素晴らしい女性だ。

そんなアナを、説得出来る言葉は……何一つ思い浮かばなかった……。

◆◆◆アナスタシア視点◆◆◆

「ううう。どうしましょうううううう」

独り言が涙声で漏れてしまいます。衝撃で涙が止まりません。

勇気を出してジーノ様に我儘を申し上げました。ジーノ様との口論だって、覚悟していました。

ですがまさか、涙を零されるなんて……。

『すまない。今の私は冷静ではない。落ち着いてからまた話し合おう』

涙をあふれさせたジーノ様は、そう仰って走り去ってしまわれたのです。

『僕たちもジーノリウスと話してみるよ。騎士だから君の味方は出来ないけど、友達の悩みを聞くぐらいなら出来るからさ』

アンソニー様はそう仰って下さり、ジャスティン様とご一緒にジーノ様の後を追われました。

騎士の皆様は、他人の喧嘩に口を挟まないようにとご両親からご指導を受けられます。仕えられる主家のご家族が喧嘩をされたとき、騎士の皆様がそれぞれどちらかにお味方されると、単なる家族同士の喧嘩も家門を割っての争いに発展していまいます。家門の不和の原因になるので、他の方の喧嘩には口を挟まないようにと、武門の皆様では教育を受けられるのです。

一人残されたわたくしを、マシューは砦内の一室に案内してくれました。わたくしは今、その砦の一室で一人涙を零しています。

……やっぱり、我儘なんて申し上げない方が良かったのです。わたくしたちは、まだ我儘を申し上げられる関係ではなかったのかもしれません……それも悲しいです……もし、ジーノ様がわたくしをお嫌いになってしまわれたら、わたくしはどうすれば……。

「アナスタシア様。参りましたわよ」

「エカテリーナ様⁉　どうしてこちらに⁉」

「お約束しましたわよね？」

晴れ晴れとした笑顔で、何でもないことのようにエカテリーナ様は仰います。

当家と疎遠だったバイロン家を動かすのが簡単ではないことは、わたくしにだって分かります。

シモン領とバイロン家との魔道具取引が増えて経済的な結び付きが強くなったならともかく、それはまだ計画段階です。参戦の合理性も無いこの段階で、当主でもないエカテリーナ様が、本当にバイロン家を動かされたのです。

「わたくしたち、お友達でしょう？」

エカテリーナ様は笑顔でウインクをされます。

大変な苦労をされたはずです。それなのに、そんな素振りは少しもお見せにならず、こんなに素敵な笑顔です。とっても、とっても大切なお友達です。

「それはそうと、随分と泣かれているようですけど、どうされたんですの？」

「……ジーノ様が……わたくしをお嫌いになってしまわれたかもしれませんの……」

これまでの経緯をエカテリーナ様にご説明します。エカテリーナ様は静かにわたくしのお話をお聞き下さいます。

「アナスタシア様あ。お邪魔しますわあ」

「ええっ!?　ジャーネイル様!?　どうしてこちらに!?」

涙ながらにエカテリーナ様にお話していると、ジャーネイル様もいらっしゃいました。およそ戦場には似つかわしくない方で、しかも当家との関わりも薄く参戦されるとも思えないお家の方です。もうびっくりです！

「わたくしい、戦えないですけどお、でもお、裏方のお手伝いはしますわあ」

「当家の軍に同行されましたの。武門に嫁がれる方にとって、戦場は絶好のお勉強場所ですわ」

エカテリーナ様がご説明下さいます。

戦支度のためわたくしが領地に戻って以降、ジャーネイル様はセブンズワース家からバイロン家にお勉強場所を変えられ、夫人教育のお勉強を続けられていました。そのバイロン家も出陣されることになり、エカテリーナ様のご助言でジャーネイル様も同行を決められたそうです。

「ところでぇ、アナスタシア様はどうされたんですのお？　そんなに泣かれてぇ」

ジャーネイル様は、破談になったばかりです。わたくしなんかとは比べ物にならないほど、とてもお辛い状況のはずです。そんなジャーネイル様に、こんなご相談をするのは気が引けてしまいます。でも、せっかくお尋ね下さったので、正直にご説明します。

「元気をお出し下さいませぇ。きっと大丈夫ですわぁ」

ご自身の方がずっとお辛い状況のはずなのに、ジャーネイル様は綺麗な笑顔でお慰め下さいます。とてもお優しい方です。

「ご安心下さいませ。アナスタシア様にお味方して、わたくしからジーノリウス様に一言申し上げますわ。他の方の男女の問題には立ち入らないのが淑女の嗜みですけれど、今回は大丈夫ですわ。軍の主軸となる家の不和ですから、友軍である当家が意見を申し上げても問題ないと思いますの」

取って付けたような理由でご支援下さるエカテリーナ様の温かさが心に沁みます。とっても嬉しいです。とにかく、一刻も早くジーノ様と仲直りしたいです。

「わたくしはあ、遠慮しておきますわあ。わたくしい、鈍臭いですからあ。エカテリーナ様とご一緒してもお、きっとお邪魔虫になってしまいますわあ」

ジャーネイル様はお部屋に残られ、エカテリーナ様はジーノ様のところへと向かわれます。

「ジャーネイル様。戦場と申しましても、こちらは最前線ですわ。少し後方の街に移られた方がよろしいと思いますの。そちらでも軍は駐留していますからお勉強は出来ますわ」

「大丈夫ですわあ。トリーブス家の皆様はあ、最前線のこちらに布陣されますしい、こちらの方がお勉強になりますわあ」

「でも、こちらは危ないですわ。お命に関わる問題になることだってあり得ますもの」

「……それでも構いませんわあ。このまま結婚出来なかったらあ、わたくしは修道院で一生を過ごしますからあ……何十年も死んだように生きるぐらいならあ、今死ぬ気で頑張りますわあ」

……そこまで、追い込まれていらっしゃったのですね。

古門のお家は、結婚されなかった女性にはお辛いお家です。小姑（こじゅうとめ）としてお家にずっといらっしゃると嫁いで来られた女性との間で諍（いさか）いが起こる恐れがあるという理由で、ご結婚なさらなかった女性を修道院にお送りしてしまいます。ジャーネイル様にとってそれは、死と同じなのでしょう。

やっぱり、陛下は許せません。政局を見据えられての婚約破棄だということは分かります。それでも、ジャーネイル様は感情の無い駒ではありません。大人しくて内気で、真っ直ぐでお優しい一人の女性なのです。そんな方をここまで追い詰めるなんて、酷（ひど）いです。

救いは、ジャーネイル様がまだ気力を失われていないことです。本当にすごい方です。ジーノ様が婚約を破棄してしまわれたとき、わたくしはショックのあまりお部屋から出られませんでした。わたくしよりずっと、ジャーネイル様はご立派です。

ジャーネイル様は今、幸せになるために文字通り命懸けで足掻（あが）かれていらっしゃいます。わたくしも見習わなくてはなりません。何としてもジーノ様と仲直りして、少しずつでも我儘を申し上げられるようになって、もっともっとジーノ様と仲良しになるのです。

やる気が出てきました！　わたくし、頑張りますわ！

◆◆◆ジーノリウス視点◆◆◆

砦近くの河原で座り込み、ぼんやりと川を眺める。

凛々と輝くアナの瞳を見て、私にはアナを説得出来る言葉が無いことを悟ってしまった。このままでは、アナは戦場に残ってしまう。戦場とは、死が溢れる場所だ。突如アナに纏わり付き始めた死の気配を見て、気が動転してしまった。とても冷静に話が出来る状態ではなかったので、後でまた話し合うことを伝えて取り急ぎその場から離れた。

「はあ……」

思わず溜め息が出てしまう。泣きながら走り去るとは、何と情けない男だ。アナに格好悪いところを見せてしまった。私に失望していなければ良いが……。

いや、今は落ち込んでいる場合ではない。アナを説得しなくてはならない。この死に満ちた戦場からアナを離れさせる言葉を、何としても見付け出さなくてはならない。次にアナと逢うときまでに、必ず見つけ出す!

「ここにいたのか。探したよ」

座り込んで川の流れを眺めながら考え事をしていると、後ろから声を掛けられる。アンソニーだった。ジャスティンも一緒だ。

ちょうど良い。彼らにも知恵を貸して貰おう。近くに座り込んだ二人に私は意見を求める。深刻な相談をしているのに、何故かアンソニーたちは楽しそうだ。その疑問が思わず顔に出てしまう。

「ああ。ごめん。君が僕たちに相談してくれるのが嬉しくてさ」

「俺も同じだ。お前、婚約破棄する前は俺たちに何も相談しなかっただろ？　様子がおかしかったから、悩みがあるなら相談に乗るって何度も言ったのにさ」

そうだったな。あの頃の私は、他人への不信感が心の奥底に潜んでいた。そのことに、自分でも気付いていなかった。

「アナのお陰だ。アナがいてくれたから、私は親しい人たちを信じられるようになった」

前世の辛い過去をアナに打ち明け、アナの優しい言葉を聞いているうちに、私の心は癒やされていった。今日アンソニーたちに自然に想いを吐露してしまったのも、それが理由だろう。

「それで、君たちが私の立場だったらどうする？」

「僕ならその決意を尊重するな。子供であっても、女性であっても、平民であっても同じさ。剣を手に取って戦う覚悟を決めたなら、その人はもう戦士だ。戦士の決意を穢したりはしないよ」

「俺も似たようなもんだな。戦場に出る覚悟を決めた奴を止めて良いのは、そいつが幼い子供のときだけだ。子供の扱いだけはライアン家とトリーブス家じゃ違うが、他は同じだ。たとえ戦えない女でも、成人した大人が出陣を決意したなら、その命懸けの覚悟を褒め称えるな」

いかにも武門貴族らしい意見だ。だがこういう考え方は、武門貴族だけに限ったことではない。この時代の人たちは、人間同士争うだけではなく魔物とも日夜戦っている。魔物との戦いは、もはや日常の一部だ。前世の日本はもちろん、おそらく前世の中世よりもずっと、命懸けの戦闘というものが身近に存在している。そういう世界だ。文門貴族や平民も、前世の人たちよりずっと武人寄りの考えをする。常識そのものが、前世の日本とは違う。

決意か……確かに、踏みにじってはならないものだ。貴族は民のために戦うものだ。貴族が戦う意思を示した場合、最大限に尊重するのが社交上の常識だ。ジャスティンやアンソニーを前線に配置したのも、彼らが前線を希望したからだ。

だがアナだけは、その決意を尊重出来ない。尊重してしまったら、死に満ち溢れた戦場にアナを置くことになってしまう。それだけは、是が非でも避けたい。やはり私は、どうしてもアナを守りたい。全てを犠牲にしてでも決して傷付けたくない、とてもとても大切な人だ。

「組織面を考えても、アナスタシア夫人はここにいる必要があると思うよ。ジーノリウスはこれから別作戦でここを離れるんだよね？　この砦の防衛軍はセブンズワース家が中心なんだから、ジーノリウスが離れた後も誰か一人はセブンズワース家の人がいてほしいね。その方が軍もまとまるよ」

アンソニーの言う通りだ。私はこれから別働隊と共にここを離れなくてはならない。そのとき私の代わりに軍をまとめる人が必要だが、合理的に考えればその役はアナが適任だ。

しかし、それは出来ない。最高司令官は敵軍にとって最大の攻撃目標だ。そんなことをしたらアナが最優先で狙われてしまう。危険過ぎる。

「皆様、ご機嫌麗しゅう存じます。こちらにいらっしゃったのですね。探しましたわ」

三人で座り込み川を眺めていると、後ろから鎧姿のエカテリーナ嬢が声を掛けてくる。

驚きだ。ここに彼女がいるということは、この短期間でバイロン家を動かしたということだ。

「事情はアナスタシア様からお伺いしていますから存じていますわ。それで、一言申し上げようと思ってこちらに参りましたの……ジーノリウス様。どうか、アナスタシア様の翼を折らないで下さいませ」

「な……なに？　……翼を折る？」

「ええ。ジーノリウス様は、天高く羽ばたこうとされているアナスタシア様の翼を折られ、籠の中に押し込まれようとされていますわ。どうか、アナスタシア様のご意志を尊重なさって下さいませ。ジーノリウス様が用意された籠の中で過保護に守られるばかりでは、アナスタシア様は何もお出来になりませんわ」

頭を殴られたような衝撃だった……私はアナの翼を折り、籠の中に無理矢理押し込もうとしてい

るのか⁉

「別に、ご心配なさる必要なんて何もありませんわ。軍政学や軍略学などの軍学系の科目でも、学園でのアナスタシア様の成績は大変立派なものでしたわ。あの方は、決して無能ではありません。もう少しアナスタシア様をお信じになるべきだと、ご進言させて頂きますわ」

「そうだ。もっと信じても良いと思うぞ。俺よりずっと成績良かったからな。少なくとも指揮官としてなら、俺よりずっと優秀だぞ？」

「な……なに？　……私がアナを……信じていないだと？」

　エカテリーナ嬢とジャスティンの言葉に、またしても衝撃を受けてしまう。

　アナのことは、この世の誰よりも信じているつもりだった。いや、能力自体は疑っていない。ジャスティンやエカテリーナ嬢の言うように、学園の軍学系の科目でも、アナの成績は優秀だった。軍事史の授業では、アナの書物の把握量に先生さえ驚くほどだった。アナならきっと、指揮官の仕事も見事に熟せる。

　魔法兵としても、アナは群を抜いて優秀だ。まだ『飛び火』の魔法しか使えないとはいえ、アナの魔法力はその辺の魔法兵を遥かに凌駕している。

　アナが優秀なのは分かる。だがそれでも、アナが戦場にいるのは不安だ。この不安に思う心が、アナを信じていないということなのか？

「ジーノリウス様は、アナスタシア様が失敗されるとお思いですわね？　それが信じていらっしゃらないということですわ。夫婦とは、戦場でお背中を預け合うものです。もっとアナスタシア様をお信じになって、あの方にお背中をお預け下さいませ。それとも、アナスタシア様では、お背中を預けられるには力不足だとお思いですか？」

「アナが力不足などと、思う訳が無い！」

「では、なぜお背中をお預けにはならないのです？」

「それは……」

「ジーノリウスは、昔から過保護なんだよ。アナスタシア夫人が一人で出来ることでも、あれこれ手を回して助けてしまうよね？　今回もそれだと思うよ。もしジーノリウスが手を出さないで、アナスタシア夫人がやろうとすることを見守っていたら、きっと夫人はもっと活躍出来たんじゃないかい？」

　アンソニーの言葉が胸に刺さる。

　私は過保護だったのか……アナが一人で出来ることも一人ではさせず、アナから活躍の機会を奪い、アナの翼を折り籠の中に閉じ込めようとしていたのか……。

……冷静に考えてみれば、当たり前の話なのかもしれない。アナは優秀過ぎるほどに優秀で、可能性と才能に溢れた輝かしい人だ。凡人の私が描く平凡な枠にアナを嵌め込もうとしたら、さぞ窮屈なのだろう。

　私は……私の我儘（わがまま）でアナを縛り付けていたのだな……。

「そう……だな……アナを信じて上げるべき……だな」

　認めざるを得ない。私が間違っていた。遙か彼方まで舞い上がろうとするアナの翼を折るべきではなかった。アナに制限を加えるのではなく、アナがしたいことを全力で応援するべきだった。アナは、世界の誰よりも天高く飛べる人なのだから。

……アナの言う通りにしよう。だが、辛い。アナに万が一のことがあったらと思うと怖くて堪らない。体が震え、涙が溢れてくる。前世での大戦中、家族に召集令状（あかがみ）が届いた人は、きっとこんな気持ちだったのだろう。

◆◆◆アナスタシア視点◆◆◆

使用人を通じてジーノ様からご連絡がありました。お話し合いをされたいそうです。わたくしは今、砦内の一室でジーノ様をお待ちしています。

やっぱり、仲直り出来たら帰ろうと思います。我儘を申し上げることが出来たことだけで、今回は満足することにします。ジーノ様がショックで泣かれるほどの我儘は、押し通すべきではありません。ジーノ様のお気持ちが第一です。

でも、ジーノ様のお役に立てなかったことは残念です。他にお役に立てることを、これから考えなくてはなりません。いつまでもジーノ様にお守りして頂くばかりのお荷物なのは嫌です。

「遅れてすまない。仕事が立て込んでしまった」

ジーノ様がいらっしゃいました。お顔の色はとても悪く、かなり憔悴されています。

後悔の気持ちが湧き上がってきます。今は大変なときで、こんなにお疲れなのです。我儘なんて申し上げるべきではありませんでした。

「すまなかった。私が間違っていた」

「え？」

びっくりです。わたくしが謝罪を申し上げるより先に、ジーノ様は深々と謝罪してしまわれました。

「そんな！　ジーノ様がお困りになったのは、わたくしが我儘を申し上げたからですわ！」

「いや、私が間違っていたのだ。もっと君を、信じて上げるべきだった。君のやりたいことを、私は全力で応援するべきだった。全て私の間違いだ。だから……私がここを離れる間、君にこの砦の総司令官を任せたい。引き受けてくれるか?」

「ええっ⁉　も、も、もちろんですわ!　未熟ではありますが、精いっぱい頑張りますわ!」

驚きです。予想とは全然違う方向にお話が進んでしまいました。展開に心が付いていけません。

先ほどまで帰り支度をしていたブリジットには、申し訳ないことをしてしまいました。とても帰りたがっていましたから、きっと落胆しながらこのお話を聞いていると思います。

「ジーノ様。あの、わたくしたちがこれからもっと仲良しになるためには、お互いに本音でお話しする必要があると思いますの。今回、我儘を申し上げたのは、それが理由ですわ。あの……これからもこうして我儘を申し上げてもよろしいでしょうか?」

ジーノ様は衝撃のご様子で、目を大きく見開かれて固まられます。

「もちろんだ!　どんな我儘でも言ってくれ!　ああ!　まさか、アナが私と仲良くなりたいと言ってくれるなんて!　夢のようだ!　なんと可愛(かわい)い人なのだ!」

「そこまでです!　ジーノリウス様!」

お席を立たれ、両手を広げられてふらふらとこちらに歩いて来られるジーノ様を、ブリジットが押し止(とど)めます。

「ジーノリウス様!　ここは砦の作戦会議室です!　騎士や兵士にとって仕事場なんです!　真っ昼間から仕事場で何を始めるつもりですか⁉」

ブリジットのお説教で、わたくしも恥ずかしくて俯(うつむ)いてしまいます。お顔が熱いです。きっと真っ赤です。

◆◆◆ジーノリウス視点◆◆◆

「アナ。無理はしなくて良い。二週間ほど防衛に徹してくれ。それで十分勝てる」

「ジーノ様。どうか、どうかご無事で」

アナはぽろぽろと涙を零している。

これから私は、少数の別働隊を率いて敵地の奥深くまで侵入する。それがアナは心配なのだ。

「ジーノ様。これを」

目を涙で潤ませながら、アナは刺繍入りのハンカチを差し出す。無事帰還することを祈念して、戦に赴く騎士に刺繍入りのハンカチを贈る習慣がこの国にはある。それを倣ったものだ。

「ありがとう。これは！　なんと素晴らしい刺繍だ！」

ハンカチを広げ、思わず感嘆してしまう。アナの刺繍の腕は、驚くほど上達していた。前衛的でありながらも調和が取れ、様々な技巧を凝らした刺繍はずっと観ていたくなるほどの出来映えだ。

「ジーノ様……あの……フランセス様は、とってもお綺麗で、とってもお優しくて、とってもご聡明で、とっても素敵な方だと思いますの」

アナの言うことは事実だろう。全てにおいて完璧だからこそ、彼女は『黄金の薔薇』と讃えられている。だがアナの様子がおかしい。零れる涙をハンカチで拭きながらも、不満気に頬を膨らませている。

「アナ？　怒っているのか？」

「だって……ジーノ様は、フランセス様をお名前でお呼びしていらっしゃいますの……わたくしだって、フランセス様をお名前呼びするようになったのは社交界でよくお話しするようになってからですわ。ジーノ様ともよくお話しされるエカテリーナ様だって、ジーノ様がお名前でお呼びするようになったのはつい最近ですわ……それなのにフランセス様だけは……もう随分前からお名前でお呼びになっているって、フランセス様からお聞きしましたの」

アナは頬を膨らませて、ぷいっと顔を背ける。

フランセス嬢が積極的に私に近付くようになったのは、学園での剣術大会以降だ。あれ以降、彼女は私を見付けると話し掛けて来るようになり、会う度に自分を名前で呼ぶよう要請し続けた。最初は遠慮していたのだが、そう何度も断るのは社交上問題だ。彼女を名前呼びするようになったのは、そういった経緯だ。まるでやり手の営業マンのように彼女は押しが強い。

私は、これまでの経緯をアナに説明する。

「それに……ジーノ様は別働隊にフランセス様を選ばれましたの。騎士の方は他にたくさんいらっしゃいますのに、ジーノ様はフランセス様を選ばれましたの……」

それは当然だ。強固な砦も少数の内通者がいるだけであっさり陥落してしまう。フランセス嬢のリラード家はこれまで第一王子派だった家だ。こちらへ寝返ったと言ってはいるが、鵜呑みにする訳にはいかない。砦内に置くのは危険過ぎる。

出来れば後方に置きたい。だがリラード家は、当家の配下として前線での参戦を志願している。トリーブス家などの要望は聞き入れながら、リラード家の戦う決意のみ尊重しないのは社交上大問題だ。だから、失敗しても大勢に影響が無い別働隊の一部を任せた。

大声で説明出来る内容ではないので、アナの耳元で説明する。

「大丈夫ですわ。作戦をお変えしたくて、こんなことを申し上げているのではありませんの。ジーノ様にはなるべく本音をお話ししようと思って……それで、わたくしの醜い嫉妬心も正直にお伝えしただけですの」

なんだと⁉　アナが嫉妬してくれているだと⁉　本当か⁉　これは、夢か⁉　夢なのか⁉

「アナ！　君は！　世界一可愛い人だ！」

「そこまでです！　ジーノリウス様！」

思わず抱き締めてしまった。少し離れたところにいたブリジットさんは慌てて駆け寄り、強引に私をアナから引き剥がす。

「いい加減になさいませ！　総司令官であるジーノリウス様の号令を待って全軍の注目が集まっているときに、何を破廉恥なことをやらかしているんですか⁉」

周りは騎士や兵士ばかりだ。拍手をしたり、口笛を吹いたり、大声で囃し立てたりと、彼らしく盛り上がっている。アナは真っ赤になって、俯いてしまっている。

またやってしまった。今は仕事中であることも、全軍が私の号令を待っている最中だったことも、心がアナ一色で全て塗り潰されてすっかり頭から消えてしまった。

敵兵たちは大慌てで街壁の大門を閉じている。隣国王都正門から五百メルトの至近に突如敵軍が現われたのだ。驚きもするだろう。
これまで姿が見えなかったのは、ハンネスたちハートリー一族の協力のお陰だ。隠形術に長けた彼らは、一個大隊約五百人の姿を隠すことも出来た。姿を消してここまで侵入し、術を解いて今よ

うやく姿を見せたのだ。

弓も魔法も届かないこの距離で姿を現し、すぐに攻め入ることをせず傍観しているのには理由がある。民間人に避難する猶予を与えるためだ。王都内はもちろん王宮内にも民間人はいる。彼らがいない方が、こちらとしてもやりやすい。

ハートリー一族の隠形術なら、誰にも気付かれず王宮内に侵入することも出来た。だが、それはしない。この国の貴族を、これからこの隣国王都に招集する予定だ。街壁などに損傷を与え、武威を彼らに見せ付ける必要があるからだ。

私の担当は王都だ。別働隊の攻撃目標は、王都の他に七都市ある。戦争に積極的だった大貴族七家の領都だ。この国に潜入後、別働隊を八つに分けて各領都も襲撃させている。どの部隊にもハートリー一族が同行している。彼らのお陰で、気付かれずに潜入することは容易い。

二千人弱しかいない別働隊を更に八つに分けているのだ。王都を担当する私の部隊は五百人ほどいるが、少ない部隊では百二十人ほどだ。とても街一つを落とせる兵力ではない。

「さて、そろそろ良いだろう。作戦を開始しよう」

指輪に混元魔力を込める。元々この指輪に刻まれていたのは、時間加速の魔術回路だけだ。だが若返りの化粧水の莫大な収益のお陰で、指輪の石をより高価なものへと換装することも可能になった。大貴族の豪邸数件分の費用を投じて石をより高性能な素材へと替え、そこに新たな魔術回路を刻んだ。

指輪の魔術回路が作動し、虚空から十体のゴーレムが姿を現す。追加で刻んだ魔術回路は、ゴーレム召喚の魔法だ。王都郊外の屋敷地下を拡張して建造されたゴーレム基地から、この指輪でゴーレムを呼び出すことが出来る。

「あ、あれは何だ⁉」

「まさか！　悪魔か⁉」

「うわあああ‼　悪魔だあああ‼」

「ヒイイイイ‼」

正門が閉ざされたために街に入れなかった人たち、街壁の上からこちらを監視する兵士たちが大騒ぎを始める。

呼び出したゴーレムは、人の上半身に馬の下半身を持つケンタウロス型が四体、蜘蛛(くも)に人の上半身が載るアラクネ型が四体、人に近い形だが六本腕のアシュラ型が二体だ。全てのゴーレムが反物理・反魔法の効果を持つ漆黒の金属で全身が覆われている。悪魔という誤解も納得の外観だ。

アナの呪いの治療法を探し求め、私はゴーレムを製作した。万が一に備えて製造設備を調え、その後もこつこつとゴーレムを製作し続けた。これまでに製作したゴーレムは百九十八体だ。小規模の部隊で各都市を襲撃しているのは、各部隊にこのゴーレムがいるからだ。

もちろん、ゴーレムを召喚出来るのは指輪を持つ私だけだ。他の部隊には、隊を分ける前に貸し与えている。

本来なら、想定外の事態に備えて予備のゴーレムを基地に残しておくはずだった。だが、ゴーレム基地に予備のゴーレムはもう無い。予備は全てアナの護衛に回した。アナを護(まも)るのは三十八体のゴーレムだ。二万や三万の軍なら三分も掛からず殲滅(せんめつ)出来る。アナはきっと大丈夫だ。

心優しいアナのことだ。自分の身の安全を疎かにして兵士たちを守るよう、ゴーレムに命じてしまう危険がある。だからゴーレムの指揮権は、司令官のアナではなくメイド長のメアリに移譲している。

「ケンタウロス二十二番、前方の正門を破壊せよ。アラクネ四十五番、部隊を保護せよ」

「「命令受諾しました」」

ゴーレムは命令の音声入力が可能だ。私の音声命令を受け二体のゴーレムが動き出す。

ケンタウロス型の一体が、手に持つ槍を閉じられた王都正門へと向ける。槍の穂先で、肉眼でも視認出来るほどの濃密な魔力で魔術回路が描かれる。魔術回路は一瞬で完成し、荷電粒子魔法が発現する。魔法により速度と方向を制御された白色の荷電粒子ビームは、深刻な核融合を起こさないぎりぎりの速度を保ちながら精確に王都正門を捉える。その直後、間近に太陽でも出現したかのように周囲が光で真っ白になる。

一瞬でプラズマ化した正門は、周囲の物をその熱で気化させ、周辺の空気もまた急激に熱膨張させる。それが爆風となり轟音が響く。アラクネ型ゴーレムが魔法障壁を展開し、爆風から私たちを守る。

これらのゴーレムには、前世の警備用ゴーレムの技術が流用されている。警備用ゴーレムには、高度な魔法が使える前世の大人さえ簡単に制圧出来るだけの戦闘力があった。その上、リミッターやセーフガードなどの人を傷付けないための安全機構がこのゴーレムには無い。前世の街でよく見掛けた警備用ゴーレムとは完全に別物であり、前世の水準で見ても十分に兵器たり得る。

文明の遅れたこの世界なら、一、二体もいれば街一つ落とすには十分だろう。それでも各部隊に十体前後を同行させたのは、制圧後の治安維持のためだ。威嚇のため、街の各所にゴーレムを配置する必要がある。

部隊を前進させ、蒸発してしまった正門を抜ける。敵兵が襲い掛かってくるが、ゴーレムが展開する魔法障壁の中にいる私たちには弓も魔法も届かない。障壁の外で騎士や兵士を討伐するゴーレムは、魔法や矢を受けても傷一つ付いていない。魔法も矢も剣も防御さえせず、無言で淡々と討伐作業を続けている。

異形の黒い騎士たちが黙々と行う事務作業のような蹂躙に、敵兵は真っ青になる。私は、彼らに投降を呼び掛け続ける。投降した兵にはゴーレムが捕縛魔法を掛ける。

障壁の外で必死に剣を振り回す騎士たちを余所に、まるで散歩でもしているかのように、足を止めず真っ直ぐに王宮へと向かう。

王宮の大門も、王宮を守護する騎士たちも、固く閉ざされた王宮の大扉も、ゴーレムにとっては障害ですらない。大扉を蒸発させてあっさりと王宮内部に侵入すると、ゴーレムたちに王族の捜索を任せる。

いくつものセンサーを搭載したゴーレムは、壁の向こうも視認出来るし、人が聞こえない音も聞くことが出来る。すぐに見つかるだろう。

逃げる間もなく攻め込まれたため、王族は全員捕縛された。王族だけではない。王宮内で働いていた貴族も使用人も全て捕縛されている。数が多過ぎるため、いくつかの部屋に分けて閉じ込めている。この玉座の間にいるのは、王族と大臣たちだ。

「セブンズワース領にお前たちの軍が攻め入っているな？　進軍停止命令を出して貰おう」

半透明のチューブのような捕縛魔法でグルグル巻きにされ、床に転がる王に言う。

敢えて居丈高な物言いを王にする。周囲の大臣たちに敗戦を実感させるためだ。

「朕が素直に応じると思うのか？」

「応じないならそれでも良い。お前の首を前線に届けて、敗戦を教えるだけだ」

私を睨み付ける王は、心底不満そうに撤退命令の書面に署名した。

王はまだ気丈な方だ。こうして私に怒りを向けるだけの余裕がある。他の大臣たちの狼狽ぶりは本当に酷い。失禁している者もいる。

出陣のとき、私たちの国ではその家の誰かが軍と一緒に戦地へと赴く。しかしこの国には、そういった風習は無い。戦争は家の騎士団に任せ、自分たちは戦地から遠く離れた安全な場所にいるのが普通だ。

王宮にいる彼らにとって、戦争とは書類上のことだったのだろう。戦争を引き起こした張本人でありながら、自分たちが戦火に巻き込まれるとは思っていなかったのだ。

◆◆◆アナスタシア視点◆◆◆

「その人たちは……人間なのかい？」

アンソニー様が恐る恐るお尋ねになります。お顔は、引き攣っていらっしゃいます。

わたくしの周りには、ジーノ様がご用意下さったゴーレムの皆様がたくさんいらっしゃいます。下半身が馬の方、下半身が蜘蛛の方、人に近いお姿でも背丈は二メルト五十ほどあって六本の腕をお持ちの方、どなたもおよそ人間とは思えません。

「セブンズワース家は、こんなものをお持ちだったのですね……表面の魔紋も高度過ぎて、効果の見当さえ付きませんわ」

言葉は濁されていますが、だからこそ分かります。エカテリーナ様はこれを遺物の魔道具だとお考えです。さすがは、魔道具の名門と言われるバイロン家のご令嬢ですわね。皆様が悪魔ではないかとお考えの中、これが魔道具だと見抜かれています。

　正確には、遺物の魔道具(アーティファクト)ではなくジーノ様がお作りになった魔道具です。ですが、遺物の魔道具(アーティファクト)と同じ技術水準で作られたものなので、遺物の魔道具(アーティファクト)というご理解も正しいです。

　遺物の魔道具(アーティファクト)は、国宝や上級貴族家の家宝となるほど高価です。お持ちであることを知られてしまえば、それを狙った犯罪も起こる危険があります。遺物の魔道具(アーティファクト)だと気付いても知らないふりをするのがマナーです。

　ですがそれは、普通は遺物の魔道具(アーティファクト)を隠されるからです。こんなに堂々とお見せしているので、エカテリーナ様も扱いにお困りです。

「これは絡繰り(からく)人形なんですよ。私たちの味方ですから、何も心配は要りませんよ」

　メアリが代わりに答えてくれます。アンソニー様はほっとされています。

　皆様もゴーレムをとっても怖がっていらっしゃいます。このままでは、皆様のお仕事にも支障が出そうです。軍用馬車の幌(ほろ)の替え布がありますので、その大きな布で隠してしまいます。

「エカテリーナ嬢は、最前線のここで良かったのかい？　君は魔法門だよね？」

　アンソニー様がお尋ねになります。

　砦(とりで)最上階には各軍の指揮官がお集まりです。一騎士としてご参加のジャスティン様はいらっしゃいませんが、友軍司令官のエカテリーナ様やアンソニー様はこちらにいらっしゃいます。まだ敵軍もお越しではないのでお喋(しゃべ)りをしています。

「もちろんですわ。お友達が剣を取られて戦われるなら、わたくしも轡(くつわ)を並べますわ」

　わたくしのためにご参戦下さっただけでも、もう充分嬉(うれ)しいです。その上エカテリーナ様は、わたくしのお近くで戦われるために最前線をご希望下さったのです。本当に、とっても素敵で、とっても大切なお友達です。

「すごい勇気だね。君が強いことは知っているけどさ。それでも、武門貴族でもない女性が最前線を、それも自ら剣を取って戦うことを選ぶとはね。尊敬するよ」

アンソニー様がエカテリーナ様をお褒めになります。武門貴族の方は、勇敢な方を高く評価されます。

「敢然とドラゴンに立ち向かい、優雅にその首を斬り落とす者だけが貴族令嬢として讃えられるのです。たかが戦程度、恐れたりはしませんわ」

さ、さすがはエカテリーナ様ですわね。とっても凛々しいお言葉ですわ。

バイロン家の令嬢教育は、大変厳しいことで有名です。エカテリーナ様は学園時代、数人の騎士の方と共に九メルトもあるドラゴンの討伐に挑まれています。そして、自らの剣でドラゴンの首を斬り落とされ、討伐後は優雅に楽器を奏でられたと以前仰っていました。本物のドラゴンスレイヤーの方が仰ると、お言葉の重みが違います。

「皆様あ。軽食をお持ちしましたわあ」

ジャーネイル様はパンがたくさん入ったバスケットをお持ちになって、大きなお声で皆様に仰います。学園時代のジャーネイル様からは想像出来ない、とても大きなお声でした。

ジャーネイル様のような古門の女性は、お仕事を一切されません。家門の男性のご指示には全て服従される代わりに、何もせずに遊んで暮らすことが許されるのです。そのジャーネイル様が今、お食事を配られるお仕事をされ、あんなに重いものもご自身でお持ちになっています。

先ほどの大きなお声もそうです。ジャーネイル様は大きく変わられました。

パンの間には、新鮮なお野菜と赤色が残る燻製のお肉が挟まれています。お野菜などをパンの間に挟んだのは、任務中の騎士や兵士の皆様も召し上がりやすいようにというご配慮でしょう。

わたくしは、立ったまま食べるなんて恥ずかしいです。ご用意頂いた簡易テーブルに、エカテリーナ様と座ります。

ふとアンソニー様の方に目を向けて驚いてしまいます。わたくしたちがテーブルに着いても、アンソニー様は気を抜かれていません。砦の最上階から監視をされながらパンを召し上がっています。その横でなんと、ジャーネイル様もパンを召し上がっているのです！　お立ちになったままで、です！

「ジャーネイル嬢は随分変わったたね。立ったまま食べるなんて、武門貴族の女性みたいだよ」

「エカテリーナ様とかあ、アナスタシア様とかあ、そういう方を拝見してえ、ご自身の意志を貫かれているのが羨ましくなりましたのお。それでえ、真似っこの最中なんですのお」

「そうなのかい？　でも、今のジャーネイル嬢の方がずっと素敵だよ。特に、この最前線を志願したのは本当に驚かされたよ。剣を握ったこともない君がここに来るのは、僕たちがここに来るよりもずっと大きな勇気が必要だったはずだ。感動したし、尊敬せずにはいられないよ」

ついお二人のお話に聞き耳を立ててしまいます。とっても良い雰囲気です。あれだけ頑張られているのですから、良い結果になってほしいです。

「カチューシャ‼　無事か⁉」

「ええっ⁉　ヴィン様⁉　どうしてこちらに⁉」

お立ちになってしまわれるほど驚愕されたエカテリーナ様がお尋ねになります。

わたくしもびっくりです。汗びっしょりで駆け込んで来られたのはケヴィン様でした。エカテリーナ様のご婚約者様です。ヴィン様はケヴィン様の愛称で、カチューシャはエカテリーナ様の愛称です。

簡易テーブルにお座り頂き、お話を伺います。

エカテリーナ様が出陣されたことをお知りになったケヴィン様は、この戦争へのご参加をお父様にお申し出になりました。ですがケヴィン様のウィザース侯爵家はバイロン家とお立場がお近いお家です。バイロン家と同じく当家とは疎遠です。当然ケヴィン様のお父様は参戦をお認めにならず、お一人でも参戦されようとするケヴィン様を部屋に閉じ込めてしまわれます。

どうしてもエカテリーナ様に同行されたかったケヴィン様は、こっそり脱出され、乗合馬車などを乗り継がれてこの砦近くの街まで来られたそうです。街の防衛任務に就かれていた義勇騎士の方から、バイロン家は最前線にいらっしゃること、おそらく今日が開戦だということをお聞きになり、大慌てで砦まで来られたそうです。

「どうしてですの!?　どうして、そんな危ないことをされましたの!?」

そう仰るエカテリーナ様は、本気でお怒りです。

当然です。使用人も護衛も付けられず、鎧兜（よろいかぶと）はもちろん、着替えやお金もお持ちにならずに家を飛び出され、装飾品を売られたお金でこちらまでいらっしゃったのです。無鉄砲過ぎます。

「決まってるだろ!?　カチューシャを守るためだよ！」

エカテリーナ様は大きく目を見開かれて固まられ、それから乙女の表情で俯（うつむ）かれてしまいます。

普段は凛々しいエカテリーナ様ですが、ケヴィン様の前ではいつもこんな感じです。

正直なところ、ケヴィン様よりエカテリーナ様の方がずっとお強いと思います。ケヴィン様は文門貴族のご令息な上に小柄な方です。以前、大柄なジャスティン様に凄（すご）まれて涙目になっていらっしゃいました。でも、エカテリーナ様はとってても嬉しそうです。

「で、ですが、そんなにご無理をされなくても……」

「何言ってんだよ!?　カチューシャを守るために無理しなくて、いつ無理するんだよ!?」

ケヴィン様にとってのエカテリーナ様は、何をされても完璧で、お美しく、お歳も上のご婚約者様です。お可愛らしい弟になってしまわれないようケヴィン様も頑張られています。そのせいか、よく背伸びをされます。最近また、文門貴族の方なのに武門貴族の方の口調を真似されるようになりました。きっと、頼り甲斐のある男性というエカテリーナ様のご評価を期待されているのでしょう。

エカテリーナ様は、もうすっかり乙女のお顔です。クラスではあまり拝見出来なかった珍しいエカテリーナ様を、ジャーネイル様とアンソニー様はとっても楽しそうにご覧になっています。


「見えてきたね。あれが敵軍だな」

地平線近くのお山の陰から軍隊が現われました。お山の陰からは止め処なく人があふれ続け、見る見るうちにその規模は膨らんでいきます。迎撃の準備を終えているわたくしたちは、砦最上階の一番遠くが見える場所で敵軍をじっと眺めます。

アンソニー様とエカテリーナ様は余裕をお持ちですが、ケヴィン様は足が震えていらっしゃいます。もうお喋りをする余裕も無さそうです。

「あの黒くて大きな物が『太陽の花』かな。相当大きいね」

アンソニー様が仰る『太陽の花』とは、トールズデール王国が今回投入される新兵器です。隠密の皆様が集めた情報によれば、五階建ての建物と同じぐらいの高さで、向日葵のお花に似た形の兵器だそうです。軍事機密なのに情報が広まっているのは、隠しようがないほどの大きさだからです。

建造された街でも話題になるほど情報は広まっています。

　でも、今は向日葵の形ではありません。いくつかの部品に分割されて運ばれています。分割されていても相当な大きさで、台車に載せた部品一つを数十人で牽いていらっしゃいます。四分割されたお花の部分の数からして、投入されたのは全部で五基でしょう。

『太陽の花』は広域殲滅兵器です。対広域魔法装備をお持ちのゴーレムで対処されるというのが、ジーノ様の策です。ですが、戦争準備のお忙しい中で装備を作られたので数が十分ではなく、砦とその周辺しか防御出来ないとのことでした。砦から少し離れたところにいらっしゃる斥候兵の皆様などは防御の範囲外になってしまいます。

　わたくしなら、その問題を解決出来るかもしれません。『太陽の花』はまだ組み立てられていません。組み立てる前に壊してしまえば、あの兵器は意味をなしません。この距離ならわたくしの魔法が届きます。当たるかどうかは分かりませんが、とにかく届きます。

　……やるしかありません。被害の最小限に抑えるのが司令官のお仕事です。

「敵軍に伝令をお願いしますわ。今、敵軍がいらっしゃるのはセブンズワース領内です。即座に退去されるように、もし退去を始められないなら五分後に攻撃を開始するとお伝え願いますわ」

「アナスタシア夫人。高いところから見ているから分からないのかもしれないけど、敵軍の先頭までまだ五キルロはあるよ。弓も魔法も届く距離じゃないよ」

「大丈夫ですわ。この距離でも攻撃手段はありますの」

　ご心配下さるアンソニー様に、わたくしはそうお返しします。

「敵軍に警告を送ればよろしいのですわね？　でしたら、わたくしにお任せ下さいませ」

　そう仰ったエカテリーナ様は、使用人の方からラッパのような物を受け取られ、皆様にお耳を塞ぐよう仰います。

「トールズデール王国軍の皆様！　あなた方は今、セブンズワース家の領土を侵犯しています！即刻立ち退きなさい！　撤退行動を開始しない場合、侵略と見做して五分後に攻撃を開始します！」

　ものすごい音量でした。手でお耳を塞いでいても、まだお耳がキーンとしています。あのラッパは、お声をとても大きくする魔道具なのでしょう。

「撤退する気はないようだね。大笑いしてるよ」

「そのようですわね」

「ご覧になれるんですの⁉」

　人なんて胡麻粒程度の大きさです。それなのに、お二人はお顔までお分かりです。

「この遠見の魔道具のお陰ですわ」

「僕の一族はみんな目が良いんだ。星を見るのが好きだからね。これぐらいなら顔も分かるよ」

　エカテリーナ様は、お手に持たれた筒が魔道具だったのですね。

　驚きはアンソニー様です。トリーブス族の方はすごいですわね。同じ人間とは思えません。初等科からずっと同じクラスでしたけど、そんなに目が良いなんて存じませんでした。

　そのままお喋りをしていると、五分経ったことをエカテリーナ様がお教え下さいます。時間を正確に測る魔道具もお持ちだったのです。さすが魔道具で有名なバイロン家のご令嬢です。色んな魔道具をお持ちです。

「こ、攻撃を開始しますわ！」

　砦最上階の端でお空に手を向け、頭上で生まれた『飛び火』の火球を敵軍へと放ちます。火球はお山の中腹辺りに当たり、数秒後にずーんという重低音が響きます。

恥ずかしいですわ～。皆様が注目されているのに、全然違う方向に飛んでしまいました。ですが、まだまだこれからです。たくさん撃てば、きっといつかは当たります。わたくし、頑張りますわ！

もう一時間ほど撃ち続けています。敵軍の皆様は退散されてしまいました。『太陽の花』などの大荷物は置きっ放しです。その『太陽の花』に魔法を当てたいのですが、まだ一つも当たりません。この『飛び火』の魔法は魔術回路に照準機構が無く、ただ炎を飛ばすだけの魔法です。元々当てるのが難しい魔法なのです。照準機構がある魔法を使えれば良いのですが、わたくしが使える魔法はまだこれだけです。

それにしても、当たらな過ぎです。皆様は、ぽかんとしていらっしゃいます。きっと呆れていらっしゃるのでしょう。恥ずかしいです。でも頑張ります。頑張って、被害を減らすのです。

「やりましたわ！　当たりましたわ！」

喜びのあまりお声が出てしまいます。はしゃぐなんて、淑女として恥ずかしいです……。

二時間半ほど撃ち続けてようやく一つだけ当たりました。

「と……融けましたわ……」

遠見の魔道具を覗かれながらエカテリーナ様が仰います。

「色合いからして『太陽の花』の表面はアダマントだよね？　攻撃魔法は効かないはずなんだけどね。だから置いて行ったんだろうし……」

呆れたお顔でアンソニー様が仰います。

「ようやく一つ当たりましたわ。続けて他の部品にも当ててみせますわよ！」

「ほほほほほ。奥様は、あの『太陽の花』を壊したかったんですか？」

わたくしの独り言を聞いたメアリが言います。

「ええ。そうですわ」

「でしたら、絡繰り人形の皆さんにお任せした方がいいと思いますよ。さあさあ。ケンタウロス型絡繰り人形の皆さん、あそこにある大きくて黒いものを壊して下さいな？」

「「「命令受諾しました」」」

メアリのお願いで、下半身が馬のゴーレムの皆様が砦の端に並ばれ『太陽の花』の部品の方向に槍を向けられます。とても高度な魔術回路が槍の先に浮かぶと、そこから真っ直ぐな光が撃ち出されます。次の瞬間、目を開けていられないほど周囲が明るくなり、遠く離れたここまで爆風が届くほどの大爆発が起きます。

「これが……セブンズワース家がお持ちの……なんて恐ろしい……」

「嘘だろう？　……戦争そのものを変えてしまうほどの力だ……」

目を大きく見開かれてエカテリーナ様とアンソニー様は、それぞれ呟かれます。

「ヒィ！　あ、あ、悪魔だあああ！」

目隠しの布からお出になったゴーレムの皆様をご覧になって、ケヴィン様は腰を抜かされています。

煙が晴れると部品全てが跡形もありませんでした。すごいです。わたくしの『飛び火』よりずっと少ない消費魔力です。それなのに、高度な魔術回路と効率的な魔力運用で、わたくしの魔法よりずっと効果は上です。

「……わたくし、何の意味も無いことを頑張っていたのですね。最初から絡繰り人形の皆様にお願いすれば良かったですわ」

「そんなことありませんよ。絡繰り人形の皆さんは活動出来る時間に限りがあるみたいですからねえ。奥様みたいに辺り一面熔岩だらけにするなんて、この人たちには出来ませんよ。大量に魔法を撃つことで終わりが見えない絶望を感じさせて、敵軍を退散させたのは間違いなく奥様ですよ」

　メアリが励ましてくれます。

　川の向こう側は今、メアリの言うように地面の至るところが赤黒く光っています。『太陽の花』に全然当たらなくて、わたくしの魔法があちこちに当たったからです。

「そうだね。僕も驚いたよ。アナスタシア夫人が魔法を使えることも知らなかったけど、あの威力と速度の魔法を二時間以上も撃ち続けたのは本当に驚いたよ。敵も相当肝を冷やしたと思うよ」

　アンソニー様も励ましのお言葉を下さいます。

「その通りですわ。アナスタシア様、あなたは本当にすごい方ですわよ。宮廷魔法師でさえアナスタシア様の足下にも及びませんわ。間違いなく、有史以来最高の魔道士ですわ」

　そう仰るエカテリーナ様は、とても嬉しそうです。

「もちろん嬉しいですわ。歴史に名を残され、未来では伝説として語られる偉大な魔道士がお友達なんですもの。これからバイロン家での会話は全て記録しますわね？　遠い未来では、きっと貴重な資料になると思いますの」

　わたくしの手を握られて、エカテリーナ様は早口で仰います。大分興奮されています。

「あの……お話全てが記録になるのは困りますの……」

「奥様。今は喜ぶべきですよ。ジーノリウス様の予想を大きく上回る成果を上げたんですから」

　ブリジットが笑顔でそう言ってくれます。

そうですわ！　これならきっと、ジーノ様にもお褒め頂けますわ。うふふ。嬉しいですわ〜。どんなお顔でお褒め下さるのかしら？　楽しみですわ〜。

第十章　殺せないジーノリウスと殺すフランセス

◆◆◆ジーノリウス視点◆◆◆

アナたちが防衛に成功したという報告が入った。心底安堵した。

アナはなんと、たった一人で三万近い軍勢を追い返してしまったそうだ。遠距離からいつまでも放たれ続ける魔法を見た敵軍は、砦に辿り着くまでに全滅すると判断し、そのまま撤退したらしい。妥当な判断だ。照準機構を持たない『飛び火』の魔法でも距離が近ければ命中する。そのまま進軍していたら、全滅するのは火を見るよりも明らかだ。

恐ろしいほどの費用をつぎ込んで建造した新兵器も、使用される前にアナとゴーレムが破壊したとのことだ。現地では、アナを讃える声で溢れているという。

ふふふふふ。実に気分が良い。そうだ。アナは凄いのだ。

「ほっほっほ。大分ご機嫌のようで何よりですのう」

マシューーがそう言って笑う。嬉しくて、廊下を歩きながら笑みが零れてしまった。

政治的にもアナの活躍は実に有り難い。特に、力を見せ付けることで交戦せずに追い返したのは満点だ。死傷者が多いと、この国の統治も難しくなる。ゴーレムに戦わせていたら、この結果にはならなかった。アナが自ら戦ったからこそ得られた成果であり、全てはアナの功績だ。

マシューーと共に会議室に入る。他の人たちはもう全員来ているようだ。

私は今、占領下に置いたトールズデール王国の王宮にいる。今日はこの国の主立った貴族を招いての会議だ。王族を捕縛したからといって戦争が終わる訳ではない。軍権の一切を中央が握る前世の国とは違い、この国では各領主も軍権を持つ。彼ら全員に敗戦を認めさせないと戦争は終わらない。

「まずは現状を説明しよう」

私の合図と共に、騎士と兵士が木箱をいくつも運び入れる。

私が別働隊の各部隊に指示したのは領都の占領だけだ。戦略の自由度を狭めないよう敢(あ)えて詳細な指示はしていない。何も血を流すだけが占領の方法ではない。懐柔して無血開城という手もある。

具体的な判断を任せられた他の別働隊は、どの部隊も攻撃目標の貴族家を皆殺しにしてしまった。襲撃時は領都にいなかった者も、捜し当てて討ち取ってしまっている。当家の騎士が率いる部隊も、リラード家が率いる部隊もだ。まるでそれが当然であるかのように、だ。

セブンズワース領の蹂躪(じゅうりん)を目論(もくろ)んでいた者たちだ。当主や夫人など意思決定者の討伐は仕方が無い。だが幼い子供までは、さすがにやり過ぎのように思える。

運ばれて来た箱は、彼らが持ち帰った塩漬けの首級だ。集まった貴族たちに現状を伝えるのに、これ以上の物証は無い。

「もう良い‼　全て分かっているぞ！　貴様、どうあっても当家を滅ぼすつもりなのだろう⁉」

戦争に積極的だった七家の末路についての説明を終え、次に王家についての説明をしようとしたとき、一人の貴族が怒声を上げる。サルーシュ公爵だ。軍事力ではこの国随一の家の当主だ。国王寄りの家だが、戦争には反対していた。戦争により家業の交易が打撃を受けるからだ。

彼の言葉の意味が分からない。発言の意図を尋ねようとしたところで固まってしまう。テーブルに着いていた鎧姿のフランセス嬢が突然立ち上がり、つかつかとサルージュ公爵に向かって行ったからだ。表情は無く、何を考えているのか読めない。

「な……」

驚愕で声が漏れてしまう。私だけではない。悲鳴や驚愕の声はあちこちで上がる。

サルージュ公爵の前に立ったフランセス嬢は、剣を抜くや否や公爵の首を斬り飛ばしたのだ。眉一つ動かさず、彼女は人を殺してみせた。

転がる首を無造作に掴み、驚愕したまま固まるサルージュ公爵の侍従の手元に投げる。

「帰って戦支度をしなさい」

怒りもせず笑いもせず、フランセス嬢は無表情なまま冷酷な声で言う。

「皆様、お忘れではありませんか？　今はまだ戦時中で、ここはわたくしたちに攻め滅ぼされた王宮ですわ。平和だった頃の王宮と同じ場所だとお思いでしたら、簡単にお命を失いますわよ？」

凍り付いた会議室でフランセス様はそう言い、出席者全員に向けて優雅に微笑む。そして、私に一礼してから席に着く。その一礼によって、全員の目が私へと向かう。

やられた……私への一礼で、私の命令でしたことになってしまった。

それにしても、さすがは『黄金の薔薇』だ。恐ろしいまでの果断さだ。決断力は指導者に求められる資質だ。指導者としての彼女は、私などより遙かに優秀ということだ。

その事件のお陰で、その後の会議は順調に進んだ。こちらの提案に異議を唱える者は無く、ほぼ無条件降伏の形で停戦合意が成立する。

この国はセブンズワース家の領土となった。滅んだ王家と大貴族七家の領地や財産は、当家と戦争に参加してくれた家や個人で分け合うことになった。この国の貴族たちは当家の臣下となった。

◆◆◆ハンネス視点◆◆◆

「ハートリー家は孫に任せてえんだ。それから、俺を家門から抜けさせてくれ」

占領した王宮の一室を執務室にして、旦那は忙しそうに働いていた。そんな旦那にそう言って、最近覚えた貴族の礼法で頭を下げる。貧民街の坊主が、今じゃセブンズワース家の公爵で、俺の主君だ。世の中、何があるか分からねえもんだ。

予想通り、旦那は驚いた顔をしている。無表情な奴だが、最近は少し表情が分かるようになった。

「構わないが、何があったのだ？」

「すぐに分かる……必ず戻って来て、それで俺が責任を取る。俺一人が悪いんだ。だから、ハートリー家には何もしないでくれ」

「待て！　何をするつもりだ!?」

旦那の言葉を無視して俺はとっとと執務室を出る。

トールズデール王国との戦争に、旦那は勝った。あっという間に王族を捕らえて、この国を支配下に置いちまった。貧民街にいた頃から只者じゃないと思っていたが、本当に凄え奴だった。

だが、旦那が処刑したのは、王と戦争賛成派の大臣だけだ。元王子やらの他の元王族は殺さなかった。余生を静かに暮らすことを条件に、そいつらを辺鄙な場所に追放しやがった。

とんだ甘ちゃんだが、それも仕方ねえ。旦那はまだ、二十歳を過ぎたばかりのガキなんだ。学園とかいうところでこれまで平和に暮らして、ようやく社会に出たばかりだ。そんな奴が出来る決断じゃねえことは、俺にだって分かる。

こういう仕事は、大人がするもんだ。汚れ仕事に慣れた大人がな。

「どちらに行くんですかのう？」

セブンズワース家に占領された王宮の廊下を歩いていると、爺さんに話し掛けられる。俺の上司……いや、辞めたからもう元上司か。元上司のマシュー執事長だ。この俺が、この距離まで近付かれても気付かなかった恐ろしい爺さんだ。

「やらなきゃならねえ仕事があるんだよ」

「ジーノリウス様のご指示ですかのう？」

「いや、俺の独断だ。だがな。絶対に旦那の、そして俺の一族のためになる仕事だ」

「……もしかして、先ほど王宮を出た元王族の始末ですかのう？」

ぎくっとして、思わず身構えてしまう。爺さんの目を見る……殺意は無い。

「そうだ。ありゃ、どう考えても悪手だ。悪いが、どうあっても行かせて貰うぜ？　もう家門は抜けた。あんたの指示は聞かねえ。あんたにゃどうやっても勝てねえが、逃げるだけなら出来るぜ？」

これでも俺はシノビの頭領だ。しかも旦那に足を治して貰ったお陰で、今は昔と同じ動きが出来る。この化け物からだって、今なら逃げられる。

「奇遇ですのう。実は私もその仕事をしようと思っていましてのう」

「はっ⁉　爺さんもか⁉」

「ジーノリウス様たちお二人はまだお若いですし、お二人ともお優しい方々ですじゃ。非情な決断が必要なときは私の方でするようにと、大奥様からご指示を受けておりましてのう」

大奥様っていうと『女帝陛下』って言われる方か。まだ会ったことはねえが、そこまで読んで事前に指示するとは、相当な切れ者だな。

「ハンネスは良かったんですかのう？　せっかく居場所が出来たというのに、家門を抜けてしまって」

並んで廊下を歩いていると、爺さんが話し掛けてくる。

「旦那には世話になったからな。一族の居場所を作って貰って、返しきれねえほどの恩を受けた。俺の命一つじゃ返しきれねえほどのな。旦那のためなら、命ぐらい捨ててやっても惜しくはねえな」

「家門に入ったばかりなのに、大した忠誠心ですのう」

「いや、忠誠心だけじゃねえ。理由なら他にもある。このまま元王子どもを逃せば、戦乱の火種になることは間違いねえ。戦が起きれば、また一族の誰かが死ぬ……ヘキサゴン家の仕事じゃ、俺が下手を打っちまったからな。そのせいで……一族の奴らは沢山死んじまった。俺はもう、嫌なんだよ……また一族の誰かが死ぬなんて、そんなの、耐えられねえんだよ……だから俺の忠誠は、爺さんが思うほど立派なもんじゃねえよ」

「……忠誠の理由なんて人それぞれですからのう。一族を想って（おも）の忠誠も、十分に立派だと思いますぞ？　ちなみに、私の忠誠の大半は親父（おやじ）のせいですじゃ」

「親父さんのせい？」

「もちろん、物心付いてからずっとセブンズワース家に忠誠を捧げて（ささ）きましたからのう。命を惜しまない程度の忠誠は昔からありましたぞ。それが変わったのは、親父が逝った日ですじゃ。今際（いまわ）の際（きわ）に、私の手を握りながら親父が言いましたのじゃよ。『鋼の忠誠』の家訓だけは貫き通してくれ、とのう。親父も祖父も命懸けで守り通したものを、どうか守り通してほしいと、そう言われましてのう。ここは実力以上に忠誠が評価される家門ですじゃ。だから親父も、家の未来を考えてあんなことを言ったんだと思いますがのう。それでも……大昔に肩車をしてくれた親父の最期の言葉は

「……重いですのう」

「……そうか。親父さんには、従わないとな」

◆◆◆ジーノリウス視点◆◆◆

「俺たちが独断でやった。全て俺たちの責任だ。だから俺たちの首で赦してくれ」

手枷を嵌められ、私の前で正座をするハンネスが言う。手枷は自分で嵌めたものらしい。手枷こそしていないが、その横にはマシューも正座している。正座は貴族の礼法ではない。だが、セブンズワース家には正座の作法があり、義父上もたまに義母上の前で正座している。

辺境に向かうトールズデール王国の元王族たちの馬車が襲撃された、という報告があった。王族は全員討ち取られたとのことだ。その犯人が、目の前に座るハンネスとマシューだという。

「すまなかった。余計な苦労をさせてしまった」

使用人にハンネスの手枷を解かせて二人を立たせ、深々と謝る。この状況で元王族を生かしておいたら、高確率で反乱が起こる。そんなことは、私にだって分かる。彼らがしたのは、私の失策のフォローだ。何も間違ったことはしていない。

反乱の火種だと分かっていても処刑しなかったのは、単に殺せなかっただけだ。元王妃は、我が子の助命を涙ながらに希った。元王子たちもまた、母親や兄弟を助けてほしいと泣きながら懇願した。涙を流して抱き合う家族を前にして、処刑という決断は下せなかった。

「気持ちは分かるが、元王族どもは別に可哀想でも何でもねえぞ？　これまでみんなから敬われて、平民が想像も出来ねえような贅沢な暮らしして来たんだからな。良い思い出来たのは、こういうとき死ぬ責任の奴だからだ。王族ってのは、重い責任を背負って生まれるんだ。だから、たとえ処刑しても旦那は悪くねえ。そいつの生まれのせいで、そいつが今まで贅沢に暮らして来た対価だ」

私の弁明を聞いたハンネスは、そう言う。

人間の欲の全てを完璧に満たす家庭環境など存在しない。前世の日本でも、誰もが大なり小なり自分の環境に不満を持っていた。生まれた環境に誰もが制約を受け、何の縛りもなく思うがままに生きられる者などいなかった。しかしそれでも、平等主義の国で暮らす彼らは、身分制社会の貴族よりはずっと自由に生きられた。

王族や貴族の生まれによる窮屈さを、この時代の人は当たり前だと思っている。ハンネスもそうだ。だから可哀想ではないと言い切れる。しかし前世の日本を知る私は、生まれのために死ななくてはならない王子たちを哀れに思ってしまう。

正直、割り切れない。王や大臣たちが処刑されるのは分かる。戦争という無数の死傷者を生む決定を下したのは彼らだ。その責任を、彼らは負うべきだ。しかし王子たちは、政治にも関われないほど幼かった。あの子供たちに、一体何の罪があるというのだろうか……。

「旦那、ズレてるぜ。罪があるから殺すんじゃねえ。生かしておくと味方に沢山死人が出るから殺すんだ。戦争ってのはそんなもんだ。戦場じゃ敵兵を殺すが、別に敵兵が罪を犯したから殺すんじゃねえ。生かしておくと味方が死ぬから殺すんだよ。敵国の王族ってのは、生きてるだけで味方が死ぬ奴らだ。だから殺すんだよ」

物言いから分かる。ハンネスが悪いと思っているのは、独断で動いたことだけだ。元王族の命を奪ったことについては、微塵も悪いと思っていない。

家族や仲間を守るために敵を殺す――ハンネスにとって、それが正義であり、善行なのだろう。

「そりゃ正義だろうよ。自分や仲間を守るためなんだ。何が悪い？　誰だって、話したこともねえ王子の命よりは仲間や家族の命が重いだろ？」

そうだろうな。誰だって大切な人たちの命の方が重い。この戦争に参加した騎士や兵士も、おそらくハンネスと同じ考えだ。それがこの時代の常識であり、前世の記憶を持つ私だけが異質なのだ。

「そうか……それが正義で、それが善なのか……」

考え込んだ私は、独り言を呟いてしまう。

戦争とは無縁だった前世の日本では、殺人は絶対悪だった。しかし戦場では、仲間を守るための殺人が正義だ。それが正義なら、自らの手が汚れることを嫌い仲間を危険に晒すのは悪だろう。

時と場合により物事の善悪は変わり、殺人が善にも悪にもなったりする。しかし、善行の芯にはいつも大切な人を想う心がある。ハンネスもそうだ。仲間や家族を考えて、その結論に至っている。

大切な人を想う心という善の基軸だけは、時代や国が違っても変わらない。

私は……殺人が絶対悪だった前世の価値観から抜け出せなかった私は、味方を想う気持ちが足りなかったのだ。反乱で真っ先に被害を受ける民や末端の兵士たちのことを、家族や友人を想うほどには真剣に考えてはいなかったのだ。

慈悲深い王も、民に優しい国も、犯罪者や反乱首謀者にまで優しい訳ではない。守るべき基準があり、厳格な側面もある。為政者が守るべき厳格な基準は、彼が顔を見たこともない民たちのためにあるものだ。その基準を守れなかった私は、やはり領主失格だ。

「失格ということはありませんぞ。ジーノリウス様は、お優しいままで良いと思いますのじゃ。セブンズワース家を明るい未来へと導く貴重な資質ですからのう。それで問題が生じたとしても、大したことはありません。その問題に対処出来る者なら、当家には沢山おりますからのう」

優し気に笑いながらマシューが慰めてくれる。

「俺も、旦那はそのままで良いと思うぞ？　家門の繁栄は、家門のみんなでやれば良いんだ。旦那一人で全部する必要はねえよ」

マシューの言葉に「その通りだ。この家は、笑えるぐらいに化け物揃いだ」と大笑いをしてからハンネスが言う。

つくづく思う。私は人に恵まれている。

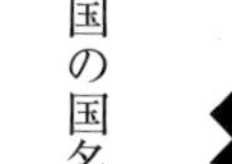

征服した国の国名が変わった。以前はトールズデール王国だったが、今はセブンズワース大公国だ。

便宜上、私の肩書きに大公が追加となった。

これこそ、この戦争で敵国を滅ぼした理由だ。大公国を建国すれば、自治権が認められる。アナを差し出すことを強要する法律を陛下が制定しようと、もう従う必要は無い。

元より王家を凌駕する権勢だったセブンズワース家だ。それが隣国を丸呑みしたので、王家を簡単に滅ぼせる程の力を持つに至っている。たとえ建国に不満だろうと、陛下はもう当家への武力行使は出来ない。支配下には広大な旧隣国領もある。経済封鎖も無意味だ。この戦力と国力こそ、大公国がアナを守る盾として機能するために必要なものであり、隣国を滅ぼしたのはこれを得るためだ。

本来なら建国式典や大公就任式典などを行うのだが、今は終戦処理と建国業務で多忙を極めている。式典などは全て後回しだ。急ぎ過ぎなぐらいに急いだ建国だが、一刻も早くアナの安全を確保したかったからだ。

大公になってもルッキズア王国の公爵位を捨てた訳ではない。国家元首である私はルッキズア王国の臣下でもある。形式上、この国はルッキズア王国の従属国だ。

この状況を面白く思っていない人がいる。ルッキズア王国の陛下だ。

「やはりこの領土を治めるのは、この国の王族であるべきかと思います。陛下あってこそのルッキズア王国です。獲得した領地は一度全て王家に献上して、王家からの領土の下賜を待つべきです」

だからルッキズア王国から来た使者は、こんな荒唐無稽な主張をする。

「領土については切り取り次第と約定したではないか。契約書も作っている」

新たに領地を得たなら間違いなくこうなると予想していた。だから予め切り取り次第の約束を取り付けておいた。案の定そうなってしまい、気分が沈む。

「そうは言いましても、やはりここは慣例に従って自らのご意思で領土を献上するのが筋ではないかと思います」

「慣例に従うなら、王族自ら戦場に立つべきだったな。戦場に顔も出さなかった王家が、領土を接収するのは慣例から外れている」

確かに、獲得した領土の分配は王家がすることが多い。これは慣例と言っても良い。だがそれは、通常なら王家も参戦するからだ。貴族は領地を、王家は国を守るために率先して戦うのがルッキズア王国の常識だ。

国を守るための戦いで王家が参戦しないのは異例中の異例だ。そして、参戦しなかった部外者に領土の分配を任せるのはおかしい。

「な、なんと不遜な!!」

使者は怒り始めた。本当に面倒臭い。

「そもそも、大公国の建国とは、どういうことですかな!? そんなものは認められませんぞ!!」

「そちらも約定通りだ。契約書もある」

かつてセブンズワース王国は、ルッキズア王国と同程度の力を持つ国だった。戦争を避けるため、セブンズワース王国はルッキズア王国に臣従した。その際、特別待遇が認められている。公式の場で戴冠が許されるのもそうだし、不当な扱いを受けた場合は即座に建国出来るのもそうだ。

敵国が使っていたこの王宮で書類を漁っていたら、現陛下と敵国との内通の証拠が出てきた。陛下は、隣国を使ってセブンズワース家を滅ぼそうとしたのだ。

戦争が必要な国内事情も無いのに、突然隣国が侵略を始めたのはこれが理由だった。セブンズワース領侵略の際に王家は派兵しないことや、当家滅亡後の領土や事業の分配について、協定書には事細かに定められていた。大公国建国の条件である「不当な扱い」としては、これで十分だ。

もっとも、大昔の契約だ。もしかしたら、この使者や陛下は知らないのかもしれない。使者は下級文官だし、陛下は王太子教育を受けていない。だが、彼らが知らなくても契約は今も有効だ。

「とにかく!! 何の正統性も無い建国です!! 単なる自称国家に過ぎません!!」

「正統性と言えば、陛下の王位にも正統性に問題があるな」

「な、なんと不敬な!!」

「当家では、ディートフリート様を保護している」

「な、な、なんですと!!?」

しばらく固まっていた使者だが、我に返るなりディートフリート様、つまり第三王子殿下との面会を要請して来る。使者が三等書記官であったため、私はその要請を断る。自業自得だ。こちらを格下扱いするために、わざわざ王族との謁見も許されないような下級文官を送ってきたのが悪い。

重大情報を掴んだ使者は、大慌てで帰って行った。ようやく静かになった。

第三王子殿下はセブンズワース領内にいる、おそらく陛下はそう予想するだろう。情報を得るために、大量の人員をセブンズワース領に派遣するはずだ。

それで良い。大量の人員をセブンズワース領内に割けば、他に目を向ける余裕が無くなる。これは、領地の外で忙しくしている義母上たちへの援護射撃だ。保護する見返りとして、自分たちを利用しても構わないと王妃殿下は言っていた。その言葉に甘えさせて貰った。

援護の一環として、ハンネスたちハートリー家の者たちも義母上の許へと向かわせてもいる。

第三王子殿下たちは大丈夫だ。騎士にゴーレムの指揮権を与えて殿下たちの許へと送っているし、ハートリー家の者も付けている。多数のセンサーにより人間を超える知覚を持つゴーレムなら不意打ちにも対応出来るし、隠形術が得意なハートリー一族がいれば、最悪でも逃げるくらいは出来る。

これで、きっと全て上手くいく。

第十一章　勇者ジーノリウスと幸せを諦めないアナスタシア

「困ったことになったな」

旧トールズデール王国王宮、現セブンズワース大公国第二宮殿の執務室で独り言を呟いてしまう。

各地で反乱が起こっている。反乱を起こしていない貴族たちも面従腹背だ。いつ反乱を起こすか分からない。やはりハンネスたちは正しかった。元王族が今も生きていたなら、反乱はより大規模なものになっていただろう。

「これまでの体制下で甘い汁を吸ってきた者たちは、甘い汁を吸い続けようと無理をしますからのう。体制が変われば必ず反乱を起こす者たちですじゃ。ジーノリウス様の責任ではありませんぞ」

私を慰めるようにマシューが言う。

反乱が起こってしまったのは、そうだろう。反乱もクーデターも、巨大な権益のためにするものだ。だが、もう少し遣り様はあったと思う。大公国内の各地に派遣されている隠密が少ないため、状況把握が後手に回ってしまっている。それが反乱を許してしまう大きな理由だ。

しかし隠密の数を増やすことは出来ない。義母上たちも今、大量の隠密を使っている。少ない情報からも的確に状況を把握出来るだけの技量が、私にあれば良かった。

「ジーノ様！」

「アナ⁉　どうしてここに⁉」

執務室の扉を開けて入って来たのは、なんとアナだった！

通常、貴族が来るときはその前に先触れが来て来訪を知らせるものだ。だが、先触れは無かった。

「先触れと一緒に参りましたの」

「何故そんな危険なことを？」

「申し訳ありません。ジーノ様にもしものことがあったらって、わたくしずっと不安でしたの。それで、お近くまで来たら、ジーノ様にお逢いしたい気持ちが抑えられなくなってしまいましたの」

なんだと⁉　アナが⁉　アナが、それほどまでに私に逢いたかっただと⁉

「アナ！　私も逢いたかったぞ！」

「そこまでです！　ジーノリウス様！」

「ぐっ？」

アナへの愛おしさが爆発して、思わずアナを抱き締めようとしてしまった。ブリジットさんは私の鳩尾に掌打を撃ち込んでそれを押し止める。

「ジーノリウス様！　真っ昼間の執務室で破廉恥なことはお控え下さい！」

ブリジットさんがお説教の声を上げる。アナは真っ赤になって俯いてしまっている。

「ジーノリウス様。どちらに行かれるんですかのう？」

アナを連れて執務室を出ようとすると、背後からマシューが声を掛ける。

「久しぶりに逢ったのだ。これからアナとお茶でもしようと思う」

二ヶ月もアナに逢っていなかった。アナの話を聞きたい。砦の防衛で大活躍した話も詳しく聞きたいし、エカテリーナ嬢たちと砦でどう過ごしていたのかも聞きたい。とにかく、今はただアナと二人だけの時間を過ごしたい。アナとの時間で今日はとても忙しいのだ。仕事をしている時間など無い。

「反乱も起こっていますし、せめて昼間はお仕事をして頂きたいですのう」

「ええっ⁉　は、反乱⁉　……ジーノ様。お仕事の方が大事ですわ。わたくしもお手伝いしますわ」

「む……そうか……では仕事をしよう……」

落胆は隠せなかっただろう。アナとの二人だけの楽しい時間が露と消えてしまった。一緒に仕事をするのも良いが、アナは長旅を終えたばかりだ。疲れているところで無理をさせる訳にはいかない。アナには先ず休んで貰うことにする。

砦の防衛に当たっていた軍勢をアナが連れて来てくれたお陰で、様々な問題が解決した。新たにセブンズワース家直轄領となった領地の整備は順調に進んでいるし、反乱に対処するための兵力も急増した。しかし、それでも兵力が足りない。

旧トールズデール王国は、セブンズワース領よりもずっと広大であり、人口も多い。信頼出来る当家の人材だけでは管理し切れない。これは、反乱が起こる理由の一つでもある。兵力が少ない当家の統治は、長くは続かないと見ている者が多いのだ。

この状況を覆すにはゴーレムの活用が有効だ。ゴーレムの戦力を見れば、何故負けたのかすぐに理解出来るだろう。だが、ゴーレムの数が足りない。予備のゴーレムは全てアナの防衛に回してしまっているから、ゴーレム基地にはゴーレムが一つも無い。

アナの防衛のためのゴーレムは今、砦の防衛に当たらせている。旧隣国領では反乱が頻発している。反乱軍がセブンズワース領に攻め入る可能性もあるので、砦の防衛を疎かにする訳にはいかない。

しかし砦の防衛は、いつまで続くか分からない。期間が長くなると友軍として参加してくれた各家の費用負担も重くなる。友軍として参加した各家もまた、戦争で得た領地の管理のために兵力が必要な状況だ。だから防衛の大半をゴーレムに任せ、各家には軍を引き上げて貰っている。

指輪で召喚出来るのは、基地にあるゴーレムだけだ。ゴーレム召喚には、送る場所と召喚する場所の双方で魔術回路が必要になる。召喚側の魔術回路は私の指輪に刻まれているのでどこでも問題ないが、送る側の魔術回路が設置されているのはゴーレム基地だけだ。他の場所には無い。

私自ら各地に赴いてゴーレムを回収して回るしかない。ゴーレムが有り余っている砦から回収するのが一番だが、国境までは遠過ぎる。近場の街を巡って回収することにする。

やれやれ。せっかくアナに逢えたのに、逢って早々にまた離れ離れだ。

回収したゴーレムと共に、騎士や兵士を反乱が起こった各地へと送り出した。反乱軍には投降者が相次ぎ、治安も回復に向かっている。やはりゴーレムの外観と戦力は大きな衝撃だったようだ。

反乱勢力は『悪魔の軍勢』と呼び、大層怖がっているそうだ。ちなみに当家の兵たちは『鋼鉄の黒騎士団』と呼んでいる。いずれにせよ、ほとんどの人がゴーレムを生物の類いだと思っている。

「ジーノ様！　大変ですわ！　お母様からご連絡がありましたの！」

慌てた様子でアナが駆け込んで来る。

手に持っている手紙を読ませて貰う。

——問題発生。ジーノリウスとアナスタシアは至急セブンズワース領に戻れ　ジェニファー・セブンズワース——

書かれていたのはそれだけだった。手紙には小さく畳まれた形跡がある。伝書鳩を使ったのだろう。伝書鳩は、間者に捕らえられて手紙を盗み見られる可能性もある。具体的な内容を書かないのもおかしくはない。

「お母様がこんなお手紙を下さったことなんて、これまで一度もありませんわ。何があったのでしょう……」

アナは不安そうだ。

義母上の場合、伝書鳩はよほどの急用以外では使わない。鳩が途中で猛禽類(もうきんるい)などに襲われたり間者に捕らえられたりして、手紙が届かないこともよくある。不確実性も情報漏洩(ろうえい)の危険性も高い伝書鳩を、義母上はあまり好まない。

義母上が伝書鳩を使うとしたら、よほど切羽詰まったときだけだろう。情報漏洩のリスクを承知の上で一刻も早く知らせたいなら、伝書鳩を飛ばしつつ密書を持たせた伝令も走らせるはずだ。

アナが不安そうな顔をしているのは、それが理由だ。おそらくは、かなりの緊急事態だ。

「鳩は当家の鳩だったのか?」

「はい。当家で管理する鳩で間違いないそうです」

私の質問にブリジットさんが答えてくれる。

鳩は当家のもので、手紙で使われている暗号も当家の暗号か……義母上らしくはないが、義母上が送ったものなのだろう。

「私とアナは、急ぎセブンズワース領に戻る。かなりの緊急案件のようだから、足の速い騎馬だけで行く。マシュー、部隊を編制してくれ。時間が惜しい。小規模で良い」

大公国はしばらくマシューに任せ、私たちはセブンズワース領へと向かうことになった。

アナと共にセブンズワース領へと向かってから今日で三日目だ。急ぎのため、アナも馬車ではなく騎馬だ。護衛の騎馬隊は一個中隊の約二百人。不安定な領地を移動する際の護衛としては心許ない。

しかし、これでもかなり無理をして掻き集めている。各地で起こった反乱への対処で、旧隣国王都には兵力に余裕が無い。数日掛けて兵を呼び戻すのでは時間が掛かり過ぎる。

護衛は約二百人だが、私の周りには五十ほどしかいない。百五十は索敵のため広範囲に先行させている。足の速い小規模な軍勢のときは、いち早く敵を察知してさっさと逃げるのが上策だ。

今回、ゴーレムの同行はゼロだ。ゴーレムは兵以上に数が足りていない。帰り道で砦に寄ってゴーレムの一部を回収する予定だ。まだ砦の防衛は必要な状況だが、三十八体のゴーレムは過剰戦力にも程がある。

「なに⁉」

驚愕のあまり声を上げてしまった。馬もまた驚き、前足を高く上げる。慌てて馬を制御する。

つい先程まで、誰もいない平原だった。しかし森を抜けて平原の三分の一ほど進んだところで、突然目の前に万を超える大軍が現われた。

白馬に乗った女性が一騎でこちらに近付いてくる。

「ご機嫌麗しゅう存じます。皆様ならきっと、早くて安全なこの経路を通ると思っていましたわ」

馬から降りた女性は話し掛けてくる。フランセス嬢だった。私とアナも馬から降りる。

「どういうつもりだ?」

「誠に申し訳ありません。お二人には、ここでご逝去頂こうと思いますの。でもわたくしたち、知らない仲ではありませんでしょう? ですから、最後にお話するお時間を頂きましたの。ああ。わたくしを人質にされるおつもりでしたら無駄ですわよ? 娘可愛(かわい)さで千載一遇の好機を逃すような父ではありませんから」

父ということは、リラード公爵もこの軍にいるのか。彼がこの軍勢の意思決定者なら、リラード家が中心の軍勢と言うことか。

「……なるほどな。軍勢を隠していた魔法が、リラード家の家伝魔法か」

「ご明察ですわ。諜報(ちょうほう)系魔法は皆様に嫌われやすいですもの。ですから秘密にしていますの」

隣に立つアナに目を向けると、貴族らしい落ち着いた表情をしている。だが顔は真っ青だ。手も震えている。恐怖を押し殺して懸命に表情を作っているのが分かる。

何とかしてアナを助けなくてはならない。だが妙案が思い浮かばない。

ゴーレムは基地にストックが無いから召喚出来ない。千や二千ならともかく、この兵力では私の魔法でも無理だ。途中で魔力が尽きてしまう。そうなれば私は、一般人と変わらない。

それはブリジットさんたちも同じだ。この大軍が相手では途中で『気』を使い果たしてしまう。私と同じく、途中で戦力激減だ。

アナの魔法でも駄目だ。アナは防御魔法が使えない。敵軍から矢も魔法も届くこの距離では、簡単に殺されてしまう。

アナに攻撃を任せ、私やブリジットさんがアナの護衛に回っても駄目だ。熱量が大き過ぎて、アナの魔法は至近距離では使えない。押し包まれて全周囲から激しい攻撃を受けたときの対処は私やブリジットさんがすることになるが、やはり途中で私の魔力やブリジットさんの『気』が尽きてしまう。

くすくすとフランセス嬢が笑い出す。

「やっぱり『鋼鉄の黒騎士団』をお呼びすることは出来ませんのね？　危険な賭(か)けでしたが、勝てたようでほっとしましたわ」

「何故そう思う？」

まだ誤魔化せるかもしれない。その可能性を探るためフランセス嬢に尋ねる。

「何も無いところから突然『鋼鉄の黒騎士団』が現われたときは、本当に驚きましたわ。そしてその強さは、もう驚きを通り越して恐怖でしたわ。でも、同時に思ったんですの。これほど強力な遺物(アーティファクト)の魔道具を無限に生み出せるはずがないって。それで各地で反乱を支援して、生み出せる数の限界を測ってみましたの。案の定、途中から『鋼鉄の黒騎士団』をお生みにならなくなって、わざわざ別の街に向かわれて回収されるようになりましたわね？　それで、もう数は限界なんだって思いましたの。もちろん、先ほども申し上げたように賭けでもありましたけれどね」

遺物(アーティファクト)の魔道具について言及する非礼を謝罪してから、フランセス嬢は説明する。

「は、反乱をご支援されていたんですの!?」

「ええ。お陰で当家もかなりの財産を消費しましたわ。ですが、反乱の支援には『鋼鉄の黒騎士団』の数の限界を測る以外に、セブンズワース家の兵力を分散させる目的もありましたの。兵力を分散させてこちらにいらっしゃる軍の規模を小さくしなくては、この襲撃にご協力下さる方も少なくなってしまいますわ。戦略上必要でしたから、出費が嵩むのも仕方ありませんわね」

余裕の無い私たちとは対照的に、フランセス嬢は余裕たっぷりにくすくすと笑う。

アナが参戦すると知って私は取り乱し、予備のゴーレム全てを砦に配置してしまった。予備のゴーレムを失った失敗でこの状況になっていると、先程までは思っていた。

そうではなかった。ゴーレムの召喚数の限界を測ることが目的だったなら、手持ちゴーレムをゼロにするまで彼女は反乱を煽り続けたはずだ。たとえアナの護衛を抑えて予備のゴーレムを残していたとしても、ここに来た時点での予備はゼロになっていたはずだ。

「……伝書鳩の手紙も君たちの偽装か？　その魔法で暗号解読表を盗み出したのだな？　伝書鳩は当家のものを捕らえたのだな？」

「まあ。盗んだだなんて、人聞きが悪いですわ。確かに、暗号解読表はわたくし自ら旧トールズデール王国の一室に忍び込んで拝見させて頂きましたけど、盗み出してなんていませんわ。その場で拝見して全て暗記して、ちゃんと元の場所にお戻ししましたわよ？　伝書鳩は仰る通りですわ。申し訳ありません。セブンズワース家のものを拝借させて頂きましたの」

やはり手紙は偽造だったか。莫大な財産を使って兵力とゴーレムを旧隣国王都から削っているのだ。私たちを誘い出すことだけは運任せ、ということは無いと思った。それにしても、あの複雑な解読表をその場で暗記したのか。大したものだ。

「……当家が暗号解読表を盗み見られるとは……何という失態……」

ブリジットさんが悔しそうな声を漏らす。他の隠密たちも屈辱を露わにしている。国内随一と言われる当家の隠密たちが、諜報で出し抜かれたのだ。悔しいだろう。

「私たちを殺せばセブンズワース家から報復を受けるだろう。無事でいられると思っているのか？」

「あら。皆様はリラード家に討ち取られるのではなく、あちらにいらっしゃるトールズデール王国の貴族の方々に討ち取られますのよ？　敵軍の大将を討ち取られて、その功績によってその後のトールズデール王国の政局で主導権を握られたい方々と、皆様を討伐したことを隠したいリラード家、利害は一致していますわ」

　確かに、敵軍には旧トールズデール王国貴族の旗が何種類かある。

「サルーシュ家の旗もあるな。あの家の当主の首を刎ねたのは君のはずだが、何故君たちの加勢をしているのだ？」

「それはもちろん、涙ながらに謝罪したからですわ。ジーノリウス様からのご命令に逆らえず、止む無く酷いことをしてしまったことを、涙ながらに深くお詫びしましたの。それから、弔い合戦をされるならリラード家が加勢することも申し伝えましたわ。当主のご子息は、この作戦へのご協力をご快諾下さいましたの」

　だから首を刎ねた直後、私に礼を執ったのか。最初から、私に恨みを向けることであの家を味方に引き込むつもりだったのだな。では、サルーシュ公爵が突然あの席で怒り出したのも、事前に何か吹き込んでいたからか。

　サルーシュ家は、軍事力では旧トールズデール王国貴族随一だ。どうしても味方にしたかったのだろう。首を刎ねられた公爵よりは、お人好しと評判の彼の息子の方が御しやすいはずだ。

「友軍として参戦するのでなく当家の配下として参戦したのも、サルーシュ公爵殺害の罪を私に着せるためか？」

「それだけではありませんわ。その方がご信頼も頂きやすいですし、ジーノリウス様のお近くの方が情報も得やすいですわ。もっとも、あまりご信頼は頂けなかったみたいですけれど」

「何故、開戦前から当家が王宮を占領する絵図が描けたのだ？」

当家に加勢する理由として、私が魔法を使うところを見たからだと、開戦前に彼女は言っていた。だが、一人の優秀な魔法使いの存在を知ったところで、当家が敵国を滅ぼすことまでは予想は出来ない。せいぜい、軽微な損害での防衛成功止まりだ。

それなのにリラード家は、サルーシュ家に計略まで仕掛けていた。当家が敵国を滅ぼすことも視野に入れていたということだ。当家の配下に入ったことがサルーシュ家を味方に付ける布石なら、その時点でもう予想していたということになる。

開戦前、当家の防衛成功を予想する者はいても、当家による敵国王宮の占拠まで予想した者は、私の知る限りいない。兵力差を見れば、当家の劣勢は明らかだった。ゴーレムの存在を知っていたセブンズワース家の人たちならともかく、それ以外の者がそこまで予測出来るのはおかしい。

「お忘れですの？　わたくし、先天魔道士ですわよ。ジーノリウス様を除くセブンズワース家の皆様は、遺物(アーティファクト)の魔道具をいくつも着けられていますわよね？　ただの魔道具ではないことは、複雑精緻(せいち)な魔力の流れではっきりと分かりますわ。普段から身に着けられているなら、おそらく護身に役立つ遺物(アーティファクト)の魔道具ですわね？　それなら、戦でも有用なはずですわ。そんな貴重なものをバルバリエ家やアドルニー家にまで配られているなら、戦争で有用な遺物(アーティファクト)の魔道具もたっぷりお持ちだって思いましたの」

そうか。魔力が見える魔眼持ちだったか。

私の指輪も魔道具だが、自身で混元魔力を指輪に流し込むことで使用するものだ。使用していないときは指輪に魔力が流れていないから、あの魔眼では魔道具だと分からない。加えて、この指輪がゴーレム召喚の要だと知られないよう、使うときは隠蔽を掛けていた。だから魔道具だと気付かなかったのだ。

　アナたちに配った魔道具は、自身の魔力を動力源としたものではない。内蔵のバッテリーが動力源であり、魔道具内に魔力が内包されている。あれなら彼女も魔道具だと気付くはずだ。アンクレットなどの常時稼動型なら魔術回路まで見えるだろう。

「遺物の魔道具の数だけで戦争の勝敗まで予想出来るとは思えないが？」

「もちろん、それだけではありませんわ。ジーノリウス様。あなたは開戦前から自信たっぷりなご様子でしたわね？　確信したのは、そのご様子からですわ。おそらくセブンズワース家は護身用の遺物の魔道具以外に、兵力差を覆すほどの強力な遺物の魔道具もお持ちだって、そう思いましたの。それで、万が一に備えてサルーシュ家に仕掛けをしましたのよ？」

　これは、私の負けだな。当時は、悲壮な決意をしたように振る舞っていたつもりだった。しかし彼女には通じなかった。しかしまさか、魔道具と私の表情だけでここまで読み切るとは。さすがは『黄金の薔薇』だ。

「まさか、あそこまですごい遺物の魔道具だったなんて思いませんでしたけれどね。兵力の損耗も無く王宮を占領してしまわれたのも、完全に想定外でしたわ」

　そう言ってフランセス様は笑う。まるでゲームでも楽しんだかのような笑顔だ。

「どうしてこんなことをされるんですの？」

　恐怖と怒りと哀しみが混じった顔でアナが尋ねる。フランセス嬢はアナの憧れの人だった。この裏切りは辛いだろう。

「わたくしを王妃にすることがリラード家の望みであり、そしてわたくし自身の悲願でもありますの。今度は男性を頼りにするのではなく、自分自身の力で王妃の座を勝ち取ってみせますわ。皆様には、そのための犠牲になって頂きますけれど、それは本当に申し訳なく思っていますの。お二人ともとても善良な方ですし、嫌いではありませんでしたわ。ですから、せめて遺言ぐらいはお伺いしようと思ってこちらに参りましたの」

　そんな理由でここに来たのではないだろう。不可視の魔法攻撃を警戒してこっそり『精密検査眼』を使っているから分かる。敵軍上空数メルトのところに肉眼では見えない魔術回路が浮かび始めている。まだまだ未完成ではあるが、構造からしておそらく精神操作魔法だ。あの魔法こそ、リラード家が魔法門であることを隠す真の理由だろう。

　魔法を掛けたいのは、おそらく私だ。旧隣国貴族が私を殺す前にあの魔法を私に掛け、ゴーレムを奪うつもりなのだろう。フランセス嬢がここに来たのは、魔法構築までの時間稼ぎだ。会話を長引かせるために、ここまで色々と情報を出しているのだ。

　それにしても、この時代の魔法文明は本当に遅れているな。魔術回路は稚拙で原始的だし、前世の社会人なら数秒で完成させられる程度の複雑さしかない魔術回路の構築にも相当手間取っている。あと二十分は掛かりそうだ。

　しかし「申し訳なく思う」や「嫌いではない」という彼女の言葉も嘘ではないだろう。それは表情から分かる。彼女はそれでも、私たちの討伐に躊躇いがない。やはり貴族らしい貴族だ。感情に左右されず、合理的な決断が出来る人だ。

「つまり、セブンズワース家を潰せば王妃にする、と陛下に言われたのだな？」

「はい。当家だけでは賄いきれないほど反乱軍にお金を使いましたけれど、そちらでもご支援頂いていますわ」

　嫋やかにフランセス嬢は微笑む。

やはり、リラード家の背後には陛下がいたか。陛下がリラード家を敢えて冷遇していたのも、暗殺の駒としてリラード家を使うためだったか。

私たちを暗殺出来れば彼女は王妃になり、リラード家は派閥の中心となる。暗殺出来なければ、リラード家は派閥の末端のままだ。奇跡の逆転劇となるような状況を敢えて作り出すことで、陛下はリラード家に大胆な決断をさせたのだ。

「遺言は遠慮しておこう。もうすぐ死ぬ君に遺言を残しても意味は無いからな。さあ、陣に戻るのだ。最後の戦いを始めよう」

ほんの一瞬だけ、フランセス嬢はぎょっとした顔を見せる。しかしその表情はすぐに消え、また微笑みが戻る。優雅に一礼したフランセス嬢は、白馬に跨がり陣へと戻って行く。

私は魔術回路を構築し、魔法を放つ。アナに向けて、だ。フランセス嬢を見送っていたアナは、不意打ちの魔法を受けてその場にへたり込む。使ったのは医療用の麻酔魔法だ。

医療用魔法の効果は強力だ。それを全力で放ったのに、アナは眠っていない。へたり込んで頭をふらふらさせながらも意識を保っている。周天循環を完成させた『魔導王』には、一般人の魔法が一切効かない。アナの周天循環はまだ構築の途中だが、もうこれほど魔法の効きが悪くなっている。

「ブリジットさん、アナを連れて逃げてくれ。騎士たちもだ。全員でアナの護衛をせよ。アナさえ生きていれば、セブンズワース家の命脈は繋がる。何としても護り抜け」

「ジーノリウス様はどうされるのですか?」

「時間稼ぎをする。君なら知っているだろう？　私ならそれが可能なことを」

真っ直ぐに私を見据えるブリジットさんにそう答える。

「……承知しました。奥様は必ずやお護りします。我らの命に代えても！　ご武運を！」

厳しい顔でブリジットさんはそう言うと、地面に座り込むアナを抱え上げて走り出す。騎士たちも馬で追い掛けるが、自分の足で走るブリジットさんに追い付くのさえ大変そうだ。

では、私は私の仕事をしよう。フランセス嬢は計算違いをしている。彼女は過小評価しているのだ。高度に発達した前世の魔法文明の知識を持つ私の戦力を。

私なら、アナを生かすことが出来る。軍隊は徹底した上意下達の組織だ。指揮系統を麻痺させれば、軍全体が麻痺してしまう。司令官だけではなく上層部を全て討ち取ってしまえば、軍はしばらく身動き出来ない。アナが逃げる程度の時間は稼げる。

先程フランセス嬢を帰したのは、本陣の位置を探るためだ。まだ戦力を隠し持っているのではないかと、私の最後の言葉で彼女には懸念が生まれたはずだ。上意下達の軍隊にあっては、懸念事項は速やかに上官へと報告される。報告するのは、おそらくは彼女の父親だ。狙い通り、その位置を確認出来た。魔術回路が浮かぶ場所から、そう離れていないところだった。

この方法では、私は生還出来ない。必死に逃げる敵将全員を討ち取るだけでも、魔力の大半を使うことになる。主君を討たれた兵たちは何としてでも私を討ち取ろうとするだろうが、そのとき彼らから逃げ切れるだけの魔力はもう残っていないだろう。

『お前はアナスタシア若夫人への執着が強過ぎる。彼女を手放した方が得策というとき、お前にはそれが出来ない。それで破滅することになる』

元クラスメイトの言葉を思い出す。ユーゴよ。君は大した占い師だ。大当たりだ。大人しくアナを陛下に差し出していれば、こんなことにはならなかっただろう。そんなことは真っ平ご免だがな。もしこれも君の策略の一環だったなら、今回の勝負は君の勝ちだ。

腰の剣を抜く。アナが格好良いと言ってくれた黒い刃の剣だ。剣の柄を強く握り締める。

天寿を全うした者の魂は天に召されてから輪廻の輪に入り、非業の死を遂げた者の魂は天には召されず長くこの世に留まってしまう。教会そう主張し、だから殺人は悪なのだと言う。それが本当なら、私の魂はこの世に留まることになるだろう。

……私は……これから死ぬ……三十分後か、一時間後か、そう遠くない未来に私は死ぬ……怖い……恐怖で歯の根が合わない……。

だから私は、叫ぶ！　恐怖に負けないために、叫ぶ！　咆哮で恐怖を押し退けて、足を前に踏み出す！

『二度と離れないし、離さない。ずっと君の側にいる』

アナ。君にそう約束したな。私の魂がこの世に留まるなら、ずっと君の側にいよう。ずっと君を守り続けよう。君はまだ若い。これから他の男と愛し愛される関係になっても、邪魔はしない。たとえ君が他の誰かを愛しても、私は変わらず君の幸せの手助けしよう。君が誰を愛そうとも、君を想う私の心は永遠に変わらない。

アナ……どうか……幸せになってくれ……。

◆◆◆アナスタシア視点◆◆◆

突然、ジーノ様がわたくしに魔法を掛けられました。立っていられず座り込んでしまいます。頭がくらくらして上手く考えられません。襲って来る強烈な眠気に抵抗するだけで精いっぱいです。お話も出来ません。

立てないわたくしをブリジットが抱きかかえて走り出します。

「……お見事です……ジーノリウス様」

何とか意識を保つ中で、ちらりと振り返ってそう言うブリジットが見えました。今にも泣き出しそうなお顔でした。

「うおおおおおお！！！　アナアアアアアアアアアアア！！！

君のためならあああ！！　私はあああ！！！

死を怖れぬ勇者にだってええええ！！！　成ってみせるぞおおおお！！！」

ジーノ様のお声でした。まるで命を振り絞ってお言葉に変えているような、今にも命の煌めきが消えてしまいそうな、悲愴な咆哮でした。

閉じそうになる目を必死に開いて、お声の方へと目を向けます。

っ！！！

絶望の情景でした……。

剣を振り上げられたジーノ様が、お一人で敵軍に飛び込んでいかれるところでした。

陣を整え万全の準備で待ち構える、万を超える大軍勢に、たったお一人で、たった一本の剣だけで、ジーノ様は立ち向かわれていました。

勝ち目など到底無い、無謀としか言いようがない、とても哀しい光景でした。

いやっ！！！　そんなの、絶対に嫌ですわ！！！

ジーノ様！！！　どうか、どうか、わたくしを置いて逝かないで下さいませ！！！

必死に藻掻いたので、ブリジットがわたくしを取り落としてしまいます。

笑みが零れてしまいます。これで、これでジーノ様のお傍に向かうことが出来ます。自由にならない体を動かし、這いずってジーノ様の許を目指します。

「……ジーノ様……今……お傍に参りますわ……」

わたくしは、戦います。わたくしの取り柄なんて、戦うことぐらいです。ここで活躍出来なかったら、わたくしは本当にただのお荷物です。

わたくしは、幸せを諦めません。ジーノ様がいらっしゃらなかったら、わたくしはもう幸せにはなれません。だからジーノ様のお傍で力の限り戦って、ジーノ様とご一緒にこの危機を切り抜けます。ジーノ様とご一緒に幸せになるために、わたくしはここで死力を尽くします！

絶対に、絶対に、幸せを諦めません！！　わたくし、頑張りますわ！！

「えっ⁉」

ぼんやりとしていた頭が一気にはっきりして、突然おへその下辺りが猛烈に熱くなります。ぐるぐるとすごい速度で回る熱は、すぐに全身に広がって、周囲が暗くなります。

◆◆◆ジーノリウス視点◆◆◆

「ぐっ？」

敵陣に向かって走っている最中、背後から強烈な衝撃を受ける。後ろから突き飛ばされたようで、転びそうになってしまう。

これは⁉　魔力震⁉

慌てて振り返る。

背後に広がっていた光景は、現実から懸け離れたものだった。意識を失ったアナが光に包まれ、ゆっくりとふわふわ浮かび上がるところだった。

「アナ……『開悟』……したのか……」

自在に魔法を使うためには、先ずは体内で脈を構築して周天循環を完成させ、更に各種の魔法制御機構も生成しなくてはならない。それが出来て初めて、発動方法を知る魔法を使うことが出来る。脈や制御機構の構築には、長期間を要するのが通常だ。

だが、ある日突然、自在に魔法が使えるようになることもある。それが『開悟』だ。

地鳴りと共に地震が始まる。敵軍の馬が足を跳ね上げ、転倒する敵兵もいる。『開悟』の際に生じる魔力震は、波長が地属性に近い。生物などよりも大地に強く作用し、局所的な地震を生じさせる。

前世で読んだ『魔導王』の記録にもそれが記されていた。ナザレの大工の息子が十字架の上で『開悟』したときも、シャーキヤの王子が菩提樹(ぼだいじゅ)の下で『開悟』したときも同じだった。偉大な『魔導王』の『開悟』は、いつも局所的な大地震を引き起こしている。

「アナは大丈夫だ！　もう護衛も要らない！　騎士たちよ！　アナの護衛より自分の身を護ることを優先せよ！　ブリジットさん！　アナの下に男を近づけるな！　アナは今スカートなのだぞ!?」

遠くにいるブリジットさんは、理解出来ない事態におろおろしていた。だが私の言葉で安心したのか、てきぱきと護衛騎士たちを遠ざける。私もアナの許へと駆け寄る。

神仏画などを見ると、輪の中に神仏が座っている。輪は、後光や光背と言われるものだ。だがあれは、紙に描いたから背後に円があるように見えるだけだ。そして、構図の都合上小さく描かれている。実際の後光は、平面の円ではなく立体の球だ。人体よりずっと大きい。球状の光の膜は今、覚醒睡眠で眠るアナの体をすっぽりと包み込んでいる。

得体の知れない事態に恐怖した敵軍は、アナに矢を射かける。問題ない。

物理でも魔法でも『魔導王』の後光は破れない。ゴーレムと軍事魔法使いの集中砲火でも、魔力原子炉を動力源とする基地魔法でも、衛星魔法兵器による『神の杖』でも、僅かな乱れさえ生み出せない。あれを破れるのは、同格以上の『魔導王』だけだ。馬鹿げた攻撃力だけではなく、目を疑うような防御力も併せ持つのが『魔導王』だ。だから最強なのだ。もうアナには、弓も剣も魔法も通じない。絶対調和空間である後光の中では、毒も細菌兵器も無意味だ。

球状の薄い光の膜に包まれて眠るアナは、五メルトほどの高さをふわふわと漂っている。そのアナの背中から光が生まれる。放出された光は形を成し、三対六枚の淡い光を帯びた白い翼となる。形状は翼だが、飛ぶためのものではない。背中にある霊台という経絡秘孔から展開される魔力制御機構だ。肉眼で視認出来るほどの魔力密度であれを展開出来るのは『魔導王』だけだ。

宙に浮かび穏やかな光を放つ純白の翼を広げるアナは、あまりにも神々しい。ブリジットさんは、跪いて歓喜の涙を流しながら拝み始めている。

覚醒睡眠が終わり、アナはゆっくりと目を開く。

「アナ。殺さなくて良い。一度地面を泥沼にして、それから泥沼を固めて敵の動きを止めるのだ」

意識を取り戻したアナにそう伝える。

アナはもう『飛び火』の魔法しか使えない初学者ではない。『開悟』した者は、最初から自在に『気』と魔力を扱える。羽化したばかりの蝶が最初から飛び方を知っているように、アナ自身もそれを理解しているはずだ。今のアナは、発動方法を知る魔法なら全て使える。

しかし、いくら魔法が自在に扱えても、人を殺めれば誰だって苦しい。元王族の処刑問題では、私も相当苦しんだ。心優しいアナは私以上に苦しんでしまう。だから、アナは捕らえるだけで良い。最後の処分は私がする。重圧で苦しむのは、アナではなく私だ。

「承知しましたわ！　いきますわよ！」

アナが魔法を発動させると辺り一面が一瞬で泥沼になり、まるで落とし穴に落ちたように敵軍全体がそれに嵌まる。続けてアナが泥を固めると、敵兵の誰もが身動き出来なくなる。固まった泥は変質し、黒曜石に砂金が混じったような質感になっている。

まだ発動中の『精密検査眼』でその泥を調べる……やはりそうだ。泥はオリハルコニア物質へと変質している。物質に高圧魔力圧縮を掛けると、魔素が物質内に入り込む。原子核や電子に魔素が付着することにより物質は変異する。それがオリハルコニア物質だ。この物質は、普通の魔法使いの高圧魔力圧縮では生まれない。途方もない圧力を掛けられる『魔導王』だけが生み出せる。

泥から逃れた敵兵が私たちを傷付けないように、と力を込めて泥を固めたのだろう。そのお陰で、とんでもない強度の物質が生成されてしまっている。

「やりました……わ……」

アナはそう言って安堵するように笑う。その直後、光翼と後光が消えてアナは落下する。落ちて来たアナを抱き止める。『飛び火』程度の魔法しか使ったことがないアナは、まだ急激な魔力放出に慣れていない。それで気を失ったのだ。

安堵の表情で眠る腕の中のアナを見て、危機を切り抜けられたことを実感する。

「あとはお任せ下さい。地面に埋まった敵を討ち取るなんて、草を刈るようなものです」

「いや、セブンズワース領まであと少しだ。一度領地に戻って捕縛のための部隊をこちらに送ろう」

やる気満々で、今にも敵陣に飛び込みそうな護衛隊長に私はそう返す。

「しかし、あまり時間を置くと、奴らが泥から抜け出してしまうのではありませんか？」

「心配ない。誰一人出られない」

敵兵たちは泥から抜け出ようと剣や盾で必死に泥を叩いているが、徒労に終わるだろう。

原子内部や分子間などに入り込んだ魔素が互いに結合し合うため、オリハルコニア物質は常識外れの強度を持つ。切削や熔解が出来るのは『魔導王』のアナ、それから高度な工業的加工技術を持つ私のようなエンジニアだけだ。

「わたくし……これまで努力して来ましたわ……努力に努力を重ねましたわ……」

その日の取り調べを終えたとき、私たちの向かいに座るフランセス嬢がぽつりと呟く。彼女の取り調べのため、今日は『風鈴』の別名を持つ第八十四貴族牢に来ている。アナも一緒だ。

襲撃の現場にいたリラード家の者たちは全員捕縛された。捕縛後の彼女は、大公国第一宮殿内のこの貴族牢に収監されている。以前はセブンズワース領公爵宮殿だったが、建国とともに名称が変わった。ちなみに第二宮殿は旧隣国王宮だ。

「未来の王妃として、幼い頃から血の滲むような努力を続けて来ましたわ。全ての科目で常に一番を取って、社交でも、ファッションでも、計略でも、ずっと努力して来ましたわ。王妃に相応しい最高の貴族であるようにと、常に自分を戒めて、苦しくても歩みを止めずに生きて来ましたの」

彼女の言葉は、自惚れではなく事実だ。入園から卒業まで、彼女は学園の試験で全科目トップを維持し続け、王妃教育でも歴代最高と言われるほどの成果を上げている。

彼女が経営を引き継いだ高級服飾店エイル・メースのドレスは、今や貴族女性が最も憧れるドレスだ。それを武器に、ファッションリーダーの一人としての地位も築き上げている。

開戦前、当家が敵国を滅ぼすことを予想したのも、セブンズワース家の人たちを除けば彼女だけだろう。まるで義母上のようで、脱帽の先見性だ。

計略もそうだ。当家の兵力を分散させると同時にゴーレムを全て吐き出させるために、当家の隠密の手が薄い場所を選んで反乱を起こさせた。絶妙な一手だった。

実力を存分に示しながらも、彼女は周囲への気配りも忘れなかった。学園では虐められて泣いていたアナに手を差し伸べたりもしている。そんな彼女だから、社交界での味方も多かった。

積み重ねてきた実績は『黄金の薔薇』という賞賛に相応しい。未来の王妃としての資質を最も備えた者は誰かと聞かれたら、アナの次に彼女の名前が出るだろう。

「……わたくしもそう思いますわ。これまでにフランセス様が成し遂げられたことは、才能だけでは到底なし得ない偉業ですもの。大変な努力をされたんだって思いますわ」

アナの言う通りだ。「血の滲むような努力」と堂々と公言できる程度の努力はしているはずだ。

フランセス嬢は、私たちを討伐するという冷酷さを見せた。合理的で非情な判断であり、実に貴族らしい。あれこそ為政者に求められる姿だ。あれもまた、努力の賜だろう。

人間である以上、情からは逃れられない。だから彼女だって、最初から非情な判断が出来た訳ではないはずだ。常に情を切り離した判断をするために、幼い頃から数え切れないほど自分の気持ちを押し殺して来たはずだ。相当苦しい生き方だと思う。

「そう仰って頂けて嬉しいですわ。本当に、努力に努力を重ねましたの。苦しかったですわ。それなのに第三王子殿下に婚約を破棄されてしまって、わたくし目の前が真っ暗になりましたの。これまで王妃になるためにずっと頑張って来ましたのに……わたくしの努力の全てを、人生そのものを否定されたような気分でしたわ」

そうだろうな。婚約解消は、家同士の話し合いで決めるものだ。卒業パーティで唐突に婚約破棄を宣言されたら、青天の霹靂だろう。

……私も同じことをしている。アナも相当苦しかったはずだ。改めて感じる、自分の犯した罪の重さを。これだけの罪を犯したのだ。私はもっと、アナを大事にしなくてはならない。誰も真似出来ないほど、妻を大切にする男に成らなくてはならない。

「ですから、男性に頼って王妃になるのではなく、今度は自分の力で王妃の座を勝ち取ろうとしましたの。でも、王妃の座には届きませんでしたわ……なぜ届かなかったのでしょう？　わたくしの何が悪かったのでしょう？　どんな努力が足りなかったのでしょう？　……こちらにお邪魔してから、ずっとそんなことを考えてしまいますの」

アナは泣きそうな顔でフランセス嬢を見ている。彼女の苦しみを理解してしまったのだろう。

もし第一王子殿下がマリオット嬢という花隠密を差し向けなかったら、彼女は立派な王妃になっていたはずだ。彼女もまた、側妃冊立で混迷する政局の被害者だった。アナはそう考えていると思う。

「フランセス嬢。君はおそらく、十分な実力さえあれば王妃になれると思っているのだろう。それが間違いだ。地位を得るために最も重要なのは、実力ではない。運だ」

「運……ですの？」

ぽかんとした顔でフランセス嬢が言う。

「平民や下級貴族に生まれたら、どれほど優秀でも王妃にはなれない。上級貴族に生まれたところで、王太子と同年代でなければやはり王妃は無理だ。多くの女性が、生まれた時点でもう王妃にはなれないことが決まっている。これは運の問題だろう？」

「そういった方々はそうかもしれませんけれど、わたくしは王妃の座を狙えましたわ」

「その地位が狙える者でも同じだ。やはり運が最も重要な要素だ」

前世でもそうだった。たまたま担当したプロジェクトが大当たりした、たまたま担当した製品がバカ売れした、そういった者たちが出世して行った。

出世競争から降りた者との比較ならともかく、ポストを争う者同士で比べるなら団栗の背比べなのが普通だ。同じ土俵に上がる者たちは往々にして一長一短で、どちらが上とも言えない。差があっても僅かで、どちらを昇進させても大差は無い程度の優位だ。それどころか、昇進出来なかった者の方が優れていることも珍しくはない。

出世競争での勝者と敗者、彼らにあった顕著な差は、実力ではなく運だ。幸運な者は次の土俵でもまた運に恵まれ、次々と階段を昇ることが出来る。何度階段を昇り何度土俵が変わっても、土俵上で重要なのは相変わらず運だ。そこに勝利の法則は無い。私はそう思う。

出世競争での勝利の法則を語るビジネス書なら、前世で何冊も読んだ。その信憑性は、パチンコやナンパの必勝法と同程度だった。本を読んだら勝てる、という非現実的な主張は同じだった。

さすがに前世の話をする訳にはいかない。私の商会やセブンズワース家の使用人たちの出世争いの話として、フランセス嬢に説明する。

こういった話は本来するべきではない。勝者がすれば謙遜、敗者がすれば負け惜しみと取られ、深く考えては貰えない類いの話だ。だが聡明な彼女なら、一考してくれるのではないかと思う。

「王妃になれなかったのは、君の運命の中にそれが無かったからだ。地位を得られるかどうかは神々の差配の結果であって、自分の力だけではどうにもならないことだ。敗因を自分の中で探したところで、答えは無いと思う」

「全て運というお考えでは、人は努力をしなくなってしまうのではありませんか？」

　納得していない顔のフランセス嬢が私に尋ねる。

「そんなことはない。運を掴むために努力は必要だ。それが分かっているなら努力はするだろう。それに、人間は強欲だからな。地位や名誉を目の前にして手に入れる努力を一切しない、というのは逆に難しい。しかし、地位などを手にすることが出来るかどうかは運だ。自分の管轄外のことを気にしても疲れるだけだ。気にするのは、学業の成績など自分の力で何とか出来る範囲だけで良いと思う」

「……王妃の地位を気にせずにする努力なんて、想像も付きませんわね」

「フランセス様。地位や名誉を得るための努力は苦しいですけれど、自分を変える努力は楽しいですわよ？　思い描く自分に毎日少しずつ近付くのって、とっても楽しいことだと思いますわ。わたくしの大好きなお友達にこのことをお教え頂いたのですけれど、最近はわたくしも実感していますの。気持ちの差一つで、世界は大きく変わりますわ」

「そうかもしれませんわね」

　アナの言葉を聞いてしばらく考え込んでいたフランセス嬢が独り言のように言う。

「フランセス嬢。そこまで王妃になりたかったのなら、王妃として成し遂げたいことがあったはずだ。君を王妃にすることは出来ないが、君の意志を国政に反映させることなら出来る。望みがあるなら教えてほしい。それが私の考えとも合うものなら、国政への反映に尽力しよう」

「女性も爵位や王位を継げるようにしたいですわ。男性に頼り切りではなく、女性自らの力だけで望む地位に就けるようにこの国を変えたいですわ」

「分かった。女性の貴族家当主や女王が今より増えるように努力しよう」

女性当主も女王も、法的に禁止されている訳ではない。慣習として、女性には非常に狭き門というだけだ。変えられないことはない。しかし法規制の問題ではないからこそ、時間は掛かるだろう。

「ふふ。ふふふ」

突然、フランセス嬢が力なく笑い始める。そのまましばらく彼女は笑い続ける。笑う意味が分からず、私もアナも何も言えずにいる。

「実は、女性でも爵位を継げるようにしたいって思い始めたのは、婚約破棄されてからですわ。男性の気分次第で努力が無駄になってしまうことが悔しくて、それでそんなことを考え始めましたの。では、婚約破棄される前、わたくしは何を望んでいたのかって考えたのですけれど……もちろん王妃教育を受けていますから、聞こえの良い希望ならすらすらと申し上げることが出来ますわ。でも、ここでお願いしたいことなんて、王妃として本当に成し遂げたかったことなんて……何もありませんでしたわ。それに気付いたら、わたくしが馬鹿みたいで、それで可笑(おか)しくて笑ってしまいましたの」

これは私の失言だな。どんな王妃になりたいか、王妃になって何をしたいのかについて、婚約破棄される前の彼女はよく話していた、とアナから聞いた。彼女の語る未来の王妃は正に理想的で、さすが『黄金の薔薇』だと学園でも話題になった、とアナは言っていた。だから、何か成し遂げたいことがあるのだろうと思っていた。

「王妃教育で表面を飾っただけの、実は空っぽな人間だったって、ようやく気付きましたわ。こんな女ですもの。神々が王妃の座をお許しにならなかったのは、当たり前ですわね……ありがとう存じます。ようやく、失敗の理由が分かりましたわ」

「……フランセス様。わたくしは、フランセス様がどんな失敗をされて、どう転ばれたのかについては、あまり興味がありませんの。でも、フランセス様がどう立ち直られて、どう立ち上がられるのかは、とても興味がありますわ」

「……アナスタシア様は本当に、お優しい方ですわね」

フランセス嬢は優し気な目でじっとアナを見詰め、それからぽつりと言う。

リラード家はこれから取り潰しとなり、彼らは処刑される予定だ。だが、フランセス嬢だけは生き延びられる可能性がある。第三王子殿下から助命の嘆願があったからだ。

まだ婚約していた頃、マリオット嬢は花隠密であると、フランセス嬢は第三王子殿下に再三忠告していた。マリオット嬢に溺れる当時の第三王子殿下は、彼女の忠告には一切耳を貸さなかった。しかし最近、フランセス嬢の忠告が正しかったことを彼は知った。それで彼は、謝罪のためにフランセス嬢を訪ねた。彼女の貴族牢はこの宮殿内にあるが、第三王子殿下がいるのもこの宮殿だ。

二人で話して、フランセス嬢がこうなってしまったのは、自分が仕出かした婚約破棄に大きな原因があると第三王子殿下は理解した。罪の意識に苛まれ、当家に彼女の助命を嘆願したのだ。

彼女を処刑対象から外すことは、当家なら可能だ。だが、当のフランセス嬢がそれを望んでいない。

処刑を免れたとしても、彼女は貴族籍を失い罪人の身分へと堕ちる。罪人となった女性貴族の末路は主に二つだ。放逐され生きるために歓楽街の遊女となるか、他の貴族家に保護されるかだ。フランセス嬢の場合、保護に名乗りを上げる貴族が何人もいる。他家に保護されることは決まっている。

リラード家が健在なら問題はなかった。たとえ罪人でも当主の娘だ。保護した家は、リラード家の顔色を窺わざるを得ない。

しかしリラード家は、取り潰しが決まっている。家の後ろ盾の無い若い女性が罪人として他家に保護されると、性奴隷のような扱いを受けることも珍しくはない。実際にはそんな扱いを受けていなかったとしても、そういう噂は必ず立つ。美貌で名高い『黄金の薔薇』なら尚更だ。

そういった不名誉も、罪人の不名誉も、彼女は許せないのだ。貴族は名誉を重んじる。たとえ処刑を免れても、彼女は毒杯を呷ってしまうだろう。

これまでのアナの言葉は全て、フランセス嬢に生きる気力を与えようとするものだ。アナは彼女に、自決を思い止まってほしいのだ。アナを優しいと言ったのは、彼女にもそれが分かったからだ。

領地を少し奪い取る程度ならともかく、リラード家は私とアナを殺そうとした。当家の没落が目的なのだから、可能なら当家を皆殺しにだってしたはずだ。彼女はその実行犯だ。処刑が妥当だと思う。特に、アナを殺そうとしたことは絶対に赦せない。

だがアナは、そうは考えない。私たちとの戦いは家同士の政治的対立の結果であり、その家に生まれた以上逃れられないものだと考える。

王妃になりたいという彼女の欲望も、幼い頃からずっと周囲がそれを彼女に望み続けたからだとアナは考える。実際、それは正しかったのかもしれない。自分自身は王妃としてやりたいことが何も無いのに、彼女はただ王妃の座だけを命懸けで望んでいた。育った環境の影響と考えるのが自然だ。

そしてアナもまた、公爵家の一人娘として家のために生きる宿命を背負って生まれている。家のために生きなくてはならない彼女の苦悩を、アナは簡単に理解出来てしまう。

だから、家が取り潰しとなり当家を害する力を失うなら、それ以上の罰をアナは望まない。第三王子殿下からの助命要請を知り、助ける口実が出来たと喜んでしまう。

「……罪人として生きること、少しだけ考えてみますわ」

アナは、ほっとした顔を見せる。生き恥を晒(さら)すつもりはないと断言していた頃と比べたら一歩前進だ。

私の考えより、アナの希望の方がずっと重要だ。アナの望みが叶(かな)いそうで私もほっとする。

第十二章　恋でしくじる二人の王子

◆◆◆ジーノリウス視点◆◆◆

　陛下が私を王宮に召喚した。召喚はこれが初めてではない。敵国王宮の占領後、すぐに召喚状が届いている。当時は終戦処理で忙しく、召喚には応じなかった。その後、大公国建国を宣言すると、召喚状が届く頻度も急増した。しかし内乱などで情勢が落ち着かず、その召喚にも応じなかった。内乱を煽っていたリラード家の者たちを捕縛したので、今は旧隣国領の情勢も落ち着いている。しかも私たちが旧隣国王宮からセブンズワース領に移動したことを、陛下は知っている。これ以上断り続けるのは、あまりにも不自然だった。

「こちらで少々お待ち下さい」

　王宮使用人の案内でルッキズア王国王宮内の一室に入る。定期的に入れ替えられるこの部屋の様々な美術品は、上品に配置されている。ここは鹿角の間だ。謁見時の待合室としては、この王宮で一番広い。広さに応じて美術品の数も多く、最も長い時間、鑑賞を楽しめる。

　ここに通されたということは、謁見までに相当時間が掛かるということだ。今頃は陛下も謁見準備で忙しいのだろう。

　セブンズワース家だけに戦争をさせるというのは、陛下にとっても大きな賭けだった。もし当家が大きく力を落とすか或いは滅亡したなら、賭けは陛下の勝ちだ。王家を凌駕する家が没落すれば、国内最大勢力は王家になる。奪い取った当家の財産や事業を隣国と分け合えば、王家の財力と権力も大幅に強化される。政権は急速に安定するだろう。

もし当家が大して力を落とさなかったなら、陛下の賭けは負けだ。当家はほぼ単独で国を防衛した護国の英雄となり、王家は更に苦しい立場へと追い込まれる。陛下は、親兄弟を暗殺して玉座に座った。このため求心力は地に落ちている。この状況でそうなったら致命傷だ。

大方の予想に反して、当家は防衛に成功するどころか損耗も無く敵国を丸呑みしてしまった。力を落とさないどころか、圧倒的に大きな力を得てしまった。賭けは陛下の大負けだ。

こうなっては、陛下に残された手は少ない。暗殺などの非道な方法でセブンズワース家を滅ぼすぐらいだ。謁見までに時間を要するのも、そのための準備で忙しいのだろう。

こんな状況だ。のこのこと王宮に来るのは、火中に飛び込むようなものだ。

「まあ。こちらの刺繍はすごいですわね」

壁に飾られた刺繍を観てアナが感嘆の声を上げる。本来なら私一人で来るつもりだった。だが今、アナもここにいる。

『我儘を申し上げますわ。わたくしもご一緒したいんですの』

そうアナにお願いされて、断り切れなかった。

心配で堪らない。アナの翼を折ってはならない。それは分かっている。だが、こんな危険なところにアナを来させるのはやはり不安だ。動悸がするし、胃が痛い。

「お待たせしました。謁見の準備が調いました」

王宮の使用人が私たちを呼びに来る。

「久しいな。セブンズワース公爵」

私とアナが礼を執った後、玉座に座る陛下が言う。複数の爵位を持つ人の場合、手持ちの爵位のうち最上位の爵位で呼ぶのが慣例だ。私をセブンズワース大公ではなくセブンズワース公爵と呼ぶのは、大公国建国を認めていないという意味だ。

「ご無沙汰しております」

そう返して、さり気なく周囲を見る。

今日の玉座の間は異様だ。謁見時、通常なら玉座の間の壁際には数十人の近衛騎士が立つ。しかし今この玉座の間に立つ騎士は数百人にもなる。通常なら壁際に等間隔で一列に立つ騎士たちだが、今日は六列だ。間隔もかなり狭い。しかも通常とは異なり、弓兵や魔法兵までいる。

「さて、セブンズワース公爵よ。貴様は大公国などという馬鹿げたことを言い出したらしいな？それについて何か釈明はあるか？」

「釈明も何も、約定通りです。弊家が臣従を誓ったときに、そう取り決めたはずです。不当な扱いを受けた場合、独立する権利があると」

「ほう？　いつ余がその方らを不当に扱ったのだ？」

「旧トールズデール王国の王宮を調べたら、協定書が出てきました。陛下は敵国と内通されていましたね？　戦争は当家のみで戦わせて王家は手を貸さないこと、当家の滅亡後に領地や産業をどう分け合うのか、そういったことを事前に旧トールズデール王家と取り決めていらっしゃいましたね？　約定にある『不当な扱い』に該当すると思いますが？」

玉座の間にいる貴族や騎士たちが騒つく。裏事情を知らずに王家に従っている者も、ここにはいる。

「貴様！　余の前でよくも嘘（うそ）を並べたな！」

「それよりも陛下。本日、私がこちらに参りましたのは、他に用件があるからです……陛下の、王位継承の正統性についての問題を話し合うためです」

「なんだと！！？」

陛下は激高して玉座から立ち上がる。玉座の間の貴族たちは戦慄（せんりつ）し、騎士たちは顔を険しくする。

「その通りじゃ。クリストファーよ。お前の王位継承を儂（わし）は認めん」

突然、私たちの間近に現われた人物が言う。私たち以外の全員が驚愕（きょうがく）し、玉座の間は響（どよ）めく。

「ち、ち、父上！！？」

同行したハンネスが忍術を解くことで現われたのは前陛下、いや現陛下だった。

驚いただろう。私もアナも、知らされたときは相当驚いた。あれは、戦支度のために私たちがセブンズワース領に戻ったときのことだった。

「へ、陛下⁉」「お、伯父様⁉」

私とアナは驚き、同時に声を上げてしまう。

『都忘（みやこわすれ）』の別名を持つセブンズワース領公爵宮殿の第八応接室にいたのは、逝去したはずの陛下だった。

「わたくしたちもいますわよ」

「お邪魔しています」

「お、お祖母様⁉　第四王子殿下も⁉」

応接室に入って来たのは、王太后殿下と第四王子殿下だった。この宮殿にいたのは、陛下だけではなかった。

「ジーノさんのお陰よ？　陛下のお命を狙っていたのは分かっていたけど、ジーノさんが四節詩を教えてくれたから王太后殿下たちのお命も狙っているって分かったの。だから完璧に手が打てたの」

「しかし、義母上は葬儀で涙を流されていたのでは？」

「ジーノさん。女性の涙を信用しては駄目よ？　あれも策略よ。落ち込んだところを側妃殿下たちに見せて油断させたのよ」

くすくすと、私を子供扱いするように義母上は笑う。

すっかり騙されてしまった。だが女性の涙の真偽判別は、今の私には到底不可能だ。そもそも、区別出来るようになるのだろうか？　そんな未来は想像さえ出来ない。

「でも、お母様は王廟でも涙を零されていましたわ。お父様以外にどなたもいらっしゃらないのに、お母様は泣かれていましたわ」

アナの質問に「嫌だわ。見ていたのね？」と義母上は照れ臭さそうに笑う。

「あれは、アナを公爵夫人にしてしまったからよ。小さかったアナが、立派な淑女になってわたくしの手を離れるのってね。嬉しくもあり、寂しくもあり、複雑な気分なの。本当ならもう少し後に地位を譲るつもりだったのに、学園を卒業したばかりで譲ることになってしまったでしょう？　その申し訳なさも、立派な継承式もして上げられない申し訳なさもあったわ。複雑な気分だったのよ」

当時を想い出すように、感慨深げに義母上は話す。

ふと思い出す。そう言えば義母上は引っ掛かる言い方をしていた。

『第一王子殿下が正規の方法で王になってしまったら、いずれこの家と王家との戦いは熾烈なものになってしまうわ』

おそらくあの時点で既に陛下暗殺を読んでいたのだろう。最初から第一王子殿下に非道な手段で王位を奪わせるつもりだったのだ。何ということだ。国家を揺るがせた政変も、全て義母上の手のひらの上だったのか。なるほど。社交界の貴族たちが『女帝陛下』と呼ぶ訳だ。

「どうして、どうしてお教え下さらなかったんですの⁉　わたくし、伯父様たちが天に召されたって知らされて、とっても悲しかったですわ！　お祖母様まで行方知れずで、ずっと不安でしたわ！」

アナが珍しく怒っている。そんなアナを、陛下も王太后殿下も嬉しそうに見ている。

「それは悪いと思っているわ。本当にごめんなさい。でもあなたたちは、腹の探り合いはまだこれからでしょう？　うっかり表情や声色に出してしまえば、他の貴族に悟られる危険があるわ。どうしても内密に進める必要があったから、しばらく内緒にしていたの」

義母上の言い分は分かる。義母上はおそらく、なるべく血を流さずに政権を奪還したいのだろう。義母上ならそうするはずだ。相手の戦力を十分削ぎ落とさないうちに陛下が存命だと知られてしまったら、現陛下は前陛下を何としても討ち取ろうとするだろう。本格的な内戦になってしまう。多くの人の命に関わる問題なので、未熟な私たちには教えられなかったのだ。

王太后殿下は涙を零すアナを抱き締め、陛下はアナの頭を撫でている。何はともあれ、アナが嬉しそうで良かった。

「セブンズワース公爵！　貴様、父上の偽者を用意したな⁉」

当時を想い出していると、驚愕で固まっていた陛下、いや第一王子殿下が怒鳴り声を上げる。

「偽者をお疑いでしたら、当人しか知り得ない質問をされてみてはいかがですか？　他の皆様もです。もしお疑いでしたら、どうぞご質問なさって下さい」

第一王子殿下とは対照的に、穏やかな口調でそう返す。

ここにいるのは陛下だけではない。王妃殿下もいる。貴族たちは恐る恐る、学園時代の思い出や個人的なお茶会でのエピソードなどについて二人に尋ねる。答えを聞き、質問した貴族たちは最上級の礼を執り敬意を示す。

この場に第三王子殿下と第四王子殿下、王太后殿下は来ていない。陛下たちは、老齢の母や子供たちを巻き込まず、国家の最高責任者である自分たちだけで幕引きをするつもりだ。

「さて。これで儂たちが本物だと分かったじゃろう……ここにいる騎士たちに最後の温情を与える。武器を捨てて投降せよ。そうすれば反逆の罪には問わん」

一部の騎士たちは迷いの表情を見せる。しかし結局、誰も武器を手放さなかった。陛下の周囲にいるのは王妃殿下、私とアナ、ハンネスの四人だけだ。護衛騎士も従者もいない。対して、私たちを取り囲む近衛騎士たちは数百人いる。普通に考えれば絶望的な戦力差だ。

迷いを見せた者は、陛下に付いても利は無いと考えたのだろう。迷いを見せなかった騎士たちは、生粋の第一王子派なのだろう。陛下たちの暗殺に関わった者もいるはずだ。

「何を馬鹿なことを。騎士たちよ。これは反逆だ。奴らは反逆者だ。偽者とセブンズワース公爵を即刻討ち取れ。ああ、セブンズワース夫人だけ生け捕りにせよ。傷付けることは許さん」

まだアナを狙うつもりか⁉　この外道が！　赦せない！

陛下と貴族たちの遣り取りを注意深く見守り、自分に対する彼らの忠誠心を測っていた第一王子殿下だが、陛下の言葉を聞いてようやく動き始める。その表情には余裕がある。

だが彼は、こちらの戦力を測り間違えている。もうゴーレムは召喚上限数に達したと、フランセス嬢は彼に報告している。だからゴーレムはもう召喚出来ないと、そう思っているのだろう。

そして、私とアナを襲撃した軍は、誰一人逃げられずに全員捕縛されている。彼らはまだ、セブンズワース領内で収監されたままだ。あの一戦の情報は、どこにも漏れていない。アナの圧倒的な戦力を、彼は知らない。

指輪に混元魔力を込めると、虚空から四体のアラクネ型ゴーレムが現われる。ゴーレムは防御魔法を展開し、矢と魔法から私たちを護る。

「ヒイイイイ‼　あ、あ、悪魔だあ‼　悪魔が現われたぞ‼」

「いやあああ‼　悪魔よおお‼」

「悪魔が‼　悪魔が世界を滅ぼしに来たぞ‼」

相変わらずゴーレムは評判が悪い。騎士たちは恐怖で顔が引き攣り、貴族らは世界の終末が訪れたかのような顔で叫んでいる。腰を抜かして泣き喚く貴族夫人もいる。

今はもう、ゴーレム基地には十分な数のストックがある。義母上たちに貸していた分の一部は回収出来たし、一度砦に行って余剰ゴーレムも回収してある。

ゴーレムが私たちを護る中、光の球に包まれ六枚の光の翼を広げたアナが、一瞬で騎士全員を拘束する。騎士たちは光のチューブでグルグル巻きにされ、床に倒れる。第一王子殿下もまた、玉座で拘束された。

　あの魔法は、脱力化と魔法封じの効果を持つ拘束魔法だ。大学レベルの高度な魔法だが、今日のためにアナは覚えて来た。高度な魔法の上に、桁違い（けたちが）いの魔力が込められている。脱出は不可能だ。

「なんと‼　神々の愛し子様だったとは‼」

「ああ‼　愛し子様、どうかわたくしたちをお救い下さい‼」

「良かった！　助かるぞ！　神々は、我々をお見捨てにはならなかったぞ‼」

　アナの評価は、私のゴーレムとは正反対だ。貴族たちは跪（ひざまず）きアナを拝み始める。そしてゴーレム（悪魔）を討ち滅ぼすようアナに懇願し始める。

「ジーノ様！　わたくし、やりましたわ！」

「ああ。大活躍だったな。さすがはアナだ。私の誇りだ」

　頭を撫でると、アナは幸せそうに笑う。


　そこから陛下たちは大忙しだった。私たちの謁見に備えて、王宮内の騎士や兵士は大半が第一王子派の者に入れ替えられていた。ハートリー一族の忍術で王都街壁の外に隠していた兵たちを王宮内に入れると、騎士や兵士を次々に拘束していく。捕縛にはアナやゴーレムも参加している。これで王宮は陛下により掌握された。

　今頃、第一王子派の貴族たちもまた各地で拘束されているはずだ。義母上たちが忙しくしていたのは、このためだ。陛下たちの死を偽装したのは、敵と味方を見極めるためだった。義母上たちが社交界から姿を消したのは、貴族たちの視線から逃れ、水面下で第一王子派一掃の手筈（てはず）を整えるためだった。

もっとも、全ての手筈がこの期間内に行われた訳ではない。たとえば側妃殿下の生家であるルフウ家だ。アナを虐めたフロロー家への制裁を黙認する見返りとして、当家は過去、ルフウ領での巨大製鉄所建造を支援している。そのとき送り込んだ製鉄所職員には、当家の手の者も多くいる。彼らが埋伏の毒となり、内部から街壁門を開けたりする役割を果たすことになっている。こういった状況に備え、義母上は多くの領地に随分前から仕掛けをしている。

義母上から計画を教えて貰い、また実力差に打ちのめされた。

「王権を強くしてこの国を安定させたかったのだが……叶わぬ願いだったのだな……」

玉座の上で光のチューブに拘束されている第一王子殿下が、ぼんやりと天井を眺めながら呟く。

ここでそれを呟くほど、そこまで強い王家を望んでいたのか。それなら陛下を暗殺しようとしたのも分かる。陛下はセブンズワース家の力を利用して国を安定させていた。この方法では当家は陛下と近い位置に居続けることになり、当家はますます力を蓄えてしまう。当家を没落させることで王家を国内一の権勢とするなら、手に負えなくなる前に当家を取り除く必要がある。親セブンズワース家の陛下を早急に退位させ、反セブンズワース家の王が即位する必要がある。

第一王子殿下は、私利私欲だけで王位を簒奪したのではなかった。もちろん権力欲も大きな動機の一つだろうが、彼なりに思い描く国家の理想像もあったのだ。

ちなみに私も今、玉座の間にいる。広さも十分で出入口も少ないここは、重要人物の収監場所になっている。その見張りを頼まれているのだ。

「セブンズワース公爵よ。その方から見て、やはり余は力不足の王であったか？」

「いえ。殿下の実力は十分だったかと思います。手段を選ばぬ非情さと合理性、決断力、政治的熱意、どれを取っても王として十分な資質だったと思います」

一人称が余であることからして、まだ気分は国王なのだろう。しかし立場上、私は彼を国王として扱うことは出来ない。陛下ではなく殿下と呼ぶ。

「では、なぜ余は玉座から引き摺り下ろされるのだ？」

この人は、無理をし過ぎた。元々自分のものではない玉座を、家族の暗殺という非道な手段で手に入れることを選んでしまった。だからその代償を支払うことになった。悪辣な手段で手に入れたものを長くその手の中に置き続けるのは、並大抵の労力ではない。周囲の恨みや怒りは、長期に亘って重い足枷となる。現に殿下も、第四王子派や中立派からの反発を受け、政権は一気に不安定になってしまった。そして、当家の怒りにより破滅することになった。彼の最大の失敗は、自分の運命には無いものを手に入れようとしてしまったことだ。

だがフランセス嬢と同じく、彼もまたそういう答えは望んでいないのだろう。アナと婚約破棄したとき、私はそういう運命だったのだと自分に言い聞かせた。そうやって自分を納得させた。若く活力溢れる彼らは、そういう解決法を好まないのだと思う。自分の失敗を探して是正し、また立ち上がろうと、無意識にしてしまうのだ。長い人生の中で諦めを覚えた私とでは、考え方が違う。

「最大の失敗は、フランセス嬢を早々に王妃にせず、王妃の座を餌に彼女を動かそうとしたことです」

だから私は、殿下の具体的な失敗を探して指摘する。

「それの何が失敗だったのだ？」

「フランセス嬢の襲撃は、見事な一手でした。私たちはぎりぎりまで追い込まれました。しかし、殿下はフランセス嬢に王妃の座を与えてはいませんでした。もしフランセス嬢があのとき王妃だったなら、私は彼女と交渉し、どんな条件でも飲んでいたでしょう。アナさえ救えるなら、全てを投げ出していました。しかし、あの場に王族はいらっしゃいませんでした。首謀者である王家の方がいなくては、私たちは交渉も出来ません。戦うしかありません。王妃の座をフランセス嬢に与えなかったことで、殿下は当家の力を大きく削ぐ交渉の機会を逃したのです」

「最初から王妃の座を与えてしまったら、フランセス嬢は余の意のままに動かないではないか？」

「それが敗因です」

「なに？」

「フランセス嬢と愛し愛される関係となり、彼女が殿下に惜しみない協力をしていたなら、結果は違っていたと思います。その場合、彼女は無理を押して当家を襲撃したりはしなかったかもしれません。しかし知謀に長けた彼女が堅実に攻めるからこそ、当家としては逆に恐ろしいのです。殿下がフランセス嬢をもっと大切にしていたら、違う結果になっていたはずです」

「愛し愛される？　あの石のように感情の無い女とか？」

「フランセス嬢はまだ、恋を知らないのだと思います。幼い頃から第三王子殿下という婚約者がいましたが、その婚約者とは恋愛関係にありませんでした。強い自制心の持ち主で、火遊びを楽しむタイプでもありません。彼女が恋を知ったとき、どう変わるかは分かりません」

　フランセス嬢は、感情が無い訳ではない。いつも優雅に微笑んでいたが、実は一人苦しんでいた。婚約破棄の宣告にも冷静に対処し、さすがは『黄金の薔薇』だと讃えられた。だが内心では、相当悔しく思っていた。感情が無くただ合理的に行動しているように見えるのは、自分の感情を押し殺すことに慣れているだけだ。

「恋を知ったところで、あの女は大して変わらないと思うがな」

「そんなことはありません。私が良い例です。アナと出逢うまでの私は、女性には大変素っ気ない人間でした。あまりにも女性に無関心で、母が心配するほどでした」

「なに？　公爵がか？」

　信じられない、といった顔で殿下は私をまじまじと見る。自分で言っておいてなんだが、今の私はそれほど恋愛偏重主義に見えるのだろうか……。

「殿下と私の顕著な差はそれです。殿下は、アナとフランセス嬢を天秤に掛けてみせ、フランセス嬢を駒として動かしました。彼女との信頼関係は築かれませんでした。しかし私は、アナと深い絆を築いていました。だからフランセス嬢の襲撃のとき、アナは私と共に戦うことを選んでくれ、結果としてそれが私たちの勝利に繋がったのです」

　アナが『開悟』したのは、魔法を使って戦うことを決意したからだ。その決意が純粋な想いであったからこそアナは『開悟』出来た。

　純粋な想いの達成は容易なことではない。人は、自分が思っているほど純粋ではない。たとえば誰かに善意を施しても、純粋な善意のみでそれが出来る者など皆無だ。自分の善良さを周囲に見せ付けたい顕示心、自身の善良さを誇らしく思う自尊心、見返りやお礼の言葉への期待……利他的な行為の中でも様々な利己的な思いが入り乱れ、自分自身もその不純さに気付いていない。

　善意を施したのに相手がお礼を言わなかったら、不快に思うのは普通だ。普通だからこそ『開悟』は出来ない。相手がお礼を言わないどころか自分を罵り始めても、周囲から偽善者と嘲笑されても、善行の代償が自身の破滅であったとしても、その人が苦境から逃れたことを、ただただ嬉しく思う。純粋な想いとは、その水準だ。凡人が達成出来るものではない。

　それが出来るのは、極めて高純度な想いを持つ極一握りの人たちだけだ。アナもその一人だった。

史上稀に見るほど清らかな想いを持つ人だと、アナは自ら証明して見せた。

「……ははは。ディートフリートは恋に溺れて玉座を逃して、余は恋に無関心で玉座を失うのか。はははは。今代の王族は、恋で破滅してばかりだな」

そう言って第一王子殿下は一人、大笑いをする。

その哀しい笑い声を聞いて思う。ユーゴやフランセス嬢を破滅させた彼もまた、ユーゴたちと同じく懸命に生きていたのだろうと。


陛下が王位に復帰した。国政にも大きな変動があった。側妃殿下と第一王子殿下は王籍を剥奪され、幽閉塔に幽閉された。王族を処刑してしまうと、陛下は親族殺しの汚名を着てしまう。大罪を犯した王族の処分は、大抵こういった形になる。

もうあの二人に会うことも無いだろう。あの塔に入ったなら、死ぬまで出て来られない。

側妃殿下の血筋には、他に第一王女殿下もいる。まだ中等生の彼女だけは幽閉されなかった。王籍を剥奪され、修道院へと送られることになった。

陛下が復帰されたことで、リラード家も処分されることになった。リラード家は第一王子派だ。前陛下、つまり元第一王子殿下に処分を任せると甘い処分になってしまう。領地戦という形でセブンズワース家が処分してしまうことも出来るが、その場合は捕縛した者の処刑だけだ。爵位は残ってしまう。家を取り潰すためには、陛下復帰後に陛下に処分して貰う必要があった。

長らくセブンズワース領で収監していた彼らを、ようやく王都に送ることが出来た。

処分されたのはリラード家だけではない。陛下たちの暗殺に関わったかなりの家門が取り潰しになっている。取り潰された家の領地は、当家と王家で分け合うことになった。王位奪還で多大な貢献をした当家に、陛下は領地を気前良く分けてくれた。また領地が増えてしまったが、あまり有り難くないというのが本音だ。領地拡大が急激すぎて、管理が追い付かない。

管理する人手が足りないので、男爵位のエリックさんを伯爵位まで陞爵させて大領を任せることを義母上が提案して来た。つまりそれは、姉上が大領地を持つ伯爵家の女主人になるということだ。エリックさんも姉上も信頼出来る人だが、そんな大役を姉上に任せるのは物凄く不安だ。だが、信頼出来る人が少ないので仕方がない。

「ジーノ様。フランセス様は当家で保護した方が良いと思いますの。毒杯を呷られないように申し上げたのはわたくしですし、わたくしには責任があると思いますの」

アナがそう言う。以前のセブンズワース領公爵宮殿、現在の大公国第一宮殿内の執務室で仕事をしているときのことだ。

一理ある。自害を思い留まらせたのはアナだ。もし他家に保護を任せてフランセス嬢が酷い扱いを受けてしまったら、アナは責任を感じて苦しんでしまう。実際、保護を申し出た貴族の中には、欲望を隠し切れていない者が何人もいた。心優しいアナが傷付いてしまわないように、当家で保護するべきだ。

「分かった。では、彼女を保護して私付きの文官としよう」

何もさせないより、仕事を任せた方が立ち直りも早いだろう。それに彼女はとても優秀だ。遊ばせておくのは勿体ない。

「フランセス様は……とってもお綺麗だと思いますの。金色のお髪と金色の瞳はとっても神秘的で、女性のわたくしだって、お美しいと思いますわ……それに、とってもご聡明で、所作も礼儀作法も完璧で、とっても素敵な方ですの……」

アナは頬を膨らませて、ぷいっと顔を横に向ける。

「アナ？　怒っているのか？」

慌ててアナの機嫌を取る。セブンズワース領には雪柳の名所がある。この時期は見渡す限りに雪柳が咲き乱れ、その名の通り雪が降ったような景色となる。アナは花が好きだ。毎朝、宮殿の庭園を散歩して花を愛でている。たまには別の場所で花見を、と誘う。快諾してくれ、かなり機嫌が直る。

「あの……我儘を申し上げますわ。フランセス様は、ジーノ様付きではなくわたくし付きが良いと思いますの」

「いや、それは……」

リラード家の滅門は、セブンズワース家を襲撃した結果だ。もしかしたら彼女は、当家を家門と家族の仇だと思っているかもしれない。アナの側に置いたらアナが危険だ。

『魔導王』が無敵なのは、周天を活性循環させ後光を展開させているときだけだ。寝ているときに不意打ちされたら一溜まりもない。もちろん、それを防ぐための魔道具は持たせている。だが彼女は魔眼持ちだ。どれが魔道具なのか一目で分かる。知略に長けた彼女なら、魔道具を外さざるを得ない状況を簡単に作り出してしまうだろう。

抵抗はしたが、結局アナに押し切られてしまった。元々勝算の無い戦いだった。アナを見ていると、つい考えてしまうのだ。この可愛らしい女性のために、私には何が出来るのだろうかと。

仕方ない。アナを護るための強力な魔道具を追加で作ろう。

◆◆◆

「こちらを下さるんですの？」

「ああ。きっと役に立つと思う」

お礼を言い、開けて良いか私に確認を取ってからアナはテーブルの上に置かれた木箱を開ける。

「これは……クマさんのぬいぐるみですの？」

ぬいぐるみのプレゼントに不思議そうな顔をする。大公妃のアナはもう、ぬいぐるみを贈られる年齢ではない。

「ただのぬいぐるみではないぞ。先(ま)ずはこのボタンを押すのだ」

そう言いながら私は、首元のリボンで隠されたぬいぐるみのボタンを押す。

「ええっ!?　動きましたわ!?」

起動スイッチを入れるとぬいぐるみは動き出す。それを見てアナは大層驚く。

ブリジットさんもまた驚き、庇(かば)うようにアナの前に出る。危険があると思ったのだろう。足音一つ立てず瞬間移動のように立ち位置を変えるのはさすがだ。

「こ、これも絡繰(からく)り人形なんですか!?」

この世界にゴーレムという言葉は無い。何故動くのかブリジットさんに聞かれたので『鋼鉄の黒騎士団』と同じく絡繰り人形だと説明した。

もうすぐ陛下がリラード家に処分を下す。そうなればフランセス嬢がこの家に来る。アナ付きの書記官として起用することになったので、アナの近くにいる時間も多くなる。

彼女によるアナの暗殺を阻止するために作ったのがこのゴーレムだ。アナの安全確保が至上命令として設定されているため、アナの命令を無視してでもアナを護る。アナがフランセス嬢に騙されても、その影響で無力化されたりはしない。

見かけはカフェオレ色のクマのぬいぐるみだ。だが、有事の際は強力な対物理・対魔法複合結界を展開してアナを護る。全属性対応で高強度の結界は、前世の技術水準で見ても相当強力だ。フランセス嬢の魔法はもちろん『鋼鉄の黒騎士団』の集中砲火でも十分に耐えられる。眠っているとき、いきなり数万の軍から矢と魔法の一斉射撃を受けたとしても、アナは傷一つ付かないだろう。

「……眠っているときに数万の軍から一斉射撃を受ける人はいないと思います。そんな大軍が屋敷に来たら、その前に起きますよ」

呆れるようにブリジットさんが言う。

搭載センサー類にも力を入れた。多様なセンサーは、高度な隠形魔法の使用者だって発見出来る。もうフランセス嬢の隠形魔法も怖くはない。

センサーは、補助ゴーレム無しなら約三キルロ、感知・誘導用の補助ゴーレムを上空に展開させたときは約三十六キルロの範囲での感知が可能だ。その範囲なら家の中だろうと壁の向こうだろうとアナの状況が把握出来る。

「……その技術、覗きに使ったりしませんよね？　奥様を覗いたら赦しませんよ？」

ブリジットさんが厳しい目付きで言う。する訳ないだろう。私を何だと思っているのだ？

「自室でのんびり寛がれる奥様を愛でて良いのは世界でただ一人、私だけです！　もう見ているだけで心が和む、あの癒やし奥様は、私だけのものなんです！　絶対に覗かないで下さいね⁉」

なんだと⁉　私の知らないそんなアナの一面があるだと⁉　見たい！　だが覗きは駄目だ。アナに嫌われてしまう……ぐぬぬぬ。ブリジットさんはなんとズルいのだ！

「ところで、攻撃は出来ないんですか？」

もちろん可能だ。精密射撃能力も高い。補助ゴーレム無しなら約三キルロ、補助ゴーレム使用時は約三十六キルロの範囲での精密射撃が可能だ。その範囲内なら、手に持った硬貨を撃ち抜くことだって出来る。

射撃性能と感知能力との組み合わせにより、近隣の街の建物内でアナが襲われても、ゴーレムはその刺客の頭を精確に撃ち抜ける。

高出力の攻撃魔法も使用可能だ。魔法障壁やオリハルコニア物質に閉じ込められようとその高出力魔法で脱出可能だし、それを拡散して使用すれば数千人規模の軍隊を一撃で薙ぎ払える。

抱き心地も考えて毛皮の下には綿も入っているが、その下は金属の塊だ。かなりの重量だが、ベクトル・スカラー制御機構により女性が片手で持てるほど軽い。この制御機構のため、慣性を無視してマッハ四を超える速度で動き回れる。近接戦用の魔法武器も内蔵するから近接戦でも強力だ。

私が作った戦闘用ゴーレムの中でもダントツの高性能だ。アナの安全のため、持てる技術の粋を集めてこれを作った。

「まあ！　貴族の方でしたのね？」

ぬいぐるみのクマは、腰に布を巻いただけのスカートを穿いている。そのスカートを持ち上げ、クマはアナに礼を執った。貴族の礼法だった。

今のアナには、私とブリジットさんの会話が聞こえていない。アナの意識は今、動くクマのぬいぐるみの一点に集中している。デフォルメされた可愛いクマがアナは大好きなのだ。

「お初にお目に掛かります。セブンズワース大公家が大公妃、アナスタシアです。お会い出来て光栄ですわ」

可愛(かわい)い。凄(すご)く可愛い。ゴーレム相手に挨拶(あいさつ)するとは、なんという可愛さだ。

「ご出身はどちらですの？」

アナはぬいぐるみに熱心に話し掛け始める。仲良くなろうと頑張っているのだ。

「すまない。そのぬいぐるみはまだ喋(しゃべ)れないのだ。会話機能はこれから取り付けよう」

「も、申し訳ありません。お声をお出しになれないなんて、存じませんでしたわ」

アナは慌ててぬいぐるみに謝り始める。喋れない人に無神経に話し掛けてしまったと思っているのだ。

更に頬が緩む。可愛過ぎる。ゴーレムに謝るとは、なんて可愛らしい人だ。

護衛のためのゴーレムだ。会話機能は付けていなかった。しかしこれは、機能を付加しなくてはならないだろう。アナが楽しめるよう、高度なチャットＡＩを搭載してやろう。作業量は多いが、アナのためだ。いくらでも頑張れる。

「ジーノ様。このお可愛らしい方、お名前は何と仰いますの？」

目を輝かせ、うきうきとした笑顔でアナは言う。二本足で立ち、ちょこちょこと動くクマのぬいぐるみにアナはすっかり心を奪われている。

「君のぬいぐるみだ。君が名前を付けたら良い」

「シャルロッテ。出ていらっしゃいませ」

「はい。奥様」

アナが呼び掛けると、ブリジットさんの背負い袋の中からクマのぬいぐるみが自分で出てくる。クマのぬいぐるみに、アナはシャルロッテという名前を付けた。

もし襲撃犯がシャルロッテをただのぬいぐるみだと思っていたなら、襲撃時には思わぬ戦力の存在に大きく作戦を狂わせられることになる。アナの安全のため、人目のあるところではシャルロッテは動かない。ただのぬいぐるみのふりをしている。

人目が無いとき、アナはこうしてシャルロッテを背負い袋から出す。

私がアナにプレゼントしたとき、ぬいぐるみの衣装は布を腰に巻いたスカートだけだった。だが今は、宝石が鏤(ちりば)められた豪奢(ごうしゃ)なドレス姿だ。ぬいぐるみを可愛がるアナが特注で作らせたのだ。

シャルロッテが普段入っている背負い袋は、アナが自作してブリジットさんにプレゼントしたものだ。シャルロッテはアナの護衛には欠かせない重要な戦力だ。アナが屋敷の外に出るときも常に側(そば)に置かなくてはならない。

アナの安全のため、ブリジットさんは常にシャルロッテを持ち歩くことになった。だが、見た目はクマのぬいぐるみだ。成人女性がそれを抱いて外を歩くのは、相当恥ずかしかったようだ。ブリジットさんはいつも真っ赤になって持ち歩いていた。

そんなブリジットさんのために、アナはシャルロッテを納める背負い袋を縫った。

『ふっふっふー。どうですかー？　この背負い袋は？　なんと！　私のために奥様が手ずからお創り下さった至高の逸品なんですよー？　見て下さい！　この技巧を凝らした素晴らしい刺繍(ししゅう)を！　ほらほら、どうですかー⁉　奥様は私のために、こんなにすごい物を創って下さったんですよー⁉』

ブリジットさんはそう言って、背負い袋を見せ付けて来た。ふんぞり返って、にやにやと自慢気に笑うブリジットさんは、明らかにマウントを取りに来ていた。

悔しいが、本当に見事な刺繍で、実に素晴らしい背負い袋だった。あまりにも羨ましくて歯軋りしてしまった。

ブリジットさんは当初、背負袋は使わずにケースに入れて観賞用にするつもりだった。それを知ったアナは「せっかく創りましたのに」とがっかりしてしまった。ブリジットさんは方針を変え、今は汚損防止のカバーを掛けて使っている。

「うふふ。シャルロッテは今日も可愛いですわね」

「奥様の方がずっとお可愛らしいです。奥様、クッキーをどうぞ」

「あら。ありがとう存じます。嬉しいですわ」

アナはにこにこと笑いながら差し出されたクッキーを口に入れる。

ぐぬぬ！　これほどアナと親しくするとは！　無機物の分際で！

アナが会話を楽しめるようにと、フレンドリーな性格設定にしてしまったのが失敗だった。必要事項以外喋らない無口な設定にしておくべきだった。

アナの安全性が高まって安心出来たし、アナがプレゼントを気に入ってくれたのも嬉しい。だが、せっかく二人でお茶を飲んでいるのだ。シャルロッテの相手は最小限にして、私と会話してほしい。

第十三章　刺繍と親友

◆◆◆アナスタシア視点◆◆◆

伯母様は、王宮へとお戻りになりました。伯父様が王位に復帰され、伯母様も王妃に復帰されたからです。意外だったのは、第三王子殿下も王宮へとお戻りになったことです。

王宮の外で生き生きとされている第三王子殿下をご覧になった伯母様は、もしそれをお望みなら王宮にお戻りにならなくてもすむ方法をご用意すると第三王子殿下に仰いました。ですが、第三王子殿下はご提案を拒否され、伯母様とご一緒に王宮へと向かわれることを選択されたのです。

『随分と長いこと、母上には迷惑を掛けたからな。これからは母上の側(そば)で孝行しようと思う』

感情を隠されることがお上手な伯母様ですが、そのお言葉で涙を零(こぼ)されていました。わたくしも貰い泣きしてしまいました。

どうやら第三王子殿下はお心を入れ替えられたようです。政務にも真面目に取り組まれています。どなたが王位を継がれるのかは、これでまた分からなくなりました。これまでは第四王子殿下が最有力候補でした。ですが第四王子殿下は絵を描かれるのがお好きな方で、政治はあまりお好きではないのです。

隣国を併合して当家の力はとても大きくなりました。そして、第一王子殿下派のお家は一掃されました。当家が陛下に付くこの状況なら、後継者も王家の意のままにお決めになれると思います。

王族の皆様はルッキズア王国王都へと向かわれましたが、わたくしたちもまた、王都に来ています。陛下の王位復帰に関連する行事への出席や、ジーノ様の爵位整理のためです。せっかく王都に来たので、わたくしもお友達とお会いしたりしています。

当家お屋敷の『緑針水晶』の別名を持つ第十六応接室に、今日はエカテリーナ様とジャーネイル様がいらっしゃっています。

「アナスタシア様。お聞きしましたわよ？　ジーノリウス様が大公国を建国されたのは、全てアナスタシア様のためなんですって？　お一人の女性のために国まで作ってしまわれるなんて驚きましたわ。アナスタシア様は天文学的に深く愛されていますわね？」

エカテリーナ様がとっても楽しそうなお顔で仰います。

そんなお話が広まったのは、陛下の王位復帰を祝うパーティでのジーノ様のお言葉が原因です。国内全ての貴族家の当主の皆様がお集まりの席の壇上で、ジーノ様は仰ってしまわれたのです。

『王家との関係悪化を恐れず大公国を建国したのは何故なのか。そう私にお尋ねになる方は沢山いらっしゃいます。この場をお借りしてお答えします。全ては、我が妻アナのためです。クリストファーの魔の手からアナを守るために、そのためだけに大公国を建国したのです』

クリストファー様は前陛下です。王籍と家名を失われて罪人の身分となられたので、公式の場では敬称無しでお呼びするのがルールです。

そのとき、わたくしも壇上の隅っこにいました。とっても恥ずかしかったです。それだけならまだ良かったのです。ご気分を高められたジーノ様は、続けてとんでもないことを仰ったのです。

『今、良いアイディアを思い付きました。建国の経緯を踏まえ、国名を【世界一可愛い、可愛過ぎるアナスタシアの大公国】に変更するというのはどうでしょうか？　皆様のご意見をお聞かせ頂ければ幸いです』

そんな国名、あり得ませんわ！！！

国名変更のお話なんて初耳で、しかもお耳を疑ってしまうような国名です。その驚きと、気を失ってしまいそうなほどの猛烈な恥ずかしさで、わたくしは正気を失ってしまいました。会場の皆様が拍手を始められることに耐えられず、壇上中央に出てジーノ様をお止めしてしまったのです。

気が付けば、会場の皆様は爆笑されていました。陛下もお母様も大笑いされていました。唐突に壇上で始まったジーノ様とわたくしのお話し合いが面白かったのだと思います。式典の壇上は、そんなことをして良い場所ではありません。

衝撃の大失敗です……それ以来、恥ずかしくてお外に出ていません……。

「すっごくロマンチックですわあ。もう王都中の吟遊詩人があ、お二人のロマンスをお歌いになっていますわよお。最近はあ、お歌をお聴きしたくてえ、よく市街に行きますのお」

うっとりされたお顔でジャーネイル様が仰います。

やっぱり、お歌になってしまったようです。外出しなくて大正解です……恥ずかしいから、早く別の話題になってほしいです……。

「あのお。ご報告がありますのお。お二人のお陰でえ、アンソニー様とお、婚約出来ましたのお」

ジャーネイル様がようやく話題をお変え下さいました。そう仰るジャーネイル様のにこにこされたお顔には、喜びがあふれていらっしゃいます。

良かったですわ。本当に、頑張られましたもの。古門の方が武門にお家に嫁がれるのは大変です。たくさんのお勉強が必要ですし、価値観も大きく変えなくてはなりません。それを成し遂げられるなんて、本当にすごいです。

やっぱり、砦（とりで）でしばらくご一緒に過ごされたのが良かったんだと思います。お料理や洗い物のお手伝いや、お掃除やお洗濯をされるジャーネイル様に、アンソニー様は深く感心されていました。

最初は、ジャーネイル様ばかりがお声掛けをされていました。ですがアンソニー様が感心される度にアンソニー様からのお声掛けも増え、気が付けばお二人だけの世界をお作りになっていました。

あれ以来、すっかりお掃除とお洗濯がお好きになってしまわれたジャーネイル様は、最近ではお家でも使用人のお手伝いをされているそうです。お仕事は一切されないのが古門の貴族女性です。そんな女性とは、もう懸け離れた方になられています。

「グリマルディ侯爵は、どういったご様子ですの？」

エカテリーナ様がお尋ねになります。

ジャーネイル様のグリマルディ家とアンソニー様のトリーブス家では、政治的な立ち位置が随分違います。それでも、ジャーネイル様のお父様でいらっしゃるグリマルディ侯爵は、このご婚約をお認めになりました。

「わたくしのお家ってえ、前陛下にお近い立場でしたのお。前陛下にお近いお家はどこも没落していますからあ、戦争にご参加されたバイロン家とお、現陛下にお近いセブンズワース家があ、ご一緒にご仲介下さるこの婚約があ、命綱なんですのお。全力で応援して下さっていますわあ」

古門の皆様は、女性が政治に口を挟むことをはしたないとお考えになります。以前のジャーネイル様なら、政治のお話を避けられていたと思います。本当に、大きく変わられました。

「それで！　どういった経緯でご婚約なさったんですの⁉　とっても興味ありますわ！」

お伺いしたかったことをお尋ねします。アンソニー様もジャーネイル様も初等科からずっとクラスがご一緒でした。そのお二人の馴れ初め、ぜひお聞きしたいです。

「そのお……わたくしい……『アナスタシア姫の勇気』をしましたのお……」

お顔を真っ赤にされて、蚊の鳴くような小さなお声でジャーネイル様が仰います。

「アナスタシア姫？　それは、わたくしのことですの？」

「そうですわよ」

にやにやと楽しそうなエカテリーナ様がご説明下さいます。女性から男性にプロポーズすることを最近は『アナスタシア姫の勇気』と言うそうです。

演劇『ゴブリン令嬢』では、主人公のアナシイ様から想い人のジノヴァ様にプロポーズされます。あの劇は実話を元にしたものだと公表していますから、主人公のモデルはわたくしだと広く知られています。それで、わたくしの名前が付いたそうです。

ジーノ様の名誉回復のために、あの劇は必要でした。わたくしがプロポーズしたことが広まるのは覚悟していました。でも、プロポーズ方法にわたくしの名前が付いて、それが世間に定着するなんて想定外です。恥ずかしいです……。

それにしても、ジャーネイル様からプロポーズされたんですのね。『花鳥の舞踏』では、他の男性をダンスにお誘いする勇気さえお持ちではなかったのに……びっくりです。

クリストファー様とご婚約なさっていたとき、お二人のご交流は基本的にお手紙でした。そのお手紙も、クリストファー様からのものは大半が代筆でした。とても事務的なお付き合いで、本気でお慕いしているジャーネイル様がお可哀想でした。

でもアンソニー様は、頻繁にジャーネイル様とお茶をされ、観劇や音楽鑑賞など色々なところにジャーネイル様をお誘いしていています。デートコースについてのご相談を、アンソニー様はよくわたくしたちにされています。

デートのお話をお恥ずかしそうに、でもとても嬉しそうにジャーネイル様はお話しになります。男性からの初めての形式的ではないご好意に、もうすっかり夢中のご様子で、とってもお幸せそうです。

「あのお、わたくしのお家にい、こんなものがありましたのお」

ご婚約のお話が一段落して、ジャーネイル様がテーブルに置かれたのは襤褸切れでした。

「これはっ！！？　両面異繍！！？」

「ええっ！！？」

何気なく襤褸切れを手にされたエカテリーナ様は驚愕され、そのお声でわたくしもびっくりしてしまいます。

両面異繍とは、表裏どちらにも刺繍を施す技法です。裏の図柄が表の図柄を鏡映反転させたものになる両面刺繍とは異なり両面異繍は表と裏で全く別の図柄です。失伝した技法であり、古書にその存在のみが記される伝説の刺繍技法です。

現存作品は世界のどこにも無いはずです。ですが今、現存作品が目の前にあります‼

「アンソニー様と婚約してえ、お掃除とかのお、使用人のお仕事をお手伝いすることもお、お許し頂けましたのお。お手伝いのときこの布を見付けてえ、両面で別の図柄の刺繍はエカテリーナ様が探されていたことを思い出してえ、それでお持ちしましたのお」

「……この貴重な刺繍が、なぜこれほどボロボロなんですの⁉」

「あのお……倉庫にあった古い布製品は処分するってお父様がお決めになってえ、勿体ないと思った使用人が雑巾にしましたのお」

糸を解かれて布に戻されていますが、確かに雑巾として使用した形跡があります。使いやすいように裁断されたようで、図柄はどう見ても完全なものではありません。何かを拭かれたような染みもたくさん残っています。

「雑巾ですって⁉」

「ヒイッ……も、申し訳ありませんわあ。お父様はあ、刺繍を高く評価されませんのお」

刺繍を愛するエカテリーナ様は、当然お怒りです。目を三角にされたエカテリーナ様にジャーネイル様はすっかり萎縮されています。

エカテリーナ様は慌ててお怖い思いをさせてしまったことを謝罪され、ジャーネイル様に対してお怒りなわけではないことをご説明されます。

女性の地位が低い古門では、女性の芸術とも言える刺繍は高く評価されません。ですが……なんて勿体ないことを……。

「グリマルディ家のような古いお家なら、もしかしたらまだ両面異繍をお持ちかもしれませんわ。古門がお持ちの古い布製品は、すぐに当家が全て買い取りますわ」

貴重な文化財です。雑巾にされてしまうぐらいなら当家が全て買い取ってしまいます。

ちょうど良いです。元より国内随一だった当家の財力ですが、隣国の併呑でより一層大きくなっています。もっと派手にお金を使ってほしいと、ジーノ様からご依頼頂いたところでした。

「シャルロッテ。出ていらっしゃいませ」

「はい。奥様」

ブリジットが持つ、わたくしの新作の肩掛け鞄の中からシャルロッテが出てきます。暗殺対策のために普段はぬいぐるみのふりをさせていますが、このお二人なら秘密をお明かししても大丈夫です。

「初めまして。奥様のぬいぐるみのシャルロッテです。お会い出来て光栄です」

テーブルの上にちょこんと立ったシャルロッテは、ドレスのスカートを軽く持ち上げて貴族の礼法でお二人にご挨拶(あいさつ)をします。目を大きく見開かれて驚かれたお二人は、慌ててご挨拶を返されます。

「当家新作のストリーチヌイです。どうぞお召し上がり下さい」

シャルロッテは、ワゴンから持って来たレーズン入りフルーツケーキのお皿をお二人に差し出します。シャルロッテは当家のお菓子にとても詳しいのです。

「きゃあああああ。か、可愛いですわあああ。何ですのおおお？　この方はあああ？」

ジャーネイル様は黄色いお声を上げられます。エカテリーナ様は、平静を装われていますがお顔が緩みそうになるのを抑えきれず、口元がひくひくされています。

親友なので存じています。エカテリーナ様は可愛いものが大好きなのです。

少し雰囲気が悪くなってしまったので、シャルロッテに助けて貰いました。シャルロッテのお陰で、また和やかなお茶会になりました。

国内の古門のお家からたくさんの布製品を買い取りました。古い時代の高度な刺繍技法のものも多く、貴重な資料となりそうです。珍しいもののいくつかを学園にお持ちして刺繍科の先生方にもお見せしました。先生方や研究生の皆様は感嘆のお声を上げられていました。皆様はそれぞれお好

きなものをお借りになり、今はその研究に熱中されています。

結局、両面異繍は他にありませんでした。現存作品は、この雑巾になっていたものだけです。わたくしとエカテリーナ様は、この襤褸切れを研究することになりました。エカテリーナ様もご卒業後に目標とされていた賞を受賞され、その実績により研究生になられています。

改めて、見れば見るほどすごい刺繍です。細い糸を使うところでは、糸を解して繊維にして、お髪よりも更に細いその繊維を糸にしています。表面の獅子も裏面の虎も、今にも動き出しそうなほど精巧です。本当に、息を呑むほどの繊細さです。

一針一針にも意味があります。目を揃えるべきところは揃え、乱すべきところは緻密に乱されています。ものすごい数の種類の糸をお使いなのに、何千、何万にもなる結び目の全てが巧みに隠されています。凄まじい技量です。これを刺された方は、大陸屈指の大刺繍家に違いありません。

「この刺繍、お二人で創られていますわね」

エカテリーナ様が仰います。今は当家の刺繍室です。同じソファにエカテリーナ様と並んで座り、一枚の布をエカテリーナ様とご一緒に手に取ってお顔を近づけて詳しく調べています。

わたくしもそう思います。高度になればなるほど、刺繍には創作者の個性が出ます。使う技法の癖も、作品から読み取れる感性も、表と裏で全く別物です。

「両面異繍がお二人で刺すものなら、アナスタシア様。わたくしたちでこの技法を復活させませんこと？」

「まあ。素敵なご提案ですわ。ぜひご一緒させて下さいませ」

学園時代から、エカテリーナ様は両面異繍の復活を夢見ていらっしゃいます。その夢の実現に、わたくしもご協力したいです。

理由はそれだけではありません。わたくしもまた、この刺繍に魅せられています。この素晴らしい刺繍を研究して、その技術を学びたいです。そして自分自身の手で、こんな素晴らしい作品を創ってみたいです。簡単ではありません。でも、エカテリーナ様とご一緒に成し遂げてみせます。

この日から、わたくしたちの挑戦が始まりました。

ジーノ様の爵位の整理が終わりました。セブンズワース家に関わる爵位として、これまでジーノ様は、お父様から受け継がれた公爵位、セブンズワース大公国の建国を宣言されたときに名乗られるようになった大公位の二つをお持ちでした。

先ずは大公位について陛下から正式にご承認頂き、それからお父様と爵位を分け合われました。その結果、お父様がセブンズワース公爵、ジーノ様がセブンズワース大公になりました。

公爵位へのご復帰とともに、お父様はルッキズア王国の宰相にも復帰されました。今後は陛下とご一緒に王国の舵取りをされます。二十年近く陛下と二人三脚で王国を治められたお父様です。陛下との政治は慣れたものです。

ジーノ様は、セブンズワース大公として主に領地を治められます。以前よりセブンズワース領だったところは元より安定していますから、当面は旧隣国領を安定させることが目標となります。

その旧隣国の領地ですが、最近急速に安定して来ています。反乱を嗾けられていたリラード家が取り潰しとなったことが大きな要因の一つです。これ以外にもう一つ要因があります。

「セブンズワース大公妃殿下には、是非とも聖女としての列聖をお願いしたいと思います」

向かいのソファに座られるウォルトディーズ聖国の高位神官様は、そう仰って頭を下げられます。高位神官様のお話をお伺いするため、わたくしは今『紫華蔓（むらさきけまん）』の別名を持つ大公国第一宮殿の第十五応接室にいます。ジーノ様もお隣にいらっしゃいます。

もう一つの要因がこれです。リラード家と共にジーノ様とわたくしを襲撃されたのは、旧隣国貴族の皆様です。徴兵された兵士の皆様などご命令に従わざるを得なかった方々は、一、二ヶ月程度の労役の後に郷里へとお帰りになっています。

お帰りになった方々のお話として、わたくしが神々の愛（いと）し子様だという噂（うわさ）が広まっているのです。聖典に描かれる神々の愛し子様は、人のようなお姿で背中に白い翼をお持ちです。わたくしがフランセス様の軍と戦ったときの姿とよく似ているのです。

「アナ。君はどうしたい？」

「わたくしは、お受けしたいですわ」

「そうなのか？　しかし君は、吟遊詩人の歌にされることを嫌っていたのではないか？」

「それでも、お受けしたいですわ」

お歌は、確かに嫌です。特に、お姫様キックのお歌は本当に嫌です。わたくしは淑女です。そんなはしたないこと、絶対にしません。

でも、神々の愛し子様の噂が広まっただけでも混乱は沈静化に向かっているのです。聖女としての列聖を教会から正式にお認め頂けたら、間違いなくもっと状況は良くなります。

旧隣国領の統治でジーノ様がどれほど苦労なさっているかは、よく存じています。このお話をお受けして、内助の功でジーノ様のお役に立つのです。わたくし、頑張りますわ！

「妻が聖女となるに当たって条件があります。式典の出席義務を免除して頂きたい」

まあ。妻ですって。うふふふ。ジーノ様の妻。うふふふ。素敵な響きですわ〜。

それはともかく、聖女の義務って何ですの？　ジーノ様にお伺いすると、聖女は聖国で行われる公式行事への出席義務があるそうです。出席義務のある式典はほぼ毎週行われるので、聖女になったらウォルトディーズ聖国に住まなくてはならなくなるそうです。

知りませんでした……それなら、ちょっと考えてしまいます。ジーノ様は大公国をお治めになりますから、領地からは離れられません。わたくしが聖国で暮らすなら、ジーノ様と離れ離れです。そんなの嫌です。

「しかし、そんな前例はありませんから……」

「教皇猊下(げいか)には一つ貸しがあります。その貸しをここで使いましょう」

会談が終わってからジーノ様にお教え頂きましたが、ジーノ様はわたくしが聖女のお話を頂くことをかなり前から予測されていたそうです。聖女についてもお調べになっていて、式典の出席義務があることも把握されていました。

呪いの治療法をジーノ様が解明されたことで教皇猊下とお話し合いをされたとき、ジーノ様は「貸し」であることを強調されていました。もしわたくしがお話をお受けする場合は「貸し」をここで使うことを、そのときからお考えだったそうです。

聖女が現われると教会への寄付金が急増するので、この程度の条件なら聖国もお認めになるだろうとジーノ様は仰います。

ジーノ様はすごいです。そんな昔からこの状況を予測され、対策を立てられていたなんて本当にすごいです。

◆◆◆ジーノリウス視点◆◆◆

私は今、ローイ・ウォルトディーズ大聖堂の前にある広場にいる。この大聖堂は教皇猊下が主座を務める世界最大の大聖堂であり、ウォルトディーズ聖国の中心地だ。その前には巨大な広場がある。

何故ここに来ているかと言うと、今日がアナの列聖式だからだ。式典出席義務は免除されているが、この式典だけは出席してほしいと教皇猊下に懇願された。

式典はこの大聖堂前の広場で行われる。大聖堂内ではなく広場で行うのは、集まった信者たちが多過ぎるからだ。およそ百年ぶりの聖女ということで、広場内は世界各地から集まった高位神官で埋められている。中下級神官や一般信者は、大聖堂広場の外だ。小高い丘の上にあるこの大聖堂の前からは、無数の民衆が眼下に見える。凄い数だ。二十万人は軽く超えるだろう。

「将来あなたは立派な女性になるとは思っていたけれど、まさか聖女になるなんて思ってもみなかったわ。アナ、凄いわ」

義母上は誇らしげに笑う。

「ううう。儂だけの天使が、遂に世界の聖女になるとは……アナ。立派だぞ。本当に立派だ」

「お父様。恥ずかしいですから早くお鼻をお拭き下さいませ」

困り顔のアナは、ぼろ泣きする義父上の涙と鼻を拭いて上げてから、そのハンカチを義父上に渡す。義父上は間違っている。今のアナは、私だけの天使だ。

義父上と義母上、私の三人は、高位神官たちに交じって大聖堂前の広場内にいる。近しい親族のみ、アナのすぐ近くでの式典出席が許されている。

「そろそろ始めます。ご準備をお願いします」

神官の指示に従い、私たちは所定の位置に移動する。教皇猊下を含め全員立ったままだ。出席者が多過ぎるので、式典は誰一人椅子には座らず執り行われる。

教皇猊下が大聖堂の正面入口前に立ち式典開催を宣言する。大聖堂の正面に巨大な布が掲げられる。三階の窓上部にまで届くほどの大きさだ。布に刺繍されているのはアナだ。白い神官服を着て祈りを捧げている。この短期間にあれほど巨大な刺繍を創るとは、さすがは教会だ。

聖歌隊が歌い始めると、広場入口に横付けられた白い馬車からアナが現われる。広場入口で待っていた私はアナの手を取り降車をエスコートする。そのままアナをエスコートし、ゆっくりとした足取りでアナと共に大聖堂に向かい、二人で大聖堂前の階段を昇る。昇りきったところでアナは私から離れ、一人で教皇猊下の前へと向かう。教皇猊下の前に立つとアナは一礼する。これから列聖されるアナは、教皇猊下にも跪かない。

アナの横に立つ教皇猊下は、アナの素晴らしさを讃えるスピーチを始める。スピーチの後、聖女の証である天国の鍵の紋章が刻印された腕輪をアナの手首に着ける。教会の鐘が鳴り、その歴史と威厳を感じる音色でアナが聖女として公式に認定されたことを民衆に告知する。立っていた神官や信者たちは一斉に跪き、アナに向かって祈りを捧げる。

聖歌の大合唱が響き渡る中、純白の神官服に身を包むアナが神聖な光を帯びた三対六枚の白い翼を背に広げると、荘厳な大聖堂を背景に一メルトほど浮かび上がる。およそ現実とは思えない、天上の光景のような神々しさだった。

「なんと‼　神々の愛し子様であられたか‼」

「ああ……神々の愛し子様が……今、儂の目の前に……」

「なんという……ことだ……」

「ああ‼　神々よ‼　この偉大なる奇蹟に感謝を申し上げます‼」

白い翼を持つ女性は聖女ではない。神々の愛し子だ。教会から聖人や聖女の認定を受けた者はいるが、神々の愛し子の認定を受けた者は一人もいない。神に近い人間である聖女とは違い、神々の愛し子は完全に神の側の存在だ。

聖典にのみ登場する神聖な存在が、史上初めて人類の前に現われた。その歴史的瞬間に立ち会う幸運に恵まれた者たちは皆、厳かな式典の最中であることも忘れ、感激の声を上げて涙を流す。一般信者はもちろん、高位神官までもがそうだ。響き続ける聖歌の歌声にも涙声が入り交じる。

宙に浮かぶアナは、祝福の魔法を唱え始める。結婚式で使う新郎新婦への祝福魔法ではなく、信者に対する祝福魔法だ。手のひらを上に向けたまま胸の前で合わせると魔法が完成する。水を両手で掬うような形の手のひらから、金色の光が真っ直ぐに空の彼方へと立ち昇る。遙か上空で、その光の柱から金色の光の膜が広がり始め、急速に空を覆う。黄金の天幕が大空に張られると、黄金の光の祝福が雪のように舞い降りてくる。

凄まじい魔法だ。王都大聖堂の主座司教閣下や教皇猊下でも、祝福の光を降らせることが出来るのは街一つ程度だ。アナは一体、どこまで祝福の光を届けているのだ？　祝福の光が降るのは光の天幕が届いたところまでだ。今は空一面、見渡す限りが黄金の天幕だ。

魔法効果もあり得ないほどだ。祝福魔法は怒気や邪気などの陰性の気を抑制する効果を持つ。しかしその効果は気休め程度だ。ところが、アナの祝福は出鱈目な魔力密度だ。この祝福の光を受けたなら、怒っていた者も一瞬で冷静になり、盗みを企む者もいきなりその気力が失せるだろう。

神々の愛し子降臨の衝撃から周囲がまだ立ち直っていない中、祝福を終えたアナは予定通り私のところへ戻ってくる。後は、アナをエスコートして馬車に連れて行けば私たちの役割は終わりだ。これから教皇猊下の説法が始まるが、私たちがこの場にいる必要は無い。

「アナ。素晴らしかったぞ。君の神々しさと美しさに皆が感動していた」

エスコートしながらアナに話し掛ける。

「ありがとう存じます。うふふ。これで少しはジーノ様のお役に立てますわ」

「私の役に？」

「はい。ジーノ様が旧隣国領の統治で苦労されているのは存じていましたから。少しでもお役に立ちたくて、それで聖女の任をお引き受けしたんですの。わたくし、これから頑張りますわ！」

そう言ってアナは笑う。きらきらと輝いて、暖かくて神々しくて、心が奪われる笑顔だった。

……そうだったのか……私のために聖女になってくれたのか……君だけは、私の苦労に気付いてくれて……私を助けようと……君は……そんなことを考えていたのか……。

「アナ！　なんと可愛い人なのだ！」

「な、な、何をしとるかあああああ！！！」

気が付いたらアナを抱き締めてしまっていた。激怒する義父上は、そんな私を強引に引き剥がす。

「愛し子様ご夫妻は、随分と大胆なお付き合いをされているようですのう」

「神々の愛し子様を、人間の常識で測ることは出来んからのう。我々には破廉恥に見えても、愛し子様にとってはまた違うのじゃろう」

「ふむ。あれは瑞祥じゃ。もうすぐ愛し子様の御子がお目見えになるという吉兆じゃ」

「おお！　それはおめでたいですな！　来年には拝謁が叶いますかのう？」

周囲の高位神官たちのひそひそ話が聞こえる。高齢で耳が遠い人も多いので声が大きい。

やってしまった。厳かな式典の真最中に、二十万人以上の視線が集まる中でアナを抱き締めてしまった。アナへの愛おしさで心がいっぱいになってしまい、アナ以外は何も見えなくなってしまった。

アナはさくらんぼのように真っ赤になり、目をウルウルさせながら俯（うつむ）いてしまっている。血が上り過ぎたのか、頭もふらふらしている。

とにかく、今は式典の最中だ。私の役割は、アナを白い馬車までエスコートすることだ。気を取り直してエスコートのために私が肘（ひじ）を張ると、アナは私の腕にガシッと手を置く。

参列者に聖女の姿を間近で見せることも、このエスコートの目的だ。計画では、馬車までゆっくりと歩くはずだった。またエスコートでは通常、女性は男性の腕に軽く手を載せるだけで、歩く速さは男性任せだ。

だがこのときのアナは、手を載せている私の腕をぐいぐいと押しまくり、凄い速さで広場を駆け抜けるとあっという間に馬車に乗り込んでしまった。

予定では、私も馬車に乗って一緒に退場することになっていた。だが馬車でアナを待っていた怒りのブリジットさんは、私を乗せずに扉を閉めてしまった。私を置き去りにして馬車は走り出す。

アナの祝福の光は、ルッキズア王国やセブンズワース大公国にまで届いていた。桁違（けたちが）いの祝福に誰もが驚き、教会が宣伝するまでもなく今や誰もがアナの列聖を知っている。

そのアナは今、旧隣国領で精力的に活動している。大規模な治水工事を一瞬で終わらせたり、種

る。
を蒔いたばかりの畑をあっという間に大豊作の畑に変えたりと『魔導王』の力を存分に振るってい

宮廷魔法師が総掛かりでも到底出来ないことを、清浄な白光の翼を広げたアナが一瞬でしてしまうのだ。神々の愛し子が顕す奇蹟の噂は瞬く間に広まり、旧隣国領の民は今や熱狂的にアナを信奉するようになっている。聖典の中だけの存在が実際に目の前に現われ、神々の御力としか思えない奇蹟を顕わすことの効果は、教会から列聖を受けたこと以上に大きい。

もはや反乱は起こりようがない。神々の愛し子は、神の側の存在だ。剣を向けたなら即座に神敵となってしまう。加えて、アナは街道整備などもしてくれているし、ゴーレムが魔物討伐もしている。経済は急速に上向いていて、生活も安全になっている。反乱を起こす理由も無い。

リラード家と共に私たちを襲撃した貴族家から、多額の賠償金の支払い申し出とともに、謝罪をさせてほしいとの要請があった。名誉を重んじるのが貴族だ。通常なら人目の付かないところでこっそり謝罪する。しかし彼らは、民衆が見守る広場で平身低頭に謝罪することを強く望んだ。

『神敵の命令に従い神々に剣を向けるなら、汝も神敵である。汝がすべきは命令に従うことではない。邪悪な命令を下して汝を破滅させようとする神敵を、汝の剣で討ち滅ぼすことだ』

『神敵を見たら汝は討ち滅ぼすべきである。どれほど強大な力を持っていても、神敵を恐れる必要は無い。たとえ殺されたとしても、その苦痛より遙かに大きな福音が汝を待っているのだから』

聖典にはこういった記述が沢山ある。

アナを襲撃した貴族家は、今や立派な神敵だ。襲撃に参加した万を超える兵士たちは、全員が故郷に戻っている。彼らが話してしまうので、事実は隠しようが無い。

家門の騎士たちは、もはや彼らに従わない。民や兵士たちもまた、滅門させようと彼らへの襲撃を繰り返している。生き延びるため、アナから赦しを得るパフォーマンスが彼らには必要なのだ。

今日、アナはまた奇蹟を顕している。教会を訪れ、人々の怪我や病気を無償で治しているのだ。『気』と魔力を自在に扱えるようになったアナだが、治癒魔法は一人では出来ない。治療には、それぞれの病気に合った魔法を施さなくてはならない。魔法を自在に使えるだけでは足りず、医学知識も必要になる。だからアナが治癒魔法を施す場合、私も手伝っている。アナの体内魔力を私が操作し、適切な診断魔法と治癒魔法を発動させている。

『魔導王』が周天循環を完成させると、一般人の治癒魔法を受け付けなくなる。超高密度魔力の高速循環が強力な魔法障壁になってしまうからだ。

今のアナにも治癒魔法を掛けられるよう手は打ってある。超高圧魔力圧縮機は製作済だ。私の治癒魔法をこの装置で圧縮して魔力密度を高めれば、アナにも効く治癒魔法となる。

この場合、ベースになるのは私の治癒魔法だ。だから私は、以前から医学と治癒魔法を勉強している。そしてアナは、何万人でも治せる膨大な魔力を持っている。知識のある私が、アナの巨大な魔力を操作するのが組み合わせとしては最善だ。

普通なら『魔導王』の魔力を一般人の私が操作することは出来ない。たとえアナが抵抗しなかったとしても不可能だ。魔力密度が違い過ぎる。だが何故か私は、アナの魔力が操作出来る。

明らかに異常だ。アナの健康に問題があるのではないかと心配になり、発掘した大学図書館の文献を漁った。結果、過去にもそういった事例があり、学者たちが研究していた。

一般人が『魔導王』の魔力を操作するには、三つの条件を満たす必要があった。一つ目は、操作者の磁力性魔力を『魔導王』が長期に亘って浴びていること。二つ目は、操作されることを『魔導王』自身が強く望んでいること。三つ目は、操作者と『魔導王』に深い絆があることだ。

そのどれにも心当たりがある。私は過去、湖の畔でアナに指輪を贈っている。前世でピップーエ・レキバールと呼ばれていた健康器具の魔力流調整原理を利用したものだ。アナの手に触れる際、ときどき指輪にも触れこっそり魔力を補充していた。あの指輪の磁力性魔力は私の魔力だ。

『魔導王』自身が操作されることを強く望んでいるということもそうだ。「ジーノ様の魔力でしたら、いくらでも流し込んで頂きたいですわ」とアナ自身も言っている。

アナとの深い絆については、言うまでもないだろう。そうだ。私とアナは深い絆で結ばれているのだ。ふふふふふ。私とアナの深い絆は、前世の医学で立証されてしまったのだ。ふふふふふ。

「ねー。ママー。聖女様はなんで、あのお貴族様とお手々つないでるの？」

「あのお二人は『ゴブリン令嬢』のアナシイ様とジノヴァ様なのよ。とっても仲良しなの」

「そっかー。いちゃいちゃしてるんだー」

アナは今、右手を患者の患部に翳し、左手を私の右手と繋いでいる。アナの魔力を私が操作するには、私とアナが触れ合っている必要がある。その様子を見ている母親と子供がそんな会話をしている。

「こんなところでもずっと手を繋いでるなんて、もうアッツアツの激アツよね？」

「神聖な教会の中でも手を繋いじゃうなんて、びっくりよね？　ラブ味深すぎじゃない？」

「結婚してもまだあんなに燃え盛ってるのね。凄いわ。さすが『ゴブリン令嬢』のお二人ね」

「あそこまで盛り上がってるんだから、もう今日は帰ったら即ベッドインなんじゃない？」

楽し気に話す中年女性たちの会話は、音量が大き過ぎてここまで聞こえてしまう。平民のスラングが多いが、大体の意味は分かる。そして、平民女性らしい明け透けな表現だ。

彼女たちの会話が聞こえていないかのように、アナは患者に手を翳し続けている。だが間違いなくアナにも聞こえている。耳まで赤くなっている。

◆◆◆アナスタシア視点◆◆◆

ジーノ様のご尽力により、領地は急速に安定しています。中間搾取を省いて民の負担を軽減させる政策は大当たりで、皆様のご負担は大きく軽減しているのに税収は増えています。急速な経済回復と治安の安定をもたらされたことから、皆様は最近ジーノ様を『奇跡の大公』とお呼びになっています。うふふふ。とっても、とっても嬉しいです。

それをジーノ様にお伝えしたら「あれは君を射止めた幸運な男という意味だ」と仰っていました。そうではありません。わたくしは今、聖女としてセブンズワース領の各地でお仕事をしています。領民の皆様とお話しする機会も多いですから、皆様が『奇跡の大公』と仰る理由もよく存じています。

税負担も軽減され、無償の労役や兵役なども廃止され、汚職に手を染められた代官も次々に罷免されているから、皆様はジーノ様を讃えられるのです。民を思われる高潔なお人柄のジーノ様を、皆様は聖人のような方だとお考えなのです。

聖女としてのお仕事の一方、両面異繍の復活もエカテリーナ様とご一緒に成し遂げなくてはなりません。普通ならこの二つを同時に進めることは出来ませんが、ジーノ様がご解決下さいました。

王都の当家お屋敷と、旧セブンズワース領にある大公国第一宮殿、旧隣国王宮の第二宮殿のそれぞれに転移陣をご設置下さったのです。転移魔法により、この三ヶ所なら一瞬で移動出来るようになりました。旧隣国領で聖女のお仕事をしながら、王都でエカテリーナ様と両面異繍の復活の作業も出来ます。

この生活を始めてからしばらくして、エカテリーナ様は誓約書をお持ちになりました。当家の持つ遺物（アーティファクト）の魔道具に関しては、決して口外しないことをお約束するものです。わたくしのセブンズワース領と王都の行き来は、遺物（アーティファクト）の魔道具によるものだとお気付きになったのだと思います。

遺物（アーティファクト）の魔道具については言及されないのがマナーです。エカテリーナ様はマナーという弱い拘束ではなく、書面による誓約という強い形で口外されないことをお約束下さったのです。わたくしたちを安心させようというお心遣いです。本当に、素敵なお友達です。

今日もまた当家の王都お屋敷の刺繍（ししゅう）室で、エカテリーナ様とご一緒に両面異繍を創っています。

「これで……完成ですわ……」

最後の一針を入れられたエカテリーナ様は、そう呟（つぶや）かれます。お声は涙声です。

遂に、遂に、完成しました。エカテリーナ様がずっと夢見ていらっしゃった両面異繍の復活を、エカテリーナ様とご一緒に成し遂げることが出来ました。

わたくしもまた、ぽろぽろと涙があふれて止まりません。この二年の想い出が次々と脳裏に浮かびます。

エカテリーナ様もわたくしも、この作品に大変な情熱を注ぎました。この二年の間、ときにはエカテリーナ様と口論にもなりました。でも、刺繍に関してお互いに本音をぶつけ合うことで、他のことでも以前よりずっと本音でお話し出来るようになって、前よりももっと仲良しになれたと思います。

エカテリーナ様との口論も、刺繍をしながらの楽しいお喋りも、疲れてソファで並んで眠ってしまったことも、お夜食をご一緒したことも、振り返ればその全てがきらきらと輝く大切な想い出です。生涯忘れることの出来ない、とっても素敵な時間でした。

そうやって注いだわたくしたちの情熱が、遂に「かたち」になりました。嬉しいです……。

気付けば、エカテリーナ様と泣きながら抱き合って喜んでいました。


両面異繍の復活は、学園の先生方にもご報告しました。遠い昔に滅んだ国の失われた刺繍技法の復活に、先生方も大層驚かれました。

就任式は少し先ですが、この功績によってエカテリーナ様とわたくしは研究生から名誉教授へと一挙に昇格することになりました。名誉教授とは、授業を受け持つことのない教授職で、刺繍の大家でありながら他のお仕事もお忙しくされている方が就かれる職位です。

通常、教授職に就かれるのはご年配の方です。わたくしたちは二十代前半で教授職になってしまいました。何だか嘘みたいです。

先生方はお付き合いのある近隣国の大刺繍家の皆様にお手紙を書かれ、両面異繍の復活をお伝えになりました。その反響は大変なもので、多くの方がこの国へご訪問されての鑑賞を希望されました。ご希望の方が多過ぎるので、美術館を貸し切って特別展覧会を開催することになりました。

今日は国立美術館に来ています。両面刺繍お披露目の特別展覧会のためです。刺繍科の先生方や

エカテリーナ様もいらっしゃっています。

「おめでとう、アナ。いよいよ君たちの作品が世に知れ渡るな」

お祝いのためにお越し下さったジーノ様は、とても嬉しそうな笑顔です。まるでご自身のことのようにお喜び下さいます。

「さあ。作品を見て回ろう」

ジーノ様のエスコートで、先ずは美術館巡りです。

展示されているのは、両面異繍の作品だけではありません。両面異繍のために各国から高名な先生方がいらっしゃったので、その方々の作品も展示されています。近隣国の著名な刺繍家の皆様の作品が一堂に集まることなんて、滅多にありません。どうしても観て回りたくて、先生方にお願いしてお時間を頂いたのです。

「今日という日を記念して『アナスタシア大公妃の刺繍の日』という祝日を大公国で作ろうと思うのだが、どうかな?」

「……あの……またの機会にお願いしたいですわ……」

ジーノ様はとっても素敵な方なのですが、ときどきとんでもないことを仰います。

展示されている作品はどれも独創的で、すごい技量で、一度目にしたら心が作品に吸い込まれてしまうものばかりです。本当に豪華な展覧会です。素晴らしい作品の数々をジーノ様とご一緒に鑑賞出来て大満足です。

ジーノ様はお仕事に戻られ、わたくしも刺繍科研究生としてのお仕事を始めます。先ずは両面異繍の展示場所へと向かいます。他の作品は壁に掛けられて展示されていますが、わたくしたちの作品は通路中央の台座に展示されています。これなら表裏のどちらも鑑賞出来ます。

この作品のタイトルは『いつも一緒に』です。片面が戦場で背中を預け合い共に戦う恋人同士のデザインで、もう片面はお家のソファに並んで座り葡萄酒を傾けてゆっくり寛ぐ恋人同士のデザインです。

先にいらっしゃっていたエカテリーナ様とお喋りしながらお待ちしているとお時間になり、多くの方がお集まりになります。各国からいらっしゃった大刺繍家の皆様と、そのお弟子様です。

「皆様にご紹介しますわね。当学園の主任研究生のアナスタシア・セブンズワース大公妃殿下と研究生のエカテリーナ・バイロン公爵令嬢ですわ。そちらの両面刺繍を創られたのは、このお二人ですの。準備が整い次第、お二人とも一気に名誉教授へと昇格されますわ」

わたくしのお師匠様のお一人であるガートルード先生が、お集まりの皆様にご紹介下さいます。ガートルード先生は、以前はケンドール先生とお呼びしていた方です。弟子入りに合わせてお名前でお呼びするようになりました。

「まあ！　あなた方なんですの⁉　こんなにお若い方なんですの⁉」

「まあ‼　もしかして『ゴブリン令嬢』の方ではなくて⁉　大公妃殿下なら『ゴブリン令嬢』の方ですわよね⁉」

「皆様静粛に！　先ずは両面異繍について詳しくお伺いしませんこと⁉　わたくし、そのためにこの国に参りましたの！」

皆様は一斉にお声掛け下さいます。お声はとても大きく早口です。

人数が多過ぎて作品も鑑賞出来ないほどなので、グループを分けることにしました。一つは、作品を鑑賞されるグループです。こちらはエカテリーナ様がご担当され、作品の横に立たれて解説されたり、ご質問にお答えになったりされます。

もう一つのグループは美術館の庭園でお茶をされるグループです。作品鑑賞を終えられた方や見学の順番をお待ちの方がお集まりになります。こちらはわたくしが担当し、お茶をご一緒しながら皆様からのご質問などにお答えします。

お集まり下さった皆様と、美術館庭園のガーデンテーブルが広がる場所へと移動します。春の庭園は紫丁香花や衝羽根朝顔、広葉花簪などが咲き乱れています。

うふふ。お天気も良くてお花も綺麗で、お茶をするだけでも楽しいですわ。

お茶会が始まると、次々にご質問が飛んできます。さすが刺繍の大家の方々です。ご質問も専門的で、要点を突いたものばかりです。

両面異繍の復活は、実は数十にも及ぶ古代の技法の復活です。実際に針と糸を用いて古代の技法をご説明すると、皆様は食い入るようにご覧になります。実演で使われた布を皆様は順にお手に取られ、真剣なお顔で細部までご覧になっています。

「制作者のお二人は、凄い美人ですわね！　創作意欲が湧きましたわ！　あなた方をモデルに刺繍を創りたいですわ！」

やっぱり刺繍家の方は自由奔放です。全然関係ないお話を唐突に始められる方もいらっしゃいます。お断りしたいですが、この方は権威ある刺繍の大家です。無下にお断りする訳にもいきません。

わたくしがお返事に窮していると、強い春風が突然吹いて花びらが舞い飛びます。慌ててお髪とスカートを押さえます。

「まあ。大公妃殿下は、スカートの下にボトムスをお穿きになっていますの？」

強い風でしたので、スカートの裾が翻ってしまいふくらはぎより下が少し見えてしまいました。恥ずかしいです……。

スカートの下に女性騎士用のボトムスを穿いているのは、魔法を使うときのためです。後光を展開させたとき、気を抜くとすぐに体が浮いてしまいます。うっかり浮き上がってしまい、スカートの中を多くの男性にお見せしてしまったら……淑女として、もはや毒杯を呷るより他ありません。そのためのボトムスです。

「当然ですわ！　お姫様キックに必要ですもの！」

「いえ。違い」「まあ！　あれも実話でしたのね⁉　『ゴブリン令嬢』が実話でしたから、もしかしたら実話じゃないかって、ずっと思っていましたの！　やっぱりそうだったのですわね⁉」

「まあ！　驚きですわ！」

「凄いですわ！　夢みたいですわ！」

「皆様のお国では、どんな『セブンズワース夫人の世直し大冒険』が歌われていますの⁉　イエヌ王国では、砦の防衛戦で迫り来る敵兵をお姫様キックでバッタバッタと――」

「……あの……皆様……あの……」

あのお歌が熱狂的にお好きな方が、何人もいらっしゃるようです。大変な盛り上がりです。熱の籠もった議論を始められ、わたくしの言葉はお耳に入りません。刺繍家の方には、お好きな話題になるとお話が止まらなくなる方も多いです。

あのお歌ですが、いつの間にか『セブンズワース夫人の世直し大冒険』という題名でシリーズ化してしまいました。夫人なのに、なぜか決め技はお姫様キックです。

皆様がご存知ということは、近隣国にまで広まっているということです。恥ずかしいです……。

第十四章　慶事は続く

◆◆◆ジーノリウス視点◆◆◆

「汝、エカテリーナ・バイロンは、ケヴィン・ウィザースを夫とし、良きときも悪きときも、富めるときも貧しきときも、病めるときも健やかなるときも、共に歩み、他の者に依らず、死が二人を分かつまで、愛を誓い、夫を想い、夫のみに添うことを、神聖なる婚姻の契約の下に誓いますか?」

ガチガチに緊張したアナがエカテリーナ嬢に問い掛ける。聖女のアナは、もちろん結婚式の立会人を務めることも出来る。今日アナは、初めて立会人をしている。

「誓います」

会場中に凛と響く声でエカテリーナ嬢が答える。当事者の彼女の方がずっと表情に余裕がある。

エカテリーナ嬢とケヴィン君の結婚式が今、王都の大聖堂で行われている。私は参列者として、アナは立会人として参加している。

本当なら、結婚式はもっと前に挙げるはずだった。遅れたのはケヴィン君が原因だ。当主である父親の制止を無視して、ケヴィン君は防衛戦に参加してしまった。これに当主は激怒し、ケヴィン君は当面の蟄居となった。それで式を挙げられなかったのだ。

しかし、延期になったお陰で式はアナの列聖後になり、こうしてアナが立会人を務めることも出来ている。聖女が立会人なら、後世にまで語り継がれる大変な栄誉だ。人生、何が幸いするか分からない。

そう言えば、ジャーネイル嬢も「人生ってえ、何が幸いするか分かりませんわあ」と言っていた。婚約破棄されて不幸のどん底だった彼女だが、アンソニーと婚約した今の方が以前よりずっと幸せなのだそうだ。結果的に、婚約破棄が彼女の幸運の呼び水となっている。ちなみに、その二人の結婚式でもアナが立会人を務める予定だ。

聖歌隊が歌い始め、アナは祝福の魔法を唱え始める。魔法が完成すると、雪のような光が天井をすり抜けて大聖堂内にも降り注ぐ。祝福の開始を知らせる教会の鐘が鳴る。光の大雪の中、エカテリーナ嬢とケヴィン君は虹色(にじいろ)の光の柱に包まれる。

エカテリーナ嬢は、親友であるアナの立会いを望んだ。アナもまた、立会人として祝福することを望んだ。立会いをアナが望んだのは、この桁違(けたちが)いの祝福も理由の一つだ。アナの祝福はこの国全土を優に覆ってしまう。最高の祝福で、親友の結婚を祝って上げたかったのだ。

「神の御名の下、ここに結婚が成立し、一組の夫婦が誕生したことを立会人・聖女アナスタシア・セブンズワースが宣言します」

アナが宣言すると、結婚成立を知らせる鐘が鳴る。

本来ならこれで結婚式は終わりだ。だがアナは、ここで淡い光を放つ三対六枚の白い翼を背に現わし、ふわりと五十センチほど浮き上がる。ここからはアナのサプライズ・プレゼントだ。

「マジかよ！　アナスタシア夫人が神々の愛し子ってのは、本当だったのか⁉」

「……これは……驚いたな」

「うわあああ！　アナスタシア様あああ！　すっごいですわああ！」

近くに座るジャスティンやアンソニー、ジャーネイル嬢が驚きの声を上げる。

胸の前で向かい合わせているアナの両手のひらの間に扁球型立体魔術回路が現われる。この魔法は立体魔術回路を用いる高度なものだ。魔法に対する理解がまだ前世の小学生程度なアナでは、これほど高度な魔術回路の設計は出来ない。しかし、私なら可能だ。

今のアナは、『気』と魔力を自在に扱える。設計済の魔術回路さえあれば、高度な魔法でも発動出来る。ここで光翼を展開させたのは、光翼の補助が必要なほど高い制御力が要求される魔法だからだ。

「『エカテリーナ・バイロンと～♪　ケヴィン・ウィザースの契りは成らん～♪　愛の礎～♪　固く据え～♪　神々の御恵～♪　常に覆えば～♪』」

アナの魔法が完成すると、突然宙に無数の聖精が現われる。昆虫の羽を持つ小人は妖精だが、鳥の翼を持つ小人は聖精だ。聖精たちは笑顔で飛び回りながら聖歌の合唱を始める。

「なんて……ことだ……奇蹟だ……」

「なんと！　神々がこのご結婚を祝福されるのか！」

「ああ！　神々よ！」

大聖堂内の人たちは、参列者も神官も一様に驚愕の声を上げ、すぐに跪く。そして、奇蹟を目の当たりにした感激で涙しながら神々に祈りを捧げる。

エカテリーナ嬢……いや、もうエカテリーナ夫人か。エカテリーナ夫人たちは口をぽかんと開け、歌いながら飛び回る聖精たちを見詰めている。

驚愕し、感涙しているのはこの大聖堂内の人たちだけではないだろう。この音声を伴う幻影魔法は、この国全土で展開されている。特に、バイロン領の人たちは驚いているはずだ。神々の祝福を受けた者を、民は無条件に支持する。この魔法は、今後の彼らの領政できっと役に立つ。

聖歌を歌い終えると聖精たちは消える。エカテリーナ夫人は、涙ながらにアナにお礼を言っている。

アナとエカテリーナ夫人は、共同で伝説の刺繍技法を復活させた。その偉業により、二人は今や国内最高峰の刺繍家の一角だ。名声は国外にまで轟き、弟子入りを望む者が国内外から集まっている。

二人で一緒に成し遂げたことで、アナとエカテリーナ夫人は更に親しくなった。そのせいで、ときどき口論もするようになっている。最近した口論は、両面刺繍の制作者名でどちらを上にするかということだ。結局エカテリーナ夫人が折れ、夫人が第一順位、アナが第二順位となった。

私だって、アナと口論なんてしたことは無い。それなのにエカテリーナ夫人は、夫である私を差し置いて親し気にアナと口論をしているのだ。

刺繍が完成したとき、二人は泣きながら抱き合って喜んだらしい。その場に私を呼んでくれても良いのではないだろうか？　アナが泣くほど喜ぶなら、私だってその感動を分かち合いたい。

アナは今、涙を零すエカテリーナ夫人の頭を撫でている。こういうことも、これまではなかった。二人の関係は以前よりもずっと親密になっている。だが私だって、アナに頭を撫でてほしいのだ！

アナが友人との仲を深めたのは嬉しい。しかし、少し不満でもある。

◆◆◆アナスタシア視点◆◆◆

「おめでとうございます。ご懐妊です」

スザンナ先生は満面の笑顔で仰います。驚きのあまり言葉を失ってしまいました。

わたくし、母親になるんでしょうか……信じられません……。

「奥様っ！　おめでとうございますっ！！！」

ブリジットも自分のことのように喜んでくれます。

すぐにジーノ様にもお伝えしたいのですが、それは叶いません。旧隣国領も落ち着いたので、ジーノ様は今シモン領にいらっしゃいます。しばらくはお帰りにはならないのです。

エカテリーナ様はお約束通り、バイロン家の軍を率いられて戦争にご参加下さいました。ジーノ様もお約束通り、バイロン家との魔道具の取引量を増やすためにシモン領でお仕事をされています。

わたくしも同行したかったのですが、体調が思わしくなく止められてしまいました。診察を受けたところ、妊娠が発覚したのです。


「楽しみね。早くこの手で孫を抱きたいわ」

先にお母様にご報告します。お伝えしたら、お母様はとっても上機嫌です。

ジーノ様には、お帰りになってからお伝えすることにします。お手紙でお伝えすることも出来ますが、それはしたくありません。わたくしにとって、とても大事なことです。お逢いして直接お伝えしたいのです。

「あの、お父様には、しばらく内緒にして頂きたいんですの」

「あら。どうして？」

「……は、恥ずかしいですわ」

「アナがそうしたいなら、わたくしからは言わないでおくわ。ふふふ。秘密にされていたことを知ったら、あの人きっと泣くわね」

クスクスとお笑いになってお母様はご承諾下さいます。

もう少ししたら流れてしまう確率もぐっと下がるらしいです。そこまで来たら仕方ありませんが、それまでお父様には内緒です。


出産や育児に関するご本を読んでいると、だんだん不安になってしまいます。わたくしのような未熟者が、本当にお子をしっかりと育てられるのでしょうか……。

ときに男性は、女性以上に妊娠や出産に対して不安を感じることがあると、先ほど読んだご本に書かれていました。不安を重圧とお感じの男性は、真面目で責任感が強く、人に相談することが不得手な方とのことです。まさにジーノ様のことです。

ジーノ様はお喜びになって下さるでしょうか……。

ジーノ様のことです。酷(ひど)いことは仰らないでしょう。ですが、内心ではご負担に思われるかもしれません。もしかして、お伝えしない方が良いのでしょうか……。

「何の心配もいりません。ジーノリウス様なら、飛び上がって喜ぶに決まっています」

ブリジットは自信満々でそう言います。

「そうかしら……」

「そうですよ。ですが、そうやって心配になってしまうのも普通のことです。普段なら気にも掛けないようなことでも、ご懐妊中は不安に思ってしまうものです。奥様だけではありませんから、ご安心下さい」

先ほど読んだご本にも、妊娠中は気持ちが不安定になると書かれていました。この気持ちは、妊娠中特有のものなのでしょうか？

「さあ、奥様。ずっと部屋に閉じ籠(こも)っていると気が滅入ってしまいます。庭園の散策でもしましょう。天気も良いですし、きっと気も晴れると思います」

「アナ。体調はどうだ？　原因は何だったのだ？」
ジーノ様がお戻りになりました。馬車から降りられるなり真っ先にされたのは、わたくしの体調のご心配です。本当にお優しい方です。心が温かくなってしまいます。
「そのことでお話がありますの」
そうお伝えして、後ほど『黒勾玉(まがたま)』の応接室へお越し頂くようお願いします。

「それで！　何の病気だったのだ⁉」

人払いをするなり『黒勾玉』の別名を持つ当家第六十六応接室に、酷く緊張されたご様子のお声が響きます。ジーノ様は、大変張り詰められた表情で、汗もたくさん掻(か)かれています。

……今気付きました。わたくしの言い方は、深刻な病気だと誤解されかねない表現でした。先ほどはわたくしも緊張していて、表現にまで気が回りませんでした。早急に誤解を解かなくてはなりません。でも、これでお話を切り出す決心が付きました。

「……あの……お、お、お子が宿りましたの」

ジーノ様は飛び上がって喜ばれると、ブリジットは言っていました。でも実際のジーノ様は、そうはされませんでした。

大きく目を見開かれ、がばっとお立ちになると、そのまましばらく身動きをされませんでした。

それからは、ただ泣かれるばかりでした。わたくしを抱き締められると、お声にならないお声を漏らされ、ずっと涙を零されていました。

ジーノ様の涙がとても温かくて、わたくしも泣いてしまいました。結ばれたのがこの方で、本当に良かったです。


セブンズワース家は、お子が出来難い家系です。お父様もわたくしも一人っ子です。もしわたくしがお子を産めなかったら家門は大きく揺らぎ、使用人たちまでその混乱に巻き込まれてしまいます。本当ならお子を宿せて一安心するところなのですが、ずっとそんな気持ちにはなれませんでした。

ですが今日、ようやく安心感が心に湧き始め、お子を宿す幸せを実感出来るようになりました。ジーノ様がお帰りになり、懐妊をお喜び下さったからです。それで気持ちが大きく変わりました。

お帰りになってからずっと、ジーノ様はわたくしのお近くにいらっしゃいます。細々としたお世話もして下さり、先ほどもわたくしのために白湯(さゆ)をご用意下さいました。

暖炉の前でその白湯を頂いていると、執事長のマシューがジーノ様を訪ねて来ます。

「ジーノリウス様。次回のシモン領ご訪問の日程について確認させてほしいですのう」

「すまないが、日程は全てキャンセルだ」

マシューは驚いています。

「……理由をお伺いしても宜(よろ)しいですかのう?」

「妻が妊娠したときの心構えが書かれた本を、先ほど読んだ。それに書いてあったのだ。妊娠中の妻は精神が不安定だから出来るだけ側(そば)にいるように、とな」

「奥様のお近くにいるため、ということですかのう？」

「そうだ。次回のシモン領の訪問だけではない。子供が生まれるまで、全ての日程はキャンセルだ。これから出産まで、毎日二十四時間アナの側にいる」

「まだお腹も大きくなっていませんから、随分な期間になりますのう。業務に深刻な支障が出そうですがのう……」

「仕方ないだろう？　アナとお腹の子のためだ」

固く決心されたご様子のジーノ様に、マシューは言葉を失ってしまいます。それから視線にたっぷりと救援要請を込めて、マシューはわたくしを見詰めます。

「アナ。安心してくれ。君を不安にはさせない。絶対に、だ」

わたくしの手を握られ、とても誠実でお優しい眼差しでジーノ様は仰います。

「……あの……ちゃんと働いて下さった方が安心ですわ」

ジーノ様がずっとお近くにいらっしゃるなら、わたくしも安心です。でも駄目です。出産までずっとお仕事をされなかったら、領地は大変なことになってしまいます。

「む？　そうか？」

「もちろんですぞ！　妊娠中に夫が働きもせず家でゴロゴロしていたら、どんな女性だって不安に思いますぞ！」

この好機を逃がすまいと、すごい勢いでマシューが同意します。

結局、ジーノ様はちゃんとお仕事をされることになりました。日程は大分減らされましたが、シモン領にも行かれます。

懐妊により外出は控えるようにしていましたが、全く出ないという訳にはいきません。今行われている王宮での式典行事もそうです。太上国王陛下、つまりわたくしのお祖父様の追悼式典です。出席しない訳にはいきません。

「これを以って、太上国王陛下の追悼式典を終えたいと思う。皆の者、大儀であった」

陛下が閉会のご挨拶を終えられました。長く感じられた式典がようやく終わりました。

席を立ち、ジーノ様のエスコートで会場出口へと向かおうとすると、目の前が暗くなります。貧血です。足がふらついてしまいます。

ですが、わたくしもセブンズワース家の一員です。お家の品格を守らなくてはなりません。ここは王宮の式典会場で、しかもまだ多くの方がいらっしゃいます。倒れる訳にはいきません。

「申し訳ありません。人のいらっしゃらないところまでエスコートをお願い出来ますか？」

エスコートして下さるジーノ様の腕に掴まりつつお願いします。

「何を言っている⁉　君を歩かせるものか！　君とお腹の子に何かあったらどうする⁉」

「え⁉　ジ、ジ、ジ、ジーノ様⁉」

わたくしを安心させるように微笑まれると、なんとジーノ様は、わたくしを抱き上げてしまわれました！　そして、ものすごいスピードで走り始められたのです！

「まあっ‼　なんて大胆な‼」

「あれはっ‼　お芝居などにある『お姫様抱っこ』ではありませんこと⁉」

「すっごいですわ！　美男美女で、まるで恋愛劇の一場面ですわ！」

「ハハッ！　やるじゃないか！　さすがは大公殿下だ！」

は……は……は……恥ずかしいですわああああああ！！！

式典終了直後で、まだ会場には大勢の方がいらっしゃいます。その視線の全てがわたくしたちに注がれています。騎士の皆様は、口笛を吹かれたり拍手をされたりしていらっしゃいます。

公の場で男女が触れて良いのは手のひらだけです。おしどり夫婦で有名な方々だって、王宮ではそうされています。お姫様抱っこで走り回られる方なんて、噂をお聞きしたことさえありません……。

もう恥ずかしくて、恥ずかしくて、どうにかなってしまいそうです。手でお顔を隠さずにはいられません。

「まあっ‼　あれをご覧になって‼」

「な、なんですのあれ⁉」

「まあっ！　なんてドラマチックな！」

「凄いですわ！　まるで恋愛劇のハイライトシーンですわ！」

会場を出た後に廊下ですれ違う皆様もまた、大層驚かれています。

「……は……は……恥ずかしいですわ～。下ろして下さいませ～」

驚いてしまい、なかなかお声が出せませんでした。ようやくお声を絞り出すことが出来ました。

「しかし、君は顔色が真っ青……ではなく真っ赤だな」

「当たり前ですわ！」

「大丈夫なのか？」

もちろん大丈夫です。たとえ貧血で倒れてしまったとしても、お姫様抱っこで王宮を駆け回るよりずっと大丈夫です。

下ろして頂き、逃げるように馬車へと向かいます。先ほどまでは頭から血の気が引いていましたが、今は平気です。血の気は逆に頭に集まって、お顔は焼けるように熱いです。


馬車が走り出すと、先ほどの皆様のお言葉が何度も脳裏に蘇ります。

『まあっ‼ なんて大胆な‼』

『まあっ‼ あれをご覧になって‼』

『な、なんですのあれ⁉』

『すっごいですわ！ 美男美女で、まるで恋愛劇の一場面ですわ！』

思い出す度に、火を噴きそうなくらいお顔が熱くなります。

「その……すまない。万が一のこともあるのではないかと、怖くなってしまったのだ」

ジーノ様がそうされた理由は分かっています。昨日の夜、お読みになっていた医学書が原因です。妊婦の死亡事例などが集められたものを、お顔を真っ青にされて読んでいらっしゃったのです。あれでご不安になってしまわれたのでしょう。

ジーノ様だって、人並みの羞恥心はお持ちです……多分お持ちのはずです……。

それでもあんなことをされたのは、恥ずかしさをお忘れになってしまわれるくらいに、わたくしをご心配下さったからです。不器用ですが、とてもわたくしを大切にして下さる、本当にお優しい旦那様なのです。

しゅんとされるジーノ様は子犬のようで、とてもお可愛らしいです。涼やかで氷の彫刻のような美貌の方が、こんなお顔をされるのです。普段との大きな落差に、胸が高鳴ってしまいます。

「ああああああああああああああ！」

「お、奥様⁉」

奇声を上げげつつベッドで高速回転を始めたわたくしに、ブリジットが驚いています。

こんなことをしてしまう原因はお母様です。

『アナ。凄いじゃない。王宮は今、あなたたち二人の話題で持ち切りよ？』

先ほどお母様は、知りたくもないことをとっても楽しそうにお教え下さいました。

もう恥ずかしくて恥ずかしくて、自室に戻ったらすぐにベッドを転げ回ってしまいます。やっぱりジーノ様には、もう少し落ち着きをお持ち頂きたいです。

第十五章　エピローグ――気の早いプロポーズ――

「お目覚めになったのですね？」

　ベッド脇には、椅子が置かれている。その椅子に腰掛けた老婆が、ベッドに横たわる老人に温かい笑みを浮かべながら声を掛ける。老婆は老人より十五歳ほど若く見え、老いてもなお気品がある美しい女性だった。

「……どれぐらい寝ていた？」

　ベッドから体を起こさず、掠（かす）れた声で老人が老婆に尋ねる。

「二日ほどになりますわ……お目覚めになって、本当に良かったです。さあ。お水をお飲み下さいませ」

　優しそうな笑みで老婆は老人の世話をする。

　水を飲み終えた老人は、独り言を呟（つぶや）くように言う。

「夢を見ていた」

「まあ。どんな夢ですの？」

　老婆は、優しげな目で老人に尋ねる。

「君と出逢ってから結婚して、大公国を建国して……君が子を宿すまでの夢だ」

「まあ。それはまた、随分と長い夢ですわね」

　陽（ひ）だまりのような暖かい笑みを老婆は浮かべる。

「すまない。そんな顔をさせてしまって」

ベッドで横たわる老人は老婆に謝る。

老婆のその笑顔を他の誰が見ても、穏やかで幸せそうな笑顔だと言うだろう。

しかし老人にだけは、笑顔の裏にある彼女の涙が見えていた。一つの人生という長い時間を彼女と共に歩んで来た老人は、他の誰も及ばないほど深く老婆を理解していた。

「不思議な踊りを見せて上げたいのだが……起き上がれそうにない」

体を起こすことが出来ない老人は、横になったまま人差し指と中指をベッドの上に立てる。そして二本の指を奇妙に動かす。もはや起き上がることさえ出来ない老人が老婆に見せたのは、人差し指と中指でのダンスだった。

命の火が燃え尽きようとしている老人は、力を振り絞って指を動かす。笑顔が陰る老婆を楽しませるために。心から笑って貰うために。

「うふふ。ありがとう存じます。元気が出ましたわ」

老婆は懸命に笑った。貴族としての長い人生の中で、本心を隠す技術は十分に培っている。その技術を総動員して、渾身の力で笑顔を作った。

自らが死に瀕してもなお老人は老婆を想い、老婆の心からの笑顔のために力を振り絞ってダンスを見せてくれる。その痛切な優しさに触れて溢れそうになる涙を、持てる技術の全てで懸命に抑え込んだ。

「……アナ。君のお陰で幸せな人生だった。子供たちや孫たちに囲まれて楽しい元宵節だった。こうして死の間際まで寄り添ってくれて、私は孤独を感じる暇さえなかった。君が私に笑顔を見せてくれれば、それだけで心が満たされ幸福が胸に広がっていった……君のお陰で、本当に幸せで……

最高の人生だった」

「……わたくしも、あなたと人生をご一緒出来て、本当に、本当に幸せですわ」

「アナ……キスしてくれ……」

「あら。わたくし、もうお婆ちゃんですのに」

「……年齢も容姿も関係ない……アナ……君が可愛いのだ」

ベッドの上の老人は愛おしそうに老婆を見詰める。心の底から老婆を可愛いと想っていることは、一目瞭然だった。

老婆はそっと唇を重ね合わせる。

「アナ……来世でまた逢おう……私は『奇跡の大公』だ……必ず奇跡を起こして……また君と巡り逢ってみせる……そのときはまた……私と結婚してほしい」

「まあ。随分と気の早いプロポーズですのね。そのプロポーズ、お受けしますわ」

老人の手を握りしめ、老婆は愛おしそうに微笑む。老人もまたその手を握り返し、愛おしそうな笑みで老婆を見る。

言葉を交わさないまま、二人は見詰め合う。長い時間を共に過ごした二人には、言葉など不要だった。

「……そろそろ向こうに……行くことになる」

「あちらで少しだけお待ち下さいませ。わたくしもすぐに参りますわ」

「……少しこちらでゆっくりしてくれ……奇跡を起こすにも……色々と準備がいるのだ」

「あなた。わたくしは来世でも必ず、あなたを探し当ててみせますわ。わたくしの心の指標は『幸せを諦めない』ですの。次の人生でも、わたくしの幸せを諦めるつもりはありませんわ」

「……そうか……君の方でも私を探してくれるか……それなら間違いなく逢えるな……」

「ええ。もし、お逢いしてもあなたがお気づきにならないようでしたら、またわたくしからプロポーズして差し上げますわ。ですから、ご安心下さいませ」

「……大丈夫だ……君を見て……私が気付かないなど……ある訳が無い……」

「まあ」

老婆は楽しそうに笑う。

「……アナ……愛してい……」

老人の言葉は、途中で途切れる。

「わたくしも愛していますわ……心から……心から……愛していますわ……」

老人の心からの言葉に、老婆もまた心からの言葉を返す。

卓越した老婆の社交技術を以てしても抑え切れず、声は震えてしまっていた。

それから室内は静寂となる。長い、長い静寂だった。

「…………おやすみなさいませ……ジーノ様……」

老人の手を握り続ける老婆は、ほろほろと涙を零し始める。

危険な状態の老人の心労にならないようにと、これまで懸命に堪えていた涙は、堰を切ったように溢れ出す。

老婆は涙を零し続ける。

一人になってしまったしんと静かな部屋で。

こうして『奇跡の大公』と呼ばれた男はその生涯を終えた。

神々から啓示を受け、神々の愛し子を妻とした彼を、誰もが神々に近しい存在だと見ていた。列聖されなかったのは本人が遠慮したからだ、という高位神官たちの証言はその見方を決定的なものにし、また彼の高潔さを示す物語も生んだ。

『奇跡の大公』とは、民衆が彼に贈った聖者の称号だった。『奇蹟』ではなく『奇跡』なのは、聖人を辞退した彼の意志を民衆が尊重したからだった。そういった細やかな配慮を受けるほど、彼は民衆に慕われ、敬われていた。

子爵家の四男だった彼は、神々から啓示を受け、建国という偉業を成し遂げ、大公国に「奇跡」の発展をもたらし、四度の戦争で「奇跡」の勝利を収めた。その人生は、激動と呼べるものであった。

為替市場制度の導入や中央銀行による金融機関統制など内政、外交、軍事などの様々な分野で「奇跡」の改革を成し遂げた彼に心酔する臣下は多かった。彼が治療のために歯を抜くと、貴族たちは挙って健康な歯を抜くほどであった。

国内外に絶大な影響力を持っていた彼だが、大公の座を息子に譲り渡すと離宮に籠もり、政治との関わりの一切を断った。

彼が表舞台から突如姿を消したことについて、その理由を示す資料がトリーブス家に残されている。

――今の私にとって最も重要なことは、残された時間でどれだけアナと一緒に過ごせるかだ――


隠居後の彼は、友人のアンソニー・トリーブスにそう語っている。

その記録が事実であることを示すかのように、老後の彼は常に妻に寄り添っていた。

残された時間の全てを、妻に捧げるかのように。

誰も真似出来ないほどに、彼は妻を大切にし続けた。

離宮での彼の暮らしは、その激動の人生が幻であったかのように穏やかなものだったという。

あとがき

新天新地（しんてんしんち）です。この書籍をお手に取っていただきありがとうございます。

ついに、この物語のコミカライズが始まりました。漫画家は風守（かざもり）いなぎ先生です。無表情のジーノとゴブリンのアナ、という漫画にしにくい素材の二人を巧みに漫画化してくれています。ぜひそちらもご覧になってください。ジーノの真っ直ぐな愛情表現の直撃を受けるアナが絵になるなんて、私も嬉（うれ）しいです。

さて、三巻についてです。この巻は結婚後のお話で、読んでお分かりのようにこれで完結です。『小説家になろう』様に投稿したWEB版は、異世界恋愛というジャンルで投稿しています。結婚後のお話を書くとジャンルから外れてしまうのでカットしていますが、書籍にはそんな縛りはなく結婚後のお話も好きなように書くことができました。

WEB版の番外編にも結婚後のお話は少し書いていますが、三巻に書かれているのは本編です。ショートエピソードばかりの番外編とは異なり、軸になるストーリーがあります。WEB版番外編のようなノリを期待された方にとっては、予想とは違うものだと思います。ごめんなさい。

皆様の応援のおかげで、最後まで書き切ることができました。本当にありがとうございます。一つの物語を最後まで書き切ることができて、もう本当に感無量で、書き終わって泣いてしまいました。

書きたいことがたくさんあったので、予定より大幅に字数が増えてしまいました。一ページの行数を二十行に増やしても規定ページ数に収まらず、改行も極力減らしても収まらず、結局ページ数を増やしたので少し割高になってしまいました。

そんな経緯なので、夏目漱石先生の時代の小説のように文字がぎっしりです。ごめんなさい。今の時代にこれは、読みにくいですよね？　でも、どうしても書きたかったんです。

反面、字が多いから、なかなか読み終わらなくてとってもお得です。あとがきから先に読まれた方、ぜひご購入のほどよろしくお願いします。


せっかくのあとがきなので、本編には出ないお話もしたいと思います。今回は、セブンズワース家の応接室についてです。

あの家の応接室には、全て別名が付いています。たとえば、アナとジーノがお互いに愛称で呼び合うことになった第十二応接室の別名は『蓮花蒼玉』です。蓮花はシンハラ語でパパラチア、蒼玉はサファイアの和名です。つまり、蓮花蒼玉はパパラチア・サファイアのことです。その別名の通り、この応接室の入口の扉にはパパラチア・サファイアが贅沢に鏤められています。

王都のお屋敷の応接室は全て同様で、扉に宝石が嵌め込まれています。これが別名の由来です。

一方、領都宮殿の応接室の別名は、全て花の名前です。たとえば、アナが第三王子に資料を見せた第六十三応接室の別名は『牡丹一華』です。その名の通り、この応接室の扉には牡丹一華、つまりアネモネが大きく描かれています。この宮殿も同様に、応接室の扉に描かれる絵は花で統一されています。

なんで別名で呼ぶのかというと、どちらの家も部屋が多すぎるからです。領都の宮殿なんて、総部屋数が千を超えます。応接室ものすごい数なので、アナたちが入る部屋を間違えてしまわないように扉の特徴で呼ぶようになりました。

ちなみに、パパラチア・サファイアの石言葉には「一途な愛」「運命的な恋」「いつでも側にいてあなたを守ります」などがあります。そんな石言葉を持つ宝石が別名になっている部屋で、アナとジーノは婚約後に初めてお茶をして、愛称で呼び合うようになりました。

アネモネの花言葉は「恋の苦しみ」「真実」などです。この巻を読んでいただければ分かりますが、第三王子はこの応接室でかなり苦しんでいます。

このように、部屋の別名や風景や小物などにも、ちょっとした意味を込めています。

なんでこんなことをしたのかというと、何度も読んでくれる方のためです。一度読んで終わりではなくまた読み返して貰えるのは、私にとって最高の報酬です。もう、すんごく嬉しいんです。

ＷＥＢの感想欄に読み返してくれたことを報告して貰えるのはとっても嬉しいですし、書籍も読み返して貰えたらとっても嬉しいです。一人でも多くの方に読み返してほしくて、読み返してくれた方にも何か新たな発見があれば良いなと思って、いろいろと手を加えました。良かったら、読み返して探してみてください。

この物語に最後までお付き合いいただき、ありがとうございました。初めての書籍化なのでいろいろと問題もあったかと思います。でもこれに懲りずに、新たな物語を書いたときは、またお付き合いいただけたら嬉しいです。

お便りはこちらまで

〒102－8177
カドカワBOOKS編集部　気付
新天新地（様）宛
とき間（様）宛

カドカワBOOKS

ゴブリン令嬢と転生貴族が幸せになるまで 3
婚約者の彼女のための前世知識の上手な使い方

2023年12月10日　初版発行

著者／新天新地

発行者／山下直久

発行／株式会社KADOKAWA

〒102-8177
東京都千代田区富士見2-13-3
電話／0570-002-301（ナビダイヤル）

編集／カドカワBOOKS編集部

印刷所／暁印刷

製本所／本間製本

●お問い合わせ
https://www.kadokawa.co.jp/（「お問い合わせ」へお進みください）
※内容によっては、お答えできない場合があります。
※サポートは日本国内のみとさせていただきます。
※Japanese text only

Printed in Japan
ISBN 978-4-04-075250-1 C0093

新文芸宣言

かつて「知」と「美」は特権階級の所有物でした。

15世紀、グーテンベルクが発明した活版印刷技術は、特権階級から「知」と「美」を解放し、ルネサンスや宗教改革を導きました。市民革命や産業革命も、大衆に「知」と「美」が広まらなければ起こりえませんでした。人間は、本を読むことにより、自由と平等を獲得していったのです。

21世紀、インターネット技術により、第二の「知」と「美」の解放が起こりました。一部の選ばれた才能を持つ者だけが文章や絵、映像を発表できる時代は終わり、誰もがネット上で自己表現を出来る時代がやってきました。

UGC（ユーザージェネレイテッドコンテンツ）の波は、今世界を席巻しています。UGCから生まれた小説は、一般大衆からの批評を取り込みながら内容を充実させて行きます。受け手と送り手の情報の交換によって、UGCは量的な評価を獲得し、爆発的にその数を増やしているのです。

こうしたUGCから生まれた小説群を、私たちは「新文芸」と名付けました。

新文芸は、インターネットによる新しい「知」と「美」の形です。

2015年10月10日

井上伸一郎

最強の眷属たち――

その経験値を一人に集めたら、

史上最速で魔王が爆誕!?

第7回カクヨム
Web小説コンテスト
キャラクター文芸部門
特別賞

歩くたび増えていく
新しい出会い、新しいスキル
この世界で、
のんびり旅はじめます。
異世界ウォーキング
コミックス好評発売中！&
講談社
「マガジンポケット」にて
コミカライズ
好評連載中!!
漫画：小川慧

異世界ウォーキング

シリーズ好評発売中！

あるくひと

[illust.] ゆーにっと

カドカワBOOKS

異世界に召喚された日本人、ソラが得たスキルは「ウォーキング」。「どんなに歩いても疲れない」というしょぼい効果を見た国王は彼を勇者パーティーから追放した。だがソラが異世界を歩き始めると、突然レベルアップ！　ウォーキングには「1歩歩くごとに経験値1を取得」という隠し効果があったのだ。鑑定、錬金術、生活魔法……便利スキルも次々取得して、異世界ライフはどんどん快適に！　拾った精霊も一緒に、のんびり旅はじまります。